LE MOULIN DE LA DÉROBADE

DU MÊME AUTEUR
CHEZ POCKET

LES FILLES DU HOUTLAND

ANNIE DEGROOTE

LE MOULIN DE LA DÉROBADE

PRESSE DE LA CITÉ

ISBN 2-266-11874-9

À mes beaux-parents, Noël et Andrée.
Avec une pensée à ceux qui préservent
et restaurent nos fiers moulins…

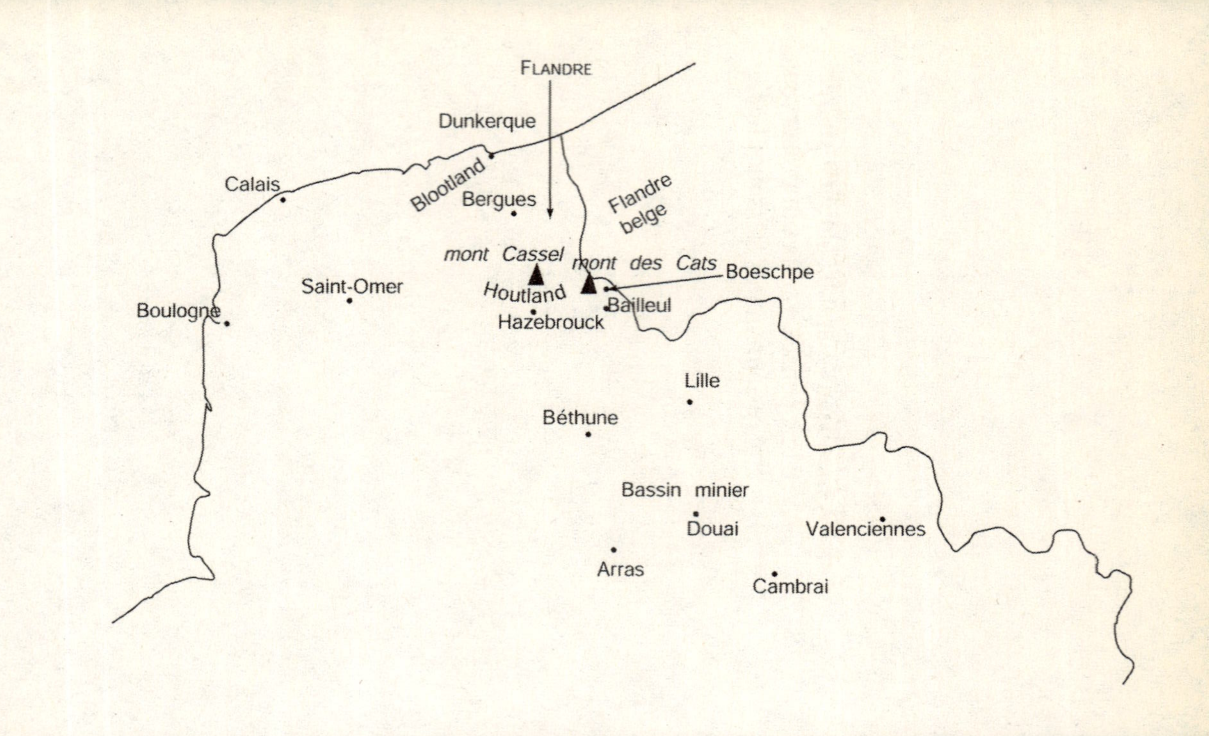
FLANDRE
Dunkerque
Calais
Blootland
Bergues
Flandre belge
mont Cassel
mont des Cats
Boeschpe
Saint-Omer
Houtland
Bailleul
Boulogne
Hazebrouck
Lille
Béthune
Bassin minier
Douai
Valenciennes
Arras
Cambrai

LA BELLE MEUNIÈRE, 1796

[illegible]

[illegible] de cette base dégra-
[illegible] attention,
[illegible] Alexandre
[illegible]

[illegible]

1

Même mort, on ne le prenait pas au sérieux. La servante passait et repassait devant le corps. Sans sourciller, elle venait même de l'enjamber en se dirigeant vers la cuisine. C'était inadmissible. Il avait les yeux révulsés. Un filet de bave dégoulinait sur son menton. Personne n'y prêtait attention.

Un soupir s'échappa du cadavre. Alexandre décida de se relever et de trouver une meilleure idée. Sa mère, Blondine, ne s'intéressait pas à lui. Son petit frère, Benjamin, l'avait accaparée pour un jeu de cartes. Ce n'était pas la première fois qu'Alexandre Degraeve jouait à faire le mort. Il se souvenait avec délices des cris de la jeune servante et de la gifle magistrale administrée par une mère en pleurs.

Aujourd'hui, il devait chercher autre chose. Sa sœur semblait désœuvrée. Elle ne pouvait lui échapper. Il porta ses pas vers elle…

En ce jour de décadi de floréal de l'an IV – mai 1796 selon le calendrier « vieux style » –, jour de fête remplaçant désormais le dimanche, les tâches s'effectuaient au ralenti. Un grand chapeau à cocarde tricolore bien enfoncé sur une petite tête obstinée, Benjamin s'évertuait à enseigner à Blondine Degraeve les nouvelles règles du jeu de cartes.

— C'est le roi ?

— Voyons, maman, répondit Benjamin d'un air pincé, les rois, ça n'existe plus !...

— Qui est-ce alors ?

La carte de Blondine représentait un gros personnage moustachu.

— Ce n'est pas le roi, c'est un citoyen. Tu vois bien son bonnet. Lui, c'est le génie de la guerre, cet autre, le génie des arts... Maman, regarde ton jeu !

— Désolée... Ça, c'est un valet ?

— Non ! C'est l'Egalité. Il a une pipe comme papa.

— Enfin, là, c'est bien la reine ? demanda Blondine, perplexe, le sourcil levé.

— Non, une dame de vertu : la Liberté.

Le visage auréolé d'un bonnet blanc orné de rubans, un châle sur les épaules, vêtue d'une simple robe de cotonnade imprimée laissant apercevoir des formes gracieuses, Blondine était distraite. Toute son attention s'était reportée vers la dispute engagée entre son autre fils, Alexandre, et sa douce Isabelle. Elle s'en était mêlée le matin même. Cette fois, elle laisserait passer l'orage.

Mais elle était soucieuse. Il lui semblait étrange que ses deux aînés ne pussent se passer l'un de l'autre, alors qu'ils se querellaient sans arrêt. Pourquoi ne jouaient-ils pas sagement au volant, aux quilles ?

Pourquoi ne s'astreignaient-ils pas à des activités de leur âge, de leur sexe, comme les plaisirs de l'eau dans les canaux et rivières pour l'un, ou la dentelle pour l'autre ? Alexandre devenait un habile archer. Les heures qu'il y consacrait étaient un moment de répit pour Blondine.

Elle se fit réexpliquer le jeu par Benjamin, elle n'y comprenait rien. Ses deux autres enfants s'injuriaient au-dehors, et Jacques Degraeve, son époux, était en ville. Cela valait peut-être mieux. Alexandre aurait reçu une sérieuse raclée de son père et, quoi qu'en pense ce dernier, elle était persuadée que ce n'était pas la bonne méthode à employer avec leur sauvageon.

Mais quelle était la bonne ? Elle se sentait trop lasse pour réagir. Le cadran solaire annonçait le milieu de l'après-midi. La lumière du soleil jouait avec les ombres. Quelques gros nuages blancs flottaient sur un ciel aux multiples nuances de bleu. Depuis plusieurs jours l'air était doux.

De terribles et douloureux hivers s'étaient succédé, exerçant leurs rigueurs, provoquant morts et famines. Les vents impétueux amenés par les fortes marées et par la nouvelle lune, occasionnant un froid excessif, d'épais brouillards, une gelée tardive et l'arrêt des moulins, s'étaient enfin estompés puis évanouis. C'était la tranquillité pour les paysans du nord de la France, avant l'arrachage du lin, les longues journées de moisson, la cueillette du houblon et les nuits de veille pour son mari, riche meunier et exploitant des Flandres.

Le regard de Blondine se porta vers le jardin. Sa santé avait décliné après la dernière naissance, suivie aussitôt de l'enterrement du petit mort-né, enfoui dans un coin de verdure, secrètement, à l'abri des voisins indiscrets. C'était la seconde fois depuis le décès de leur fils aîné à la guerre. A quarante-deux ans, la conciliante et belle Blondine sentait venir les premiers signes du retour [1]. Bientôt, elle ne serait plus féconde. Elle se laisserait alors tout doucement glisser vers la vieillesse.

Il lui restait Alexandre qui, malgré ses seize ans, se conduisait comme un enfant – un étrange enfant – et non comme un homme, sa tendre Isabelle que l'on venait de fiancer à dix-sept ans et le petit Benjamin, âgé de sept ans, qui abusait souvent de la bienveillance de sa mère. On l'eût dit le plus « révolutionnaire » de la famille – si ce mot n'avait été banni depuis la réaction du 9 Thermidor. Benjamin s'obstinait à se faire appeler « Pioche », selon le nouveau calendrier. Né avec la prise de la Bastille, il avait grandi dans les mesures tyranniques du Comité de salut public. Rebelle au catholicisme, il allait à l'école du canton, où l'enseignement se faisait en français et non en flamand. Il y était à l'aise.

Isabelle était une charmante demoiselle, prête au

1. Retour d'âge, ménopause.

mariage quand elle n'était pas en compagnie de son frère Alexandre. Blondine lui avait dispensé des cours de viole. Les deux femmes étaient particulièrement douées pour la musique. Dotée d'une bonne oreille, Blondine jouait sans fausse note. Isabelle suivait ses traces.

Jacques déplorait de l'avoir « élevée comme une reine », surtout lorsqu'il la voyait s'accoutrer selon la mode actuelle, avec des toilettes excentriques, des colifichets et des plumes, ses cheveux châtains remontés sous un chapeau incroyablement haut.

Isabelle aurait aimé se draper de tuniques à l'antique, comme cette Madame Tallien, la « Notre-Dame de Thermidor », ainsi nommée en ville selon les colporteurs. Mais Jacques interdisait les jupes transparentes et fendues des aguicheuses. « Détente ne signifie pas décadence ! »

Entre sa fille qui imitait les « merveilleuses », un Alexandre insaisissable et le petit qui jouait les révolutionnaires…

— Si tu bayes aux corneilles, maman, je vais gagner, tant pis pour toi ! lança Benjamin d'un air victorieux.

— Désolée, Benjamin.

— Pas Benjamin, « Pioche », maman !

Elle lui sourit. Elle essaya d'oublier les querelles permanentes de ses grands enfants pour se concentrer sur le jeu. Bientôt viendraient les travaux des champs et la pleine saison pour les moulins. Le père n'aurait pas trop de jeunes bras supplémentaires pour moudre le grain et le distribuer aux alentours.

Elle se sentait ridicule de s'inquiéter ainsi. Sans motif. Tout était pour le mieux depuis quelques mois. On était enfin sorti de la Révolution. A l'écart des grandes voies, le village de Berthen, à l'extrême nord de la France, n'avait pratiquement subi aucun dommage. La liberté du culte reprenait, avec des curés – certes sans soutane – que l'on peinait à reconnaître dans leurs habits de paysan.

Blondine était fragilisée par ses fausses couches, ébranlée par la mort d'Antoine – son premier enfant. Les mesures violentes contre le christianisme, les exécutions en masse l'avaient effrayée.

Elle jeta un coup d'œil au-dehors. Traversée par des ruisseaux, la campagne était verdoyante et boisée. Des sources jaillissaient autour de la butte faite de sable. De chez eux, ils apercevaient deux des quatre moulins sur pivot que possédait Jacques Degraeve. Les deux autres se situaient dans la plaine, leurs longues ailes brassant le vent par-dessus les champs de houblon.

De leur maison sur les pentes du « Katsberg » – le mont des Cats en flamand –, par-delà des haies d'aubépines et les taillis, les bois et les pâturages, les labours dans la plaine, ils devinaient les autres collines, comme le mont Noir aux épaisses futaies ou le mont Rouge.

Si Blondine n'avait pas été élevée dans la plaine, elle eût imaginé sa région composée uniquement de vallons verdoyants et de ces géants de sable appelés « monts ». En contrebas, le village et son clocher étaient enserrés par la ceinture des buttes. Paysage surprenant et particulier dans ce nord de la France, terre de bocages et de marécages, connue surtout pour ses étendues basses.

Leur vaste demeure au toit de chaume, aux allures de ferme flamande avec ses dépendances cachées dans les bruyères, était située à l'écart de Berthen. Leur environnement recelait une véritable réserve d'oiseaux. Hormis ses colombes, Blondine répugnait à mettre en cage fauvettes, chardonnerets, mésanges et rossignols, même s'ils égayaient les maisons voisines.

Outre l'habitation, le domaine des Degraeve était constitué d'une mare, d'un pigeonnier, d'un petit jardin réservé aux fleurs, de pâturages, de belles espèces d'arbres comme l'orme, le chêne, le charme, et surtout de leurs quatre majestueux moulins à vent aux ailes gigantesques frôlant le ciel.

Le père de Jacques n'en possédait qu'un seul, jadis, un « tordoir » qui servait à broyer la graine de lin et à fabriquer de l'huile. Libéré des droits seigneuriaux, Jacques avait acquis trois autres moulins pour ses trois fils, Antoine, Alexandre et Benjamin, et les avait déplacés de leur situation initiale pour les installer sur ses terres. Il avait réalisé son rêve.

En ce jour, la campagne semblait intacte. Certes, on entendait moins les cloches des églises, la plupart ayant servi à la fabrication des canons. On assistait à la résurgence d'un catholicisme séparé de l'Etat, à la fin des persécutions, à la liberté des cultes. On sortait de l'hiver et de son cortège de rhumatismes et de coliques amenés par le vent du nord. On respirait mieux.

Blondine, elle, était anxieuse. Antoine, son fils aîné, lui manquait tant. Sans doute n'était-elle plus la même depuis son décès. Son grand Jacques avait beau lui répéter qu'il était mort en héros pour la patrie, qu'il était un sujet de fierté pour la famille, la peine était là, sournoise, tenace. Une part d'elle-même était partie avec son premier enfant. Elle redoutait que ce fût au détriment d'Alexandre. Son cœur n'était pas dupe.

Antoine avait été enseveli au milieu de tous ces braves soldats aux rudes manières de l'an II, tous ces hommes recrutés lors de la levée en masse de 1793. Dès lors, son jeune frère, Alexandre, n'avait cessé d'accumuler les bêtises. Il jouait parfois à faire le mort, suscitant à sa mère des frayeurs intenses. Il prenait soudainement sa sœur en grippe, l'accusant de tous les maux de la terre. Il multipliait les agressions vis-à-vis du petit. Il avait fabriqué une maquette de guillotine, décapité une grenouille, puis l'une des colombes du pigeonnier. Une jolie colombe blanche, comme celle du tableau dans lequel une jeune fille nommée Blondine apparaissait, jouant de la viole, l'oiseau sur l'épaule.

Aujourd'hui encore, l'attention de Blondine se portait vers l'altercation entre Alexandre et Isabelle. Les nouvelles règles du jeu de cartes, décidément, ne l'intéressaient guère. Alexandre l'effrayait. Il se croyait constamment obligé de se conduire en mauvais sujet. Son père le traitait d'insoumis et de bon à rien. Seul le grand-père lui accordait son indulgence et, lorsqu'il le défendait, le brave homme se faisait rabrouer à son tour.

Heureusement, Jacques Degraeve était absent et n'entendait pas les enfants. Blondine imagina son Alexandre incarcéré, comme il était d'usage naguère, mais elle se reprit : il fallait à présent l'accord d'un tribunal de famille pour enfermer les jeunes récalcitrants.

Alexandre était tour à tour silencieux ou colérique, absent ou violent, indolent ou vif. Les rapports avec son père s'étaient sérieusement tendus.

Elle devrait peut-être requérir les conseils de l'abbé. Durant toute la Révolution, il avait officié clandestinement dans les granges, avec l'aide d'un bénédictin. Quand sévissait la Terreur, il n'avait cessé de confesser, d'administrer les sacrements. Grâce à lui, aucun de ses enfants n'était mort sans baptême ; aucun de ses chers disparus ne venait augmenter le nombre de feux follets voletant la nuit par-dessus les champs.

Plongée dans ses pensées, Blondine sursauta à l'entrée brutale d'une voisine. Cette visite inopinée la surprit. Elle croisait fréquemment cette femme au marché ou au lavoir et n'appréciait guère ses commérages. Passer son temps à répandre les nouvelles du pays n'était pas du goût de Blondine. Le travail à accomplir pour une femme s'occupant d'une maison, du linge, de la préparation des repas, du poulailler et du jardin, même avec l'aide d'une servante, était suffisant. L'entretien des voiles des moulins accaparait de nombreuses soirées d'hiver, et les seuls moments de pause qu'elle s'accordait étaient consacrés à sa famille.

— J'abandonne, Benjamin, je n'ai pas la tête à ça.

— Pioche, maman, tu dois m'appeler Pioche !... Et de toute façon, tu as perdu !

Il se leva, laissa les femmes bavarder entre elles, et sortit en sifflotant *La Marseillaise*.

La voisine les invitait le soir même pour une veillée. Son fils, combattant de l'an II, était enfin revenu de la guerre et colporterait sans doute mille choses qu'Antoine n'avait pu rapporter. Toutes ces histoires d'hommes et de régions inconnues...

Elle profitait surtout de l'absence de son époux et de celui de Blondine pour venir confier à cette dernière ses problèmes matrimoniaux. Elle cherchait des témoins dans son entourage pour confirmer devant le juge les penchants de son mari pour la boisson et pour la bastonnade.

Blondine observait Benjamin. Il s'amusait dans le jardin, se servait du drapeau pour combattre des ennemis invisibles. Elle n'entendait plus les accents violents de la querelle de ses aînés. Elle les oublia.

— Je désire divorcer pour incompatibilité d'humeur, disait la voisine. Il est plus jeune que moi. Il voulait se marier uniquement pour ne pas partir à la guerre... Un homme beaucoup trop jeune, voilà ma faute. Nous nous sommes mariés en 1793, pour éviter la conscription. Je le regrette, il m'en fait voir de toutes les couleurs.

— Mais… pour les enfants ?

— Il est de règle que les filles aillent à la femme, et les garçons à l'homme.

Elle soupira :

— Nous n'avons encore que deux petits. Je placerai ma fille dès que possible.

Rompre les liens conjugaux était possible avec l'autorisation récente du divorce. Nombre de femmes – en ville surtout – le réclamaient. Dans les campagnes, le cas était encore très rare et ne manquait pas de susciter la curiosité.

Divorcer « pour incompatibilité d'humeur » fit sourire Blondine. Elle songea qu'il fallait bien se plier à l'humeur du mari, comme celui-ci s'accoutumait à celle de sa femme. Elle l'aimait bien, son grand Jacques. C'était un honnête citoyen, un homme de mérite. Elle l'avait apprécié dès le premier jour. Pourtant, à dix-sept ans, elle riait beaucoup avec les jeunes gars et fut un moment troublée par un très jeune peintre, Nicolas.

Fabricante de bas, la voisine vivait avec sa famille dans une maison de journalier, transformée en atelier de tisserand pendant les mois d'hiver. Le mari travaillait sur les terres des Degraeve.

Nombreux étaient les mal-lotis. La vie était chère, une partie de la nation mourait de faim. La langue flamande était désormais bannie de l'école. Les difficultés rencontrées par les paysans ne les incitaient pas à y envoyer leurs enfants, d'autant qu'il était difficile de se rendre à l'école l'hiver par les chemins défoncés par la neige. Ils avaient besoin de leurs rejetons, l'été aux champs, l'hiver au tissage.

Les Degraeve étaient devenus des bourgeois par l'achat de biens d'émigrés. Avec leurs terres et leurs attelages, ils s'exprimaient comme les riches. Le meunier faisait figure de nanti parmi les humbles, et la famille devait « se tenir » pour éviter que les jalousies et les rumeurs n'atteignent son honneur.

La belle Blondine aux cheveux couleur de blé doré était la fille unique d'un propriétaire d'Hazebrouck. Elle était cultivée. Les contacts avec la langue française étaient multipliés par l'activité du canal et les marchés de la ville. Le père de Blondine avait accordé sa fille au grand Jacques ; il connaissait son courage et avait deviné son ambition. Le mariage s'était conclu en 1772. Blondine avait dix-huit ans, et Jacques vingt-trois ans.

Jacques avait appris le français pour elle, sans attendre la Révolution. De ce fait, leurs enfants lisaient et écrivaient très correctement dans la langue officielle, contrairement à nombre de leurs camarades.

La Belle Meunière... Quel beau portrait tu as là ! s'exclama la voisine. C'est toi, n'est-ce pas, sur ce tableau ?

— Oui, il y a bien longtemps.

— Tu y es ravissante avec ces boucles blondes retenues au sommet de la tête par un ruban. Quel âge avais-tu ?

Apitoyée par les problèmes de sa voisine, émue par les souvenirs ravivés, Blondine se laissa aller à la confidence.

— J'avais dix-sept ans.

— Cette bague est merveilleuse. La pierre, et les oiseaux entrelacés !...

— Deux colombes.

— Tu ne la portes pas ?

— Seulement les jours de kermesse.

Elle baissa la voix pour lui confier :

— Je l'offrirai à Isabelle pour son mariage.

— Elle en a, de la chance, la demoiselle !... Et le peintre, qui est-il ?

— Un jeune et charmant admirateur, répondit Blondine avec une expression malicieuse dans le regard. Un peintre hazebrouckois au caractère jovial, Nicolas Ruyssen.

— Tu as l'air de bien le connaître... Raconte-moi ! s'émoustilla la voisine, oubliant ses propres soucis. C'était l'amour ?

— Il n'avait que quatorze ans lorsque je l'ai rencontré, mais il a peint ce portrait plus tard, de mémoire.

— Tu as été son premier amour, c'est bien ce que je pense !

Blondine ne répondit pas aux insinuations indiscrètes. Elle se contenta de poursuivre :

— J'étais la nièce du propriétaire de la censelette[1] de ses parents. Mon oncle le plaça à l'académie des beaux-arts de Saint-Omer.

1. Petite ferme.

— Et toi, tu l'as aimé ?

— Il était trop jeune à l'époque. Il m'avait remarquée, je crois, alors que je jouais de la viole en famille. J'étais déjà fiancée à un cultivateur depuis la foire de la mi-juin… Mon grand Jacques. Nicolas devint lauréat de l'académie et fut découvert par le prince de Montmorency, qui connaissait bien notre famille. Cette bague, fabriquée par un orfèvre hazebrouckois, m'a été offerte, ajouta-t-elle avec coquetterie, par le prince en personne, lors de mes fiançailles.

— Et le peintre s'est souvenu de ses premiers émois face à une beauté de dix-sept ans. Il t'a immortalisée.

— Il fit effectivement ce tableau lors de ses études. Entre deux séjours à Paris, il vint me l'offrir au mont des Cats. Cet excellent artiste tomba d'ailleurs amoureux de ce petit coin des Flandres.

Blondine rougit.

— Le tableau fut appelé *La Belle Meunière*.

— Qu'est devenu ce Nicolas ?

— Exilé à Londres, paraît-il, et très apprécié là-bas. Quant à moi, des fils blancs sont venus parsemer ma chevelure. Et j'aime mon mari.

Elle eut une tendre pensée à l'égard de Jacques. Elle tremblait de le savoir sur les routes. La détresse des miséreux provoquait des pillages sur les chemins.

— Mon Jacques n'est pas un peintre, mais c'est un sage et un poète…

— …Et un monsieur important ! Je t'envie, Blondine Degraeve !

Brusquement, de l'arrière de la maison, l'écho d'une dispute franchit les murs. La voisine entendit les éclats de voix, tendit l'oreille. Elle leva un regard interrogateur vers Blondine, dont le visage s'empourpra.

— Ce n'est rien. Ils sont encore très enfants, ces deux-là.

Afin de clore au plus vite cette conversation, Blondine se leva.

— Je te raccompagne, si tu veux bien. J'ai besoin de marcher un peu.

Regrettant ses confidences, elle fit promettre à sa voisine de rester discrète concernant la bague et le portrait.

En chemin, elles bavardèrent encore jusqu'à ce qu'elles entendent le tic-tac d'un métier à tisser.

— Ah ! mon homme est rentré, je me sauve, Blondine. A ce soir !

Lorsque la voisine s'éloigna sur le sentier escarpé et disparut derrière les haies, Blondine songea qu'il était peut-être temps de se mêler du conflit entre ses aînés. Elle accéléra le pas en voyant Benjamin lui faire de grands signes. Son inquiétude était vive. Et Jacques était en ville. Cette fois, elle regretta l'absence de son mari. Tant pis pour la raclée. Aujourd'hui, son fils, qu'elle aimait tendrement, lui faisait peur. Elle rechignait à l'admettre. C'était pourtant la vérité. Il lui faisait peur.

2

« La fin du monde n'a pas eu lieu », se disait Jacques Degraeve, en songeant aux années de Terreur. Le temps de la Constitution de l'an III et des traités de paix était venu. Adieu les suspects, les tyrans, les terribles massacres, la cruauté. Pendant la guerre contre les Autrichiens, Jacques, réquisitionné, avait fourni des grains pour l'armée. Une période de transition commençait, avec ses spéculations et ses relâchements. Les champs de lin remplaçaient les champs de bataille. Après les temps difficiles, c'était le soulagement.

Sa carriole laissée à l'entrée de la ville, il marchait d'un pas allègre dans les rues. Les chemins étant à nouveau praticables, il était arrivé tôt à Hazebrouck. Au lever du soleil, le carillonneur du beffroi avait annoncé le jour de décadi. Des chants patriotiques se succédaient au fil des heures.

Jacques était passé au travers des grands événements avec un aplomb et un bonheur suscitant l'envie dans son entourage. Il en faisait fi. Il avait foi en l'homme. Et ces petites jalousies n'étaient pas très sérieuses. La bonhomie de Jacques, sa vaillance malgré sa corpulence, son caractère consciencieux et honnête le rendaient populaire aux yeux des autres.

Il n'était pas de ces bourgeois exploitant la terre sans la toucher. Il mettait les mains dans la farine – de la bonne – et ne gardait rien pour lui. Il n'avait, de ce fait, aucun problème avec les autorités. Il traitait ses affaires de façon conviviale, le verre à la main, et n'hésitait pas à renseigner ses concitoyens sur les caprices du temps, les transformations du ciel, la signification des nuages élevés ou bas, la force des vents et leurs origines, éléments qu'il avait appris à connaître par l'observation. Il avait l'œil et l'oreille. Libre dans sa tête, il rendait service avec bon sens. Mais il ne perdait jamais de vue le but qu'il s'était fixé. Jacques était malin dans les affaires et simple dans sa vie. Et puis, n'était-il pas le père d'un héros de la Révolution ?

Heureux meunier, il possédait quatre moulins aux ailes égayées de voiles rouges, un pigeonnier et trois enfants. Dieu seul savait – Dieu ou l'Être suprême – ce qui le rendait le plus fier. Oui, Jacques était heureux en ce jour de floréal de l'an IV. La journée était belle, belle comme sa Blondine aux yeux couleur de lin, et la vie était redevenue paisible dans les Flandres.

La Grande Terreur s'était achevée le 9 thermidor – 27 juillet 1794 – par une hécatombe, une dernière grande charrette. On arrêtait et on exécutait encore d'anciens membres du Comité de salut public. Il n'en parlait pas à sa douce Blondine, pas plus que des crises de récolte de ces deux dernières années. Elle s'effrayait vite.

Il balaya la pensée d'un Alexandre irresponsable et « dérangeant ». Il était fier de son dernier, Benjamin, qui fréquentait l'école laïque du canton. Jacques payait assez cher l'instituteur afin que son fils acquière une bonne instruction. Les maîtres étaient peu rétribués, et avec un grand retard. Quelques parents contribuaient, dans la mesure de leurs moyens, à les maintenir en place. Le sort de ces instituteurs était bien triste et Jacques se faisait un devoir de les aider. Plus tard, Benjamin irait à l'école centrale de Douai ou à la nouvelle, celle de Lille. Les études y étaient variées, et l'enseignement libéral.

Jacques ne craignait pas qu'un fils instruit déserte la campagne. Il avait confiance. Revenant sur ses terres après ses études, Benjamin n'en serait que plus respecté. Et le respect, Jacques l'appréciait.

Oui, tout allait bien, si bien. « Je suis devenu seigneur du village, un vrai seigneur de "Katsberg". D'ailleurs, De Graeve signifie "le comte" en français », songeait-il en souriant. Certes, les dirigeants révolutionnaires avaient exigé que l'on ôte toute apparence de noblesse. C'est ainsi que De Graeve était devenu Degraeve. Pendant les heures sombres, Jacques, parce qu'il était instruit, avait rédigé les doléances de son village. Il connaissait de ce fait mieux que quiconque l'histoire de la Révolution.

Jacques s'était enrichi grâce à l'achat de biens nationaux. Depuis 1791 et l'abolition des droits féodaux, chacun pouvait ériger sur sa terre des moulins à vent. Il ne s'était pas fait prier.

Avec l'aide d'un apprenti meunier, le père de Jacques dirigeait toujours le tordoir pour l'huile de lin, non loin de Cassel. Un ouvrier travaillant sur leurs terres avait loué le deuxième moulin de la plaine. Jacques, lui, s'occupait particulièrement des deux autres, situés sur la butte, à proximité de leur habitation.

Le vent le guidait dans son travail. Au bruissement dans les buissons, aux oscillations de la cage, à la vue des rouages, il percevait les changements de direction du vent. Si celui-ci tombait de façon durable, Jacques surveillait alors davantage ses cultures que ses moulins.

Malgré l'aide de ses apprentis, l'aisance ne l'empêchait pas de veiller tard. Il aimait sentir la finesse de la farine dans sa main. Il était à l'écoute de chaque bruit. Les craquements de la charpente l'apaisaient. Il était bercé par la petite musique des engrenages. Cette musique-là l'avait sauvé du malheur après la mort d'Antoine. Que de fois était-il venu se réfugier au moulin pour oublier sa peine, pour la taire à Blondine. Il ne devait pas se montrer faible. Renvoyant alors l'apprenti meunier dans la cavette servant de réserve aux sacs de grains, sous le pivot, il s'endormait près des meules, dans une odeur familière de farine.

Prospère, Jacques élevait des colombes pour suivre l'exemple de son beau-père qui détenait un pigeonnier à pied de deux mille coulons. Ce signe extérieur de richesse lui était interdit à l'époque de son mariage. Il n'était pas encore propriétaire terrien. Mais sa femme avait été représentée une colombe sur l'épaule et, jeune homme, il s'était juré d'en posséder.

Il pensa à Blondine, au flot de boucles tombant sur ses épaules lorsqu'il l'avait rencontrée. Aujourd'hui encore, Jacques avait de l'ambition pour être à la hauteur de sa femme. Il avait même une horloge républicaine à double cadran, un de dix heures, un de douze selon l'ancienne mode. Il vivait avec son temps, Jacques Degraeve. Parfois il râlait bien sur le nouveau calendrier car il était difficile d'y retrouver les jours de foire et de marché ou le jour de la Saint-Winoc, le saint patron des meuniers. Il pestait contre le système métrique et décimal. D'ailleurs, personne encore ne l'employait au village. Le franc avait remplacé la livre. Changer ainsi de monnaie n'était pas chose aisée. S'il avait chanté dans les fêtes patriotiques, épousé les idées nouvelles, avec l'âge Jacques était devenu modéré. Il ne songeait plus qu'à la paix.

« En ville, les arbres manquent », pensa-t-il. Ses arbres, il en craignait la réquisition pour la marine, mais il en vendait parfois aux charpentiers de bateaux de Dunkerque. « En ville, il y a trop de bruit, trop de claquements de sabots. » Il y venait en costume du dimanche et en chapeau. Les jours ordinaires, il revêtait des vêtements collants, adaptés au travail au moulin.

Il pensa à un certain matin de 1768 avec un poids sur la poitrine. Il se jura que pareil accident n'arriverait plus. Il était alors l'apprenti de son père. Celui-ci était revenu de la kermesse en costume de ville, pressé de revoir son moulin dont les ailes, disait-il, se haussaient en une inlassable prière. Jugeant que son fils était suffisamment instruit dans l'art de la meunerie, il lui avait fait graver son nom à côté du sien, sur le rouet, la grande roue dentée chargée de la transmission du mouvement. « La plus belle pièce du moulin ! » avait-il affirmé. Il ne perdait jamais une occasion de lui transmettre son savoir-faire. « La farine doit respirer ! » lui avait-il encore dit, le sourire aux lèvres. Il aimait employer des phrases « magiques ».

A ce moment précis, la manche flottante de son costume du dimanche fut happée entre le rouet et la lanterne entraînant les meules. Sa main fut broyée, son bras suivit. Il s'en fallut de peu que la gorge et le reste du corps n'y passent aussi. Jacques intervint à temps pour arrêter le mécanisme et sauver son père d'une mort horrible. Aujourd'hui, ce dernier était amputé. Mais le vieil homme restait attaché à son moulin, malgré l'accident et un début de surdité, un tordoir étant plus bruyant qu'un moulin à farine.

Jacques croisa un colporteur à la balle remplie de produits fabriqués durant l'hiver, comme des bas de laine, de la vaisselle en bois, des almanachs et quelques remèdes miracles dont l'homme ne dédaignait pas faire la démonstration. Il circulait comme tout le monde, son passeport en poche, et divulguait les informations et les inventions. En dépit de ce jour obligatoire de repos, Jacques alla chez un orfèvre, rencontra le brasseur qui lui livrait habituellement de la bière et questionna un clerc de notaire sur ses acquisitions.

Il traversa la rue de la Lune, au milieu des jardins, et rendit visite à un meunier de sa connaissance. Hazebrouck ne comportait pas moins de quinze moulins, dix à blé, cinq à huile. Il revint en compagnie de son pair, en parlant « moulins » bien entendu. Ils longèrent l'enclos du couvent des Augustins, tournèrent vers la grand-place.

Très peuplée et très commerçante, la ville était réputée pour son fil et ses toiles. Jacques désirait en ramener pour sa douce Blondine. La halle au drap était fermée en ce jour de décadi. Il reviendrait pour la grande foire de la mi-juin, célèbre pour ses chevaux, bestiaux et laines que l'on amène en grand nombre, à pied ou par le canal.

Les deux hommes s'arrêtèrent à l'estaminet, face à l'élégant hôtel de ville du XVIe siècle dressé au milieu de la grand-place. Terminé par une flèche que dominait un lion des Flandres, ses nombreuses fenêtres et son gracieux beffroi, comportant cadran solaire, carillon et clochetons, charmaient les visiteurs.

Jacques était en ville, mais il ne restait jamais longtemps sans grimper à l'échelle du moulin menant à son poste de travail. Par le hublot, il appréciait la vitesse de passage des ailes habillées de toile rouge – les voiles. Tandis que les garçons meuniers parcouraient la campagne pour livrer la farine, lui se tenait aux meules.

Du haut de sa colline, le regard embrassant l'horizon, il était comme le capitaine d'un navire aux voilures frémissantes comme la dentelle.

Aux aguets, dès que le vent tournait brusquement il réorientait adroitement le moulin. Par temps de pluie, il détoilait en vitesse. Début octobre, ses fils l'aidaient à badigeonner les voiles étendues sur les prairies. Le grand plaisir du petit Pioche était d'être couvert d'ocre rouge de la tête aux pieds.

Plus tard, il leur laisserait les commandes. Antoine, lui, ne posséderait jamais son moulin. La famille avait fourni là un excellent soldat à l'armée. Lorsque Jacques apprit son décès, les ailes se voilèrent de noir, et leur position en croix alerta du deuil tous les meuniers des environs.

Il ignorait encore à l'époque que son fils aîné s'était illustré à la bataille d'Hondschoote. Un peu plus tard, un gendarme ayant participé aux combats lui conta sa conduite exemplaire.

A l'estaminet, après avoir trinqué à l'eau-de-vie, des confrères de la ville le questionnèrent sur l'exploit de son fils.

— On raconte que ton garçon, l'Antoine, a fait un acte de courage…

Jacques ne se fit pas prier. Hommes en sarrau de toile bleue, ouvriers endimanchés, tous se regroupèrent autour du meunier.

— Anglais, Hanovriens, Autrichiens cernaient Hondschoote. Les assiégés ouvrirent les écluses. L'eau de mer s'infiltra dans les terres basses de notre plaine maritime. Les haies, les fossés, les arbres gênaient la visibilité et cachaient l'ennemi. L'action s'engageait donc entre les taillis. Ils avançaient à travers les marais, de l'eau jusqu'aux genoux, en une lutte acharnée. Un moulin fut même au cœur du champ de bataille. Antoine possédait un fusil ajusté d'une baïonnette. Il serait devenu lieutenant, chef d'escadron, voire colonel, s'il avait vécu ! Le sort en a décidé autrement. Il est mort en chantant *La Carmagnole*. Mais avant, il reçut une balle dans la poitrine. Blessé, il réussit à l'extirper lui-même. Il chargea son fusil avec la balle reçue. Eh oui !... » Jacques s'exaltait : « Il la réutilisa pour l'envoyer contre l'adversaire, avant de mourir ! »

Tandis qu'il buvait aux soldats de l'an II en général, et à son fils en particulier, le carillon sonna les cinq heures.

Il s'était trop attardé. Il sortit. De fins filaments blancs se formaient, hauts dans le ciel, pareils à un nid. Il pensa au dicton flamand : « Quand le soleil est dans le nid, le vent vire à l'ouest. »

Il perçut un souffle léger sur sa figure. La fumée se dégageant d'une cheminée s'inclinait. Ce vent venait bien de l'ouest, c'était mauvais signe. Et le chemin était long encore, même en carriole, jusqu'au mont des Cats...

3

Après tout, Antoine n'avait pas été le volontaire dont on vantait tant les mérites. Recruté de force lors de la levée en masse, il n'avait nullement désiré son incorporation militaire. Et, sans cette loi, Antoine aurait été un garçon comme un autre, un jeune bourgeois comme lui, Alexandre, attendant son moulin et jouant de temps à autre le rôle de cache-manée [1] pour le père. Il ne serait pas un héros.

Grand, dégingandé, le menton volontaire, le regard flamboyant et farouche, Alexandre paraissait plus que son âge. Enfant, ceux des autres villages le traitaient de *Bergrat*, rat des monts ; il avait l'art de se faufiler dans l'un des innombrables sentiers de la butte et de disparaître, comme un rat dans son trou. Aujourd'hui, ils n'osaient plus. Alexandre les intimidait.

1. Apprenti apportant les grains, emportant la farine.

Il avait étudié à l'école de l'Ermitage, tenue par les frères jusqu'en 1790. Son extrême sensibilité suscitait en lui des élans passionnés réprimés par les grands et des accès de violence incontrôlables.

Depuis trois ans, Alexandre était furieux contre sa mère qui pleurait sans cesse son frère et ne répandait plus autour d'elle sa joie de vivre. Il était jaloux d'un Antoine mythifié par la famille. A cette pensée, une douloureuse exaspération s'emparait de ses sens. Mais son aîné n'était pas l'unique sujet de ses préoccupations. Il était jaloux de ce peintre qui avait si joliment croqué sa mère, trop joliment à son goût. Sans doute eût-il aimé la peindre lui-même. Il était jaloux de sa sœur, car elle venait de se fiancer. Du même coup, elle lui échappait, comme sa mère. Personne ne le comprenait, hormis peut-être son grand-père, mais le vieil homme était de plus en plus sourd, aussi Alexandre gardait-il ses sentiments bien enfouis au fond de lui.

Lorsque, ensemble, les deux femmes jouaient de la viole, quand il voyait les dispositions de sa sœur pour cet instrument dans lequel sa mère excellait, alors qu'il observait leur complicité, ses yeux bleus couleur de lin lançaient des flammes folles et il sentait une colère monter insidieusement en lui. Quant au petit frère, toujours accroché aux jupes de Blondine, c'était trop…

Il eût voulu l'avoir à lui seul, sa mère. Il faisait tout pour attirer son attention mais s'y prenait maladroitement, et lui causait encore davantage de soucis. Son animosité portait sur tous ceux qui entouraient Blondine.

Trop d'impressions étranges se pressaient dans sa tête exaltée, des impressions qu'il vivait comme autant d'humiliations. Aussi infligeait-il aux autres des punitions. Il provoquait pour mieux détruire, pour se détruire. Il feignait d'être mort, il cherchait à effrayer. Dans ces moments-là, parfois, on lui prêtait attention. Autrement, ils n'avaient pas l'air de comprendre. Ils n'imaginaient pas le volcan qui couvait en lui, la quête d'amour qui le submergeait.

A Douai, Alexandre avait assisté à un douloureux spectacle. Une charrette transportait une fournée de condamnés jusqu'à l'échafaud. Une femme, une certaine comtesse antirépublicaine, épouse d'un émigré, interpella la foule contenue par des cordons de gardes. Tombant sur le regard bleuté et affolé d'Alexandre, elle le prit à partie et lui prédit de grands malheurs. Elle fut guillotinée la première.

Ce tranchoir de boucher écœura et marqua profondément le jeune garçon. Peu après cet événement, il construisit un modèle réduit de guillotine, comme on les vendait aux enfants, et il fit une sérieuse sottise en décapitant la colombe préférée de Blondine.

L'article de la Déclaration des droits de l'homme et du citoyen, contenue dans la Constitution, « Ne fais pas à un autre ce que tu ne veux pas qu'il te soit fait », était difficile à appliquer. Ce n'était pas qu'il fût méchant. Il existait en lui des forces impérieuses, des forces souterraines contre lesquelles il eût aimé lutter, mais il se sentait mené par elles.

Depuis plus d'une heure, il cherchait querelle à sa sœur. Isabelle ne se laissait plus malmener facilement. Jeune, jolie et bien faite, le visage d'ordinaire mélancolique, elle se démenait comme une diablesse. Elle lui résistait. Il allait la punir.

— Je vais t'attacher. Tu auras tout le temps de réfléchir et de m'obéir.

Elle voulut le battre à son tour. Elle le griffa violemment au visage, ce qui eut pour effet de le mettre en rage. Armé d'une corde, il l'obligea à monter sur une branche d'arbre et l'y attacha. Il l'abandonna à ses cris.

Seule, elle essaya de défaire ses liens. Une corde lui enserrait le cou. Plus elle se débattait, plus la corde se resserrait et l'empêchait de respirer. Brusquement, la branche qui la soutenait fit entendre un puissant déchirement…

Les douces nuances du soir commençaient à remplacer la vive luminosité de l'après-midi. Les ormes aux fins rameaux, les saules aux couleurs argentées se mouvaient lentement sous une légère brise, tandis que le soleil s'affaissait derrière les collines et que les forêts s'assombrissaient.

Benjamin et Blondine entendirent le terrible craquement. Les hurlements cessèrent aussitôt. Lorsque Blondine remonta le sentier avec son fils, un silence impressionnant emplissait l'air.

— La dispute est finie, mais elle était accrochée à l'arbre et criait, c'est pour cela que je t'ai appelée, maman.

— Mon Dieu…

Isabelle s'était écroulée, inanimée, une corde autour du cou, le visage congestionné, les yeux exorbités. Blondine se précipita vers sa fille, la détacha avec difficulté. Aucun changement ne se produisit en elle. Elle était inerte.

Ils entendirent soudain un sanglot derrière eux. Brisé, Alexandre rendait compte de son imprudence. Cette fois, elle coûtait la vie à sa sœur.

« Non ! » eut-il envie de crier. Non, il ne l'avait pas fait exprès. Ce n'était pas vrai, ce n'était pas arrivé, c'était un cauchemar. Il allait se réveiller. Il irait s'exercer encore au tir à l'arc. Il y mettrait toute sa rage, toute sa violence. Il tirerait la flèche vers le sommet de la perche. Il deviendrait le chevalier de l'Arc, celui qui abat l'oiseau d'honneur tout empanaché de plumes. Il serait mené en triomphe par les autres membres de la guilde et se sentirait enfin apaisé… Non, c'était un cauchemar… Son avenir était perdu, tous ses espoirs s'envolaient. Il se découvrait de nombreux projets, tous compromis par son acte de folie.

Blondine se retourna.

— Alexandre ! appela-t-elle, éperdue.

Mais Alexandre avait disparu.

Elle essaya de porter Isabelle. La jeune fille était si lourde. Elle dut la traîner jusqu'à la maison. Elle l'étendit sur le tapis face à la cheminée. Son souffle était éteint.

— Elle est morte ? demanda Benjamin, le visage crispé.

Blondine tapotait les joues de sa fille, tentait vainement de faire circuler le sang, et murmurait :

— Isabelle, Isabelle…

Elle lui prit la main. Elle n'y sentait plus de vie.

— Alexandre, c'est Alexandre ! Il l'a tuée, maman !

Le petit était cramoisi de colère.

— C'est Alexandre, c'est un assassin !

— Mon Dieu, Benjamin, tais-toi, je t'en prie. C'est un accident, rien de plus, un terrible accident, si ton père savait… Non, c'est impossible… Ne le dis pas à ton père, veux-tu ? C'est un secret, tu m'entends, un secret entre toi et moi, pour toujours !

Elle releva son visage ruisselant de larmes.

— Seigneur ! Que faire ?… supplia-t-elle en s'adressant à un Dieu silencieux.

Tandis qu'un sentiment inconnu, proche de la haine, voyait le jour dans le cœur de Benjamin, le regard de Blondine se porta sur le mur. Face à elle, là où trônait auparavant le portrait d'une charmante musicienne au doigt paré d'une bague somptueuse, se distinguait une marque blanche. Le tableau avait disparu.

4

Le soir tombait sur le cadran solaire. Après s'être enfui de chez lui en emportant sous son bras le portrait de sa mère, affolé par son acte, la mort dans l'âme, une chape de honte sur les épaules, Alexandre songea d'abord à se tuer. Mais le courage lui manqua. Alors, il envisagea d'émigrer vers l'Angleterre ou le Nouveau Monde. Mais le manque d'argent et de papiers se fit sentir très vite. Trop vite. Il n'avait plus le choix.

Alors il marcha. Il effectua de longues distances, à pied, sur des routes parfois impraticables, fuyant les ombres imprécises, dormant dans des granges, rendant de menus services aux paysans pour payer sa nourriture.

Il croisa des colporteurs, des marchands, des hordes de mendiants, des soldats isolés, des chevaux fatigués. Ce qu'il craignait le plus, sur ces routes très fréquentées, encombrées de fourgons et de charrettes, était d'être repéré par des brigands et d'être recruté de force dans l'une de leurs bandes. En voyant les incessants mouvements de troupes sur les routes, Alexandre prit sa décision. L'armée seule l'accepterait tel qu'il était, sans le sou. On ne lui poserait aucune question sur son passé. Il n'aurait de compte à régler qu'avec Dieu et lui-même. Il ne craignait pas de s'engager, mais il lui fallait se séparer du portrait de Blondine. Les propriétaires d'une petite auberge de campagne l'avaient hébergé et nourri en échange de réparations effectuées dans la charpente. C'était de braves gens, touchés par la fragilité émanant de ce grand garçon agile et sauvage. Il leur confia le tableau, leur promit de revenir le récupérer, et se fit enrôler comme enfant de troupe. Il n'avait que seize ans.

Alexandre pleura longtemps en rejoignant son régiment. Il fuyait son père et sa colère, sa mère et son chagrin. Ses parents ne lui pardonneraient jamais la bêtise qui avait coûté la vie à sa sœur. Oui, il avait bel et bien tué Isabelle. Coupable d'un meurtre et pas assez croyant pour aller expier sa faute dans un monastère, il irait combattre pour la patrie. Un projet se dessina bientôt dans sa jeune tête : vaincre les Autrichiens qui avaient eu raison de son frère Antoine. Les vaincre et le venger. Peut-être serait-il ainsi réhabilité dans l'affection familiale…

A la caserne, il n'avait plus de larmes. Il se haïssait, mesurait avec dégoût la lâcheté de sa conduite, mais gardait l'espoir de revenir un jour en héros, comme l'avait été son frère. Il n'osa écrire à ses parents, sur lesquels il avait jeté l'opprobre. Benjamin était bon élève. Alexandre lui envoya une lettre et attendit la réponse.

En arrivant dans le camp, il fut toisé, numéroté, habillé et instruit par un caporal qui se prenait pour un héros de la Révolution. Dorénavant il écouta, obéit et accomplit les tâches les plus ardues avec un zèle sans précédent. Il fit partie d'un bataillon de jeunes recrues, dormit sur la paille et ne comprit ni les Bretons ni les Alsaciens. Il apprit les rudiments du métier au prix de quelques bourrades.

L'armée était composée d'hommes en habits dépareillés ou même en haillons, d'hommes la plupart du temps affamés. Les désertions étaient nombreuses. Mais grâce à un jeune Bonaparte aux longs cheveux, les bataillons commencèrent à s'organiser et les soldats comme lui reprirent forme humaine. Alexandre connut pourtant les marches dans l'obscurité et sous une pluie torrentielle, la bise piquante, les passages de rivières, l'eau jusqu'aux reins, la boue jusqu'aux cuisses, écrasé sous un lourd chargement, le corps rongé par la vermine et les pieds emmaillotés de vieux linges.

Peu lui importait. Il songeait à sa sœur, à sa mère. Il enviait toutefois les hussards, leur sabre au poignet. Il eut enfin la chance de participer aux victoires de Bonaparte en Italie. On disait que la Flandre fournissait d'excellents soldats.

Il eut vingt ans en 1800, dans son uniforme d'infanterie, un habit bleu aux larges revers blancs. C'est ainsi d'ailleurs qu'il rencontra un homme plutôt petit, la tête bien enfoncée sous son chapeau, à la physionomie sévère : Bonaparte. En 1800, ce dernier était consul.

La première lettre qu'Alexandre reçut de son jeune frère était décevante. Benjamin signait « Pioche ». Il lui décrivait, avec force détails, la commémoration du 26 messidor de l'an VII de la République, ou 14 juillet 1799, les cérémonies, le carillon et les chants patriotiques, mais ne racontait rien de leur vie.

Rien des événements probables ayant suivi le décès d'Isabelle et sa fuite de la maison. Son père était-il au courant de sa bêtise meurtrière ? Alexandre imaginait aisément les voiles noirs recouvrant les ailes des moulins, leur position en croix funèbre. Il ressentait le désespoir de sa mère perdant un nouvel enfant. Et Dieu sait qu'il craignait avant toute autre chose les larmes de Blondine, avant la colère du père, avant le rejet des montagnards [1], avant sa propre mort.

Grâce au ciel pour le jeune Flamand, il y eut Marengo. Il obtint enfin l'occasion qu'il attendait : il se fit remarquer pour sa bravoure. Il reçut un « Fusil d'honneur » pour avoir contribué à la prise d'un canon. Il songea à rentrer en permission spé-

1. Ainsi se désignaient eux-mêmes les habitants des monts des Flandres.

ciale. Il avait vengé son frère aîné. Il écrivit à nouveau à Benjamin. Et attendit longtemps.

Il fit alors la connaissance d'une nouvelle recrue, à l'aspect bien étrange pour un simple soldat. Ce camarade avait perdu sa ration de biscuits, Alexandre partagea la sienne.

Originaire de Saint-Paul-en-Brionnais, un village de Bourgogne, Nicolas de La Grève était noble, et très élégant. La nature l'avait doté de sensibilité et de mélancolie. Il faisait partie de ces conscrits enrôlés de force depuis la loi de 1798.

Il aurait pu se payer un remplaçant pour deux cents francs, chose impensable pour un artisan gagnant un franc par jour. Il aurait pu échapper à la guerre. Mais son père, le marquis de La Grève, demeuré en leur château, souffrait de la perte de son fils aîné, émigré, revenu trop tôt et guillotiné. Il fallait absolument montrer le patriotisme de la famille. Contrairement à la plupart des soldats, Alexandre s'exprimait très correctement en français. La langue les rapprocha immédiatement. Ils devinrent amis.

Alexandre lui apprit très fièrement que « Degraeve » signifiait « le comte » en flamand. Au sein de l'armée, Nicolas de La Grève devint « Lagrève », et Alexandre, « Degrève ». Les nobles étaient acceptés dans l'armée citoyenne sous réserve de simplifier leur nom. La ressemblance de leur patronyme était un motif de plaisanterie, et les autres soldats les appelaient « les cousins ». Tous deux s'en amusèrent, d'autant que le marquis de La Grève descendait en ligne directe d'un chevalier de la Toison d'or, ordre créé en Flandre. Ils scellèrent leur amitié en se tutoyant... loin de se douter de l'importance de leur pacte.

Contrairement à Alexandre qui gardait son secret enfoui en lui, son camarade de chambrée, Nicolas, aimait s'épancher sur sa famille et sur sa terre du sud de la Bourgogne.

— Avant la Révolution, ma vie ne fut faite que de promenades à cheval pour parcourir nos terres, de jeux de plein air ou d'échecs, de musique, de thé et de lecture dans notre abondante bibliothèque. Ma seule peur, enfant, était les loups, que j'entendais parfois sous mes fenêtres.

— Et maintenant ?

— On a décapité les statues du parc, deux superbes lions de pierre, on nous a confisqué des terres, une métairie et des bois. Une partie du parc est devenue municipale. Le domaine de La Grève existe toujours, mais il fut l'objet de plusieurs actes de vandalisme et fut passablement dégradé dans la tourmente. On nous prit nos carrioles et nos chevaux. Il y eut vol d'archives, de tableaux, d'objets d'art et d'instruments scientifiques. Mes parents ont vieilli et se font oublier dans le château en attendant des jours meilleurs. Ils sont prudents, de nombreux brigands pillent les maisons. Ils ont conservé un peu de fortune mais ne l'étalent pas. Ils vivent simplement. Ils ont dû se défaire de certains serviteurs et s'occupent à présent eux-mêmes du jardinage. Enfin, nous ne devons pas trop nous plaindre... Nous avons échappé au séquestre des biens, sans doute parce que mon père, pour pallier les erreurs de mon frère aîné, prit très vite le parti de la Révolution.

Alexandre ressentait une attraction très forte envers l'aristocratie, envers cet esprit de liberté et de puissance. Il était flatté que Nicolas l'appelle son « cousin », et finissait presque par y croire…

L'essentiel pour l'infanterie était d'avoir les jambes en bon état. La plupart des soldats se frottaient avec de la graisse. Nicolas, lui, se frictionnait avec de l'eau-de-vie. Que ce fussent leur origine, leurs alliances ou leur pouvoir, tout ce qui touchait aux membres de la noblesse paraissait grand et enviable à Alexandre. L'univers poétique de Nicolas le fascinait : le jeune marquis aimait passionnément la belle musique et vibrait en parlant de peinture. Nicolas lui rappelait sa mère et son côté artiste. Il était aussi à l'aise dans le maniement des armes que dans le dressage des chevaux. Mais il ne voulait pas quitter son nouvel ami, son « cousin ».

Dans l'attente d'une nouvelle campagne et d'une lettre venant du Nord, Alexandre apprit à monter, au prix de quelques chutes. Ils aspiraient tous deux à de plus hauts grades et espéraient entrer, ensemble, dans la cavalerie, l'arme noble de prédilection. Ils se sentaient plus dignes de tenir un sabre, de porter un superbe dolman aux cinq rangées de boutons, des bottes et de coiffer le colback en fourrure que d'être de la simple chair à canon.

Début décembre de cette année-là, leur régiment se déplaça en Bavière, à l'est de Munich. Alexandre fut nommé à la tête du peloton. C'était une première promotion.

Le bataillon était à l'abri dans des fourrés marécageux. Alexandre concentra toute sa force sur l'attaque. Soudain, il fit signe à ses hommes de lancer l'assaut. Les premiers rangs firent feu. Bientôt, sous la mitraille et les coups de canon, le champ de bataille se couvrit d'une intense fumée. On ne distinguait plus l'adversaire, émergeant au dernier moment. Le sol se joncha de blessés et de morts que les hommes valides piétinaient dans un nuage de poussière. Ils fonçaient à l'aveuglette. Ils en étaient au corps à corps. Un bruit assourdissant de rafales emplissait le terrain, d'où sortaient parfois les battements du petit tambour.

Nicolas n'eut pas le temps de charger son fusil. Il reçut un violent coup de baïonnette et s'écroula. Sa tête heurta un autre corps.

Lorsque l'offensive eut porté ses fruits et que la bataille fut gagnée, tandis que l'on recensait les prisonniers et que chacun comptait ses hommes, Alexandre s'aperçut que Nicolas manquait à l'appel. Il chercha son ami au milieu des cadavres et des blessés dont on entendait les plaintes. Il le découvrit enfin et le porta jusqu'à un chariot où des chirurgiens pansaient les malheureux. Une puanteur envahissait le lieu.

Il le déposa délicatement, attendit avec lui les premiers soins. Le sang coulait abondamment de la poitrine et de la tête de Nicolas, mais il n'avait pas perdu connaissance.

— J'aurais préféré mourir d'un coup de sabre.

On ne choisit pas son destin, murmura-t-il en se forçant à sourire à son ami. Deviens le beau hussard que tu rêves d'être, sois-le pour moi…

— Tu vas vivre, Nicolas, tu vas vivre ! Je vais te chercher du bouillon en attendant le chirurgien.

— Ne me laisse pas conduire à l'hôpital, on y meurt, dit-il, un sourire facétieux au bord des lèvres.

— Ne crains rien.

Lorsque Alexandre revint, la boisson chaude entre les mains, Nicolas avait rendu l'âme. Un peu de sang stagnait sur sa bouche.

Alexandre s'assit, sans un mot, la gorge serrée, couvert d'une sueur froide. Il sentit les larmes perler au coin de ses paupières et les refoula. Il n'avait pas le droit de pleurer, pas le droit de se laisser aller à sa douleur. Alexandre eut soudain l'impression qu'il était seul au monde. Son unique ami venait de l'abandonner. Il n'était même pas mort dans ses bras. Alexandre resta longtemps dans la même position, hébété, anéanti.

Il gardait dans sa poche une lettre de son frère, un peu plus intime que la précédente.

L'un des quatre moulins de la famille Degraeve s'était brisé sous la tornade qui venait de s'abattre sur les Flandres. Il leur restait donc trois moulins, celui d'Alexandre, situé près de chez eux sur les pentes du mont des Cats, et les deux autres dans la plaine.

Dans sa lettre, Benjamin répondait enfin à quelques-unes de ses interrogations. Le père ignorait qu'Alexandre était responsable de la mort d'Isabelle. Cependant, il ne lui pardonnait pas de s'être dérobé à son travail, à ses devoirs de fils, d'être parti ainsi sans explication, sans un mot. Il refusait catégoriquement qu'Alexandre réintègre le foyer familial.

La rumeur courait sur sa fuite, on le suspectait même d'être antirépublicain, et son moulin était dorénavant appelé le « moulin de la Dérobade ».

Le père avait beaucoup vieilli et la violente tempête avait ébranlé sa solide carcasse. De nombreux arbres étaient détruits, et c'était un peu de la vie de Jacques qui s'en allait. Il ne se sentait plus la force de mener à bien toutes ses entreprises. Considérant qu'il n'avait plus désormais qu'un seul héritier, il avait placé Benjamin, alors âgé de douze ans, à la tête des trois moulins.

Alexandre ne pouvait plus revenir dans sa famille. Il ne lui restait plus qu'un acte à accomplir : devenir ce héros dont Nicolas et lui parlaient si souvent…

5

Le ciel était clair. La voûte bleue était parsemée d'étoiles. La fraîcheur de la nuit le libérait de ses peurs. Alexandre aspirait du courage en même temps qu'une odorante brise printanière.

Il serra contre lui le tableau de Blondine. La propriétaire de l'auberge ne l'avait pas vendu. Elle l'avait fidèlement gardé pendant dix-sept ans dans sa chambre. Elle s'était attachée à ce portrait et elle le lui rendit la larme à l'œil, heureuse toutefois que le jeune garçon, devenu un bel homme de trente-trois ans, soit en vie.

Il n'était pas question de se montrer ainsi, en pleine nuit, sale, fatigué, barbu, et d'effrayer sa mère. Il préférait attendre le matin. Il se dirigea vers son moulin, sur la butte. C'était le plus proche de leur habitation.

Il n'avait pas reçu de lettre depuis six ans, lorsque son frère, qui se faisait toujours appeler Pioche, lui avait conté l'embrasement de l'hôtel de ville d'Hazebrouck en 1801, puis la construction commencée d'une espèce de temple grec. Le père était furieux que l'on délaisse ainsi les belles constructions flamandes pour suivre une mode hellénique, dédaigneuse de leurs traditions. Ensuite, le silence. Qu'était-il advenu de lui et de leurs parents ? Benjamin avait dû être enrôlé à son tour dans l'armée impériale.

L'impressionnante silhouette du moulin s'offrit à son regard. Il sourit à sa « cathédrale » aux longues ailes recouvertes de voiles en toile de lin. Il grimpa par l'échelle extérieure. Au niveau inférieur, il heurta des sacs de farine attendant d'être portés à leurs propriétaires. Il entendit remuer au-dessus de lui, dans la chambre des meules, où était broyé le grain. Un jeune homme descendit, face aux marches, une lampe à huile à la main, et se tourna vers l'intrus.

— Qui êtes-vous ? murmura-t-il avec méfiance.

— N'aie pas peur. Je reviens au pays après de nombreuses guerres aux côtés de Napoléon.

— Napoléon ?

Le jeune apprenti le toisait à présent, avec une admiration sans bornes.

— Tu aimes l'Empereur ?

— Je l'admire !...

Alexandre regarda le garçon vêtu de blanc, au visage rond et juvénile.

— Quel âge as-tu ? Ne devrais-tu pas être à l'armée ?

L'apprenti exhiba son index. Il était coupé.

— Impossible d'appuyer sur la détente du fusil ainsi… Je n'avais pas les moyens de m'offrir un remplaçant.

— Pourquoi refuser la guerre, si tu aimes l'Empereur ?

— Je préfère être meunier. Le maître dit que je travaille bien.

— Le maître… Jacques Degraeve ?

— Oui, vous le connaissez ?

— Un peu… Il va bien ?

— Il souffre des bronches, de la maladie de la farine, mais il a encore le cœur à l'ouvrage et il ouvre l'œil…

— Que fais-tu au moulin, en pleine nuit ?

— Il y avait du travail à finir, la mouture du froment exige beaucoup de soins. C'était un bon vent d'est. Puis il a tourné au sud-ouest, il s'est fait menaçant. Heureusement, j'étais sur mes gardes. J'ai arrêté les ailes, le grain passait trop vite. Je suis resté, je craignais que les ailes ne soient brusquement libérées du frein, mais la tempête s'est calmée… C'est une tâche délicate, ajouta-t-il fièrement, en face d'un homme qui devait tout ignorer du travail au moulin… Dites-moi, vous l'avez rencontré ?

— Qui ?

— L'Empereur !

— Oui. Il faut le voir, monté sur son petit cheval arabe au poil gris-blanc, ou parcourant lui-même la plaine à la recherche des blessés !

Alexandre ne lui dit pas qu'il était déçu par Napoléon. Qu'il en avait assez de n'être qu'un instrument entre ses doigts. Qu'il était las de la guerre. Il avait encore sa fierté.

Ils s'installèrent tous deux, en bas, dans la cavette protégeant le piédestal des intempéries et servant de magasin à sacs de grains. Cela lui rappelait tant son enfance ! Il était heureux d'être enfin chez lui, de respirer la bonne odeur de la farine.

Au petit matin, il guetterait son père, il irait embrasser sa mère. Ils lui pardonneraient son geste imprudent. Il ne l'avait pas fait exprès. Il aimait tant sa sœur, et il était si jeune alors.

L'armée, les années difficiles l'avaient mûri. En ce printemps 1813, il revenait avec une nouvelle médaille : la Légion d'honneur, obtenue après Austerlitz.

Il raconta au jeune homme comment il avait fait partie de la Grande Armée, leur longue marche de mille kilomètres pour rejoindre le centre de l'Europe. Il avait combattu vaillamment à Austerlitz, puis à Eylau, où toute la cavalerie était dans la boue glacée et la neige, en plein brouillard. Eylau, une vraie boucherie. Ce ne fut pas la seule. Il était parti ensuite vers la Pologne jusqu'à Moscou, avait traversé la Berezina à la nage…

Alexandre se tut. L'apprenti s'était endormi, rêvant à une gloire qu'il n'obtiendrait jamais. Et lui, longtemps avant de fermer les yeux, songea à ce qu'il venait de vivre, à ce qu'il n'avait pas dit, à la mort de son ami, Nicolas de La Grève.

Usé, vieilli prématurément, il en avait assez de toute cette chair à canon. Aujourd'hui, il était porteur d'un congé définitif pour avoir accompli dans l'honneur plusieurs campagnes. Dix-sept ans d'armée ! Il avait assez donné à la France. Assez à Napoléon.

L'Empereur avait su exalter le désir de gloire du jeune Degraeve, mais il était temps pour Alexandre de recouvrer sa liberté et, de cela, il n'en avait pas vu la moindre parcelle en compagnie de l'Empereur.

Pourtant il se souvint avec fierté de son entrée dans la cavalerie légère de hussards en 1804. Il n'allait plus être enlisé dans la boue, y perdant ses chaussures. Avec ses bottes, adieu les sentiers couverts de glace coupant les souliers. Comme il avait pensé à son ami !

Il avait été presque heureux dans son uniforme flambant neuf, culotté à la hongroise, le dolman en drap de laine avec ses rangées de boutons et le magnifique colback de fourrure, heureux de parcourir, avec son escadron, les kilomètres à cheval et non plus à pied.

Il tenait dignement le fourreau du sabre dans la main gauche, et il faisait du bruit sur le pavé lorsqu'il était sans sa monture, cela lui donnait un petit air tapageur. Et, dans ces moments-là, il regrettait amèrement l'absence de Nicolas à ses côtés. Puis il y avait eu sa décoration, sa nomination comme sous-lieutenant après la campagne de Russie…

Il revit alors les files d'éclopés et de pillards

déguenillés et puants, continuant d'avancer à chaque trouée, piétinant les blessés oubliés sur le terrain de bataille et détroussés. Pillages, insubordination, mutineries, désertions, il avait tout vu, mais, au feu, les hommes étaient braves. Ils étaient voués corps et âme à l'Empereur. Lui aussi, jusqu'à ces temps derniers où il s'était enlisé dans le découragement.

Des images terribles repassaient devant ses yeux tandis qu'il recherchait un sommeil long à venir et toujours tourmenté. Il revit les glaces de Russie, les silhouettes fantomatiques marchant sans se plaindre, les pieds déchirés par la glace. Les convois de nourriture insuffisants. Et le retour, vêtus de draps ou de peaux de mouton, la traversée des villages qu'ils avaient eux-mêmes dévastés à l'aller. La famine. Il ne montait plus qu'une misérable haridelle.

Il s'était fait un nouveau compagnon. Ce soldat avait cru échapper à l'appel en épousant une sexagénaire, mais, depuis 1810, le mariage ne suffisait plus pour échapper à l'incorporation. Il fallait aussi être père d'un enfant et, avec sa vieille épouse, c'était impossible. Des glaçons dans la barbe et les cheveux, l'homme le déplorait douloureusement.

Ils avaient connu la chair de poule et les sueurs froides, les engelures aux pieds, les mains glacées, les fluxions aux mâchoires. Ils avaient ressenti la jubilation devant les cadavres ennemis, puis le dégoût de soi. Ils avaient connu le bout du monde… Son camarade y était resté.

Alexandre se retourna. Il avait l'habitude de s'étendre habillé, couchant au mieux dans la paille. Il s'endormit.

Un coq chanta. Des cloches l'accompagnèrent dans son hymne au matin et sonnèrent les six heures. Alexandre avait l'impression qu'il venait de sombrer dans le sommeil. Il se leva et sortit. Le ciel s'éclaircissait, parcouru de stries blanchâtres.

Il reconnut le chant du coucou, mais non la silhouette qui montait le petit chemin conduisant au moulin. Un homme, vêtu lui aussi de blanc, arrivait en contrebas. Le cache-manée portant les sacs dans la campagne, sans doute. Celui-là, il ne le connaissait pas. Mais pouvait-il encore connaître des villageois ?

— Monsieur ? lui demanda l'inconnu, toisant l'homme botté.

Ils se regardèrent un instant, puis soudain :

— Alexandre ! C'est toi ?...

— Benjamin ?

— Oui.

— Comme tu as grandi, et changé.

— J'avais sept ans, j'en ai vingt-quatre.

Les deux frères étaient empruntés l'un devant l'autre. Alexandre voulut serrer Benjamin dans ses bras, mais ce dernier eut un léger mouvement de recul.

— Il est temps que je me mette au travail.

Il jugea le vent, le sentit sur sa joue gauche. Il se dirigea vers la queue du moulin, la longue tige de bois servant à l'orientation, s'arc-bouta dessus pour faire tourner la cage vers la droite, face au vent.

— Attends ! cria Alexandre, décontenancé par l'attitude de son frère, je vais t'aider.

— Inutile ! Je ne suis plus le petit Pioche mais Benjamin. Je suis costaud et je ne t'ai pas attendu.

Il immobilisa la queue. Les ailes étaient prêtes au mouvement.

— Je te remercie d'avoir pris soin de mon moulin.

— Je succède à papa et dirige nos trois moulins, rectifia-t-il.

— Père est fatigué ?

— Il est très essoufflé.

— Et malgré cela, il travaille encore, m'a dit ton apprenti.

— Essentiellement au tordoir.

— Avec grand-père ?

— Grand-père est mort en 1808.

La gorge d'Alexandre se serra, ses yeux s'emplirent de larmes.

— Mon Dieu !... Je l'ignorais, murmura-t-il, bouleversé, pourquoi ne me l'as-tu pas écrit ?

Benjamin ne répondit pas à sa question.

— Père initie un jeune paysan aux secrets de la graine de lin, au concassage à froid, au pressage à chaud... D'abord, il a eu l'idée de transformer le tordoir en moulin à farine, puis il a décidé de le garder tel quel, en souvenir de grand-père. Il y dort souvent. Et il devient un peu sourd, lui aussi.

— Je suis étonné de te voir, Benjamin, je te croyais à la guerre.

— Je devais partir en 1808, mais j'ai payé un remplaçant.

— Un remplaçant, c'est très cher, n'est-ce pas ? Les prix grimpent sans cesse depuis des années.

— Oui. Cinq mille francs[1].

Alexandre resta un instant silencieux, refoula une pointe de jalousie et déclara :

— Père a bien fait, il y en a assez, de cette boucherie.

— Oui, et père en avait assez de voir ses fils mourir à la guerre.

— Ses fils, dis-tu ?

— Il te croit mort.

— Mais c'est faux, je suis là, je dois voir les parents !

— Ne t'énerve pas, c'est inutile.

— J'y vais quand même.

— Attends, Alexandre ! Tu as été renié. Ce moulin reste à jamais maudit, tu as bien de la chance que je m'en occupe. Dans le village, on l'appelle le moulin de la Dérobade…

— Je sais, Benjamin, tu me l'as écrit.

— Père ignore la véritable raison de la mort d'Isabelle, j'ai tenu la promesse faite à maman. Mais il s'est toujours douté que tu y étais pour quelque chose. Je leur ai dit que tu étais mort en héros. Ainsi ils t'ont pardonné. Je t'ai rendu ser-

1. Le prix moyen d'une maison d'artisan, en brique, s'élevait alors à trois mille francs.

vice, alors ne viens pas tout gâcher. Si tu es vivant, il te reniera à nouveau.

— Il faut que je voie maman… J'ai la Légion d'honneur !… Je suis sous-lieutenant…

Une lueur de dédain filtra dans le regard de Benjamin.

— Bah ! ce n'est qu'une décoration. La Constituante avait supprimé ces colifichets. Et puis, tu vas la faire mourir. Elle est restée très affaiblie depuis la mort d'Isabelle. C'est de ta faute.

— J'ai vengé la mort d'Antoine. Si tu savais le nombre d'Autrichiens que j'ai massacrés en hurlant son nom !… Je le dirai à père, il me pardonnera…

— Retourne à la guerre ! Prends de nouvelles décorations, si tu veux, avec ce Napoléon qui nous méprise…

— Sais-tu ce qu'est la guerre, Benjamin ?…

— Oui. Les bulletins de la Grande Armée parviennent partout, même dans nos monts des Flandres.

Le ton employé par les deux frères montait en agressivité.

— Mais as-tu déjà vu des plaies grouillant de vers ?… demanda Alexandre. T'es-tu jamais allongé sur des cadavres pour dormir hors de la boue ou de la glace ?… As-tu jamais mangé ton cheval mort, que tu chérissais, et bu de la neige ? C'est ainsi que je m'en suis tiré… J'ai gardé dans les yeux le regard dilaté des agonisants, dans la bouche un incessant goût de sang chaud, dans les oreilles le bruit assourdissant des rafales meurtrières et le râle des soldats transpercés par la lame de mon sabre !... Voilà ce que je vois, entends et ressens toutes les nuits avant de m'endormir, pour rêver encore à cette boucherie. Voilà ce qu'est la guerre, Benjamin !

— Va-t'en ! Tu ne connais plus rien aux moulins, va-t'en ! cria le jeune frère en reculant. Tu jouais si souvent à faire le mort. Eh bien, tu l'es, maintenant ! Va rejoindre ces militaires grossiers et provocateurs, imbus de leur gloire et qui méprisent les civils ! Moi, j'ai du travail.

Il était inutile d'insister. Benjamin lui tournait le dos. Sans doute en serait-il de même pour son père. Mais sa mère ? Sa rédemption viendrait de Blondine. Elle lui pardonnerait et saurait convaincre les autres. Il s'en alla.

Des cumulus en forme de mamelons et de dômes bourgeonnaient dans un ciel bleu pâle. Le vrai ciel des Flandres. Alexandre croisa un chariot rempli de sacs de grains. Il pivota vers son moulin.

Tel un marin, Benjamin était grimpé dans la mâture des longues ailes et déployait, à l'aide de cordelettes, une voile mal placée. Les ailes habillées, orienté face au vent, délivré du frein, le moulin vibrait. L'attelage s'était arrêté à côté de l'escalier. Un sac montait déjà par une corde vers la chambre des meules. Le jeune apprenti, lui, descendait des sacs de farine.

Son moulin... Il était le plus élancé, le plus beau de toute la région. Un léger vent d'est lui permettait de tourner rond[1]. Alexandre réprima l'envie très forte de faire demi-tour, d'écouter le doux bruissement des ailes, le bruit familier des engrenages, de se l'approprier. Il avait d'abord rendez-vous avec sa mère.

Alexandre avança vers la maison natale. Tout était calme. Les hommes étaient au travail. Il s'approcha d'une fenêtre. Ne vit personne. Il tapa timidement à la porte. Il n'y eut pas de réponse. Il entra. La cuisine était vide, mais une odeur familière de crêpes au sarrasin lui monta aux narines.

— Maman ! appela-t-il, le cœur empli d'espoir.

Elle ne lui répondit pas. Il pénétra dans les autres pièces. Elles étaient toutes désertes. Un instant, il crut entendre le rire cristallin de sa sœur, le lointain murmure d'une viole, il entrevit le sourire rassurant de sa mère au visage auréolé de lumière. Seul un chat vint se frotter à ses bottes. Blondine était sans doute au village. Il devait y porter ses pas.

Il jeta un dernier coup d'œil vers le jardinet, à l'arrière, là où Isabelle avait succombé. L'arbre n'existait plus, il avait payé de sa vie les méfaits d'un jeune imbécile.

Alexandre s'était mille fois répété les mots destinés à sa mère. A présent, tout était confus dans sa tête. Absorbé dans ses pensées, le regard accroché à l'endroit fatidique, il ne vit pas immédiatement la vieille femme vêtue de noir, accroupie vers

1. Sans heurt ni grande variation.

des plantes aromatiques. Elle lui tournait le dos. « Les voisines ne se gênent plus », pensa-t-il en la remarquant enfin.

Il hésita à se montrer. Il s'appuya contre le mur de la maison pour réfléchir. Caché derrière un buisson, il écarta par mégarde une branche, éveilla l'attention de la femme. Elle se releva, se retourna. En vain, elle chercha des yeux la cause du bruit. Il venait de s'aplatir, immobile, les jambes flageolantes, la gorge serrée.

C'était Blondine. Une violente vague de chaleur lui brûla le visage. Il se mordit la lèvre pour ne pas hurler. Cette vieille femme en noir était sa mère. La belle Blondine ! Et c'était lui le responsable de son état. Ridée, fanée, les yeux enfoncés dans leurs orbites, le regard mort. Elle se déplaça avec difficulté et rentra dans la maison.

Un immense désespoir criait en lui. Blondine était méconnaissable. On eût dit que les ténèbres s'étaient emparées d'elle. Il s'efforça de la revoir telle qu'elle était, dix-sept ans auparavant, mais la vision s'effaça rapidement, pour disparaître à jamais. Le tableau seul lui restituerait désormais l'image de la jolie Flamande aux boucles blondes, à la fine main parée d'une bague aux deux colombes entrelacées.

Longtemps, à l'abri du bosquet, il pleura. Il était la cause de ce malheur. Benjamin avait raison. Il ne lui restait plus qu'à disparaître. Pour toujours, cette fois. Où l'accueillerait-on, lui, le médaillé, le héros des guerres napoléoniennes, mais aussi le banni, le meurtrier ? Un interminable voyage l'attendait avec, pour uniques compagnes, son endurance, sa solitude et le portrait de la belle Blondine aux yeux couleur de lin. Il le serra très fort contre lui, et murmura : « Pardon, maman, pardon... »

Et le temps passa… Il effaça les souvenirs, emporta les chagrins, brisa l'écho de quelque gloire et déchira le voile opaque des lourds secrets…

DE LA FLANDRE À LA BOURGOGNE, 1906

6

Saint-Paul-en-Brionnais

Valentine de Montfleury contempla son reflet dans le miroir. Oui, elle était belle. Son père avait raison. Il était si fier de sa fille. Cela ne l'empêchait pas de la vendre en ce début de l'année 1906... Allons, tout était parfait. La parure était superbe. Elle avait troqué sa jupe de velours noir pour une robe grège au décolleté de dentelle et aux dessous bordés de bouillonnés de mousseline de soie. Ses bras étaient couverts de longs gants de couleur crème assortis à sa toilette. L'étoffe captait admirablement la lumière. Comment ne pas être attirante dans une tenue si fastueuse ? S'il n'y avait eu ce maudit corset. S'il n'y avait eu ces maudites fiançailles...

Certes, Emile était un bel homme. Les amies de Valentine l'enviaient, sûrement. Lors de la rencontre aménagée par les parents, elle s'était sentie attirée par lui, et, lorsqu'il l'avait emmenée en promenade à cheval aux alentours du domaine de La Grève, la beauté du paysage bocager, les collines verdoyantes, les petites églises romanes et les murets l'avaient attendrie. Ses joues s'étaient enfiévrées lors de leur premier baiser. Mais plus le temps passait, moins elle était certaine de l'aimer. Le physique n'était pas tout et Valentine ne voyait pas d'autres qualités à Emile. Elle avait beau chercher, elle le trouvait prétentieux et sot. Au tréfonds, une petite voix lui disait qu'il était trop tôt pour s'engager dans la vie. Son cœur l'avertissait qu'elle commettait une bêtise. Valentine n'avait que dix-sept ans. Emile n'était pas son choix, c'était celui de son père, et Valentine ne supportait pas qu'on lui imposât sa vie.

Les maîtresses d'internat – des sœurs enseignant dans un établissement secondaire et laïque – s'en étaient inquiétées auprès de ses parents. Valentine était une élève studieuse, mais indomptable au réfectoire, au dortoir, en récréation. Elles l'avaient pourtant éduquée contre le mal. Cependant, la jeune fille conservait à leurs yeux de graves défauts. Brune aux yeux bleus, pétillante, elle était trop curieuse du monde. Trop admirative de Marie Curie depuis son prix Nobel en 1903 – une femme au métier d'homme. Trop espiègle et impétueuse pour être une bonne épouse. Trop indépendante pour suivre les désirs d'un mari et tenir un ménage.

Dans les institutions, fussent-elles ralliées à la laïcité, on dispensait une certaine culture aux jeunes filles, on prenait en charge, mais on ne préparait pas à l'envol. Contrairement à ses camarades en tablier de pensionnaire et rubans bleus qui étaient prêtes à glisser le bras sous celui d'un mari ou d'un père, Valentine était une insoumise. Elle aurait voulu travailler, mais l'enseignement primaire et la Poste étaient les seules carrières salariées ouvertes aux femmes, carrières inconcevables chez les Montfleury. Ils revendiquaient leur appartenance à l'aristocratie, fût-elle modeste. S'ils exploitaient la terre, ils n'avaient pas moins les rites, le langage, l'élégance, le dédain d'une classe dite supérieure. A peine sortie de l'emprise des religieuses, Valentine avait été promise. Dès son deuxième bal. Au premier, on l'avait présentée au monde huppé de leurs relations. Une malheureuse année avait suffi à l'engager, d'autant qu'une cohorte de jeunes hommes l'attendait pour lui promettre une vie de rêve à leurs côtés à la sortie du pensionnat. Avec la dot de la jeune fille, évidemment.

Valentine n'était-elle pas l'héritière d'un vaste domaine ? A la tête d'un énorme cheptel de bovins, son père, le baron Hector de Montfleury, était aussi châtelain et maire du village de Saint-Paul-en-Brionnais. Il se sentait très fier de « son » château qui ne portait pas son nom et lui venait en réalité de sa femme. Il avait épousé la fille d'Esmérance de La Grève et, jadis, le marquis de La Grève, descendant en ligne directe d'un chevalier de la Toison d'or, régnait sur la région. Aujourd'hui,

Valentine en était le plus beau parti. Emile avait gagné son pari de remporter ce morceau de choix.

Au milieu d'un habitat dispersé, délimité par un vaste mur en pierres sèches, le château de La Grève dominait la contrée mamelonnée du Brionnais et les rives de l'Arconce. Avec ses teintes blondes, son toit de tuiles plates bordé de corniches, il affichait ostensiblement la réussite de ses propriétaires. A l'entrée, deux superbes lions de pierre décapités venaient témoigner des affres de la lointaine Révolution. La vaste maison de maître s'élevait, isolée, au centre d'un parc. L'une de ses deux tours était couronnée de galeries de bois qui lui donnaient un aspect particulier. Elle comprenait des communs et une métairie soigneusement dissimulée à l'arrière, à une distance respectueuse. L'imposant manoir avait belle allure.

En ce soir d'Epiphanie, la neige s'amoncelait au-dehors. Les derniers rayons du soleil couchant de janvier jouaient sur l'ocre de la façade. Les pelouses étaient blanches de gel. Les fenêtres étincelaient. Un chemin dégagé recouvert de gravier, conduisant à l'habitation, courait entre les arbres. Des attelages en tous genres défilaient vers la porte à double battant qui s'ouvrait sur un perron. Les hommes moustachus, en sombre tenue d'hiver, chapeau haut de forme et faux col empesé, et les femmes en manteau trois quarts, manchon, toque ou chapeau de bergère planté en avant sur le front, se pressaient sur les marches. Ils pénétraient dans le vaste hall, galerie des portraits des ancêtres de

La Grève. Face à l'entrée, le visage peint du jeune et beau Nicolas, fils du célèbre marquis, accueillait les visiteurs. Un vacarme de grincements de roues sur le sol, d'éclats de voix, d'aboiements de chiens de garde, de claquements de fouet et de martèlement de sabots de cheval résonnait dans le silence de neige.

Dans le grand salon de réception, fière de son époque en ce début de siècle, la bourgeoisie triomphante avait conscience de faire figure de modèle. La petite aristocratie, elle, véhiculait la conviction d'être le sang le plus pur de France. Tout ce que le département comptait de fortunes foncières, de jolies voitures et de chevaux racés était présent.

Les conversations étaient animées. Ces messieurs en habit et smoking débattaient de la séparation récente de l'Eglise et de l'Etat. Ces dames corsetées, habillées de noir et d'étoffes du meilleur « chic » le jour, osaient, pour la circonstance, les décolletés et les échancrures. Elles avaient quitté leurs corsages de ville à col montant pour des robes brodées en soie et perles, qui bruissaient au son de la musique. Avec des rires ou des murmures, elles tenaient des propos affables ou acerbes sur leurs semblables.

Venu de Paris en automobile, le frère de Valentine, Maurice de Montfleury, fit son apparition dans une tenue extravagante, portant des fourrures, de grosses lunettes cerclées lui cachant le visage.

Sans pare-brise ni capote, il avait essuyé les intempéries. Trempé, il riait bruyamment de plaisir. Sa voiture, une rutilante Panhard-Levassor, provoquait des remous dans l'assemblée.

Dépassés par toutes ces inventions qui se succédaient à grand train, comme le télégraphe, le téléphone, le cinéma des frères Lumière, les voitures sans chevaux, certains invités jugeaient ces engins à moteur malodorants. Et, pour étayer leurs commentaires, ils citaient la presse : « La voiture sans cheval ne sera jamais aussi couramment utilisée que la bicyclette. » D'autres, curieux ou excités par ces nouveautés, se précipitaient au-dehors, en dépit de la neige tombant à gros flocons, pour admirer l'acquisition du jeune homme.

Le père de Valentine, Hector de Montfleury, régentait la soirée. Châtelain, il chassait et cultivait comme un châtelain, recevait des rentes d'un fermage et entretenait une métairie. Propriétaire foncier et exploitant agricole, il était entêté et dur à la tâche. Econome, persévérant, il amassait de l'argent, acquérait des terres. Demi-paysan, demi-seigneur, il était respecté et influent dans la région. Grand, le corps puissant pour ses cinquante-deux ans, le visage carré, les cheveux se raréfiant, il était l'opposé de sa femme, Hubertine, effacée, plutôt petite et fluette. Cette dernière affichait un sourire satisfait. Elle recueillait les fruits de ses préparatifs : aidée par le personnel, elle avait pour une fois participé à l'organisation de la réception et au contrôle des invités.

La grande fierté d'Hector était ses bovins de race charolaise. Il avait plusieurs fois gagné le concours de la plus belle bête. En revanche, il ne régnait pas sur ses insaisissables enfants. Il ne voyait pas d'un bon œil les excentricités de Maurice, aussi entêté que lui dans ses désirs. Être « paysan » n'attirait absolument pas le jeune homme. Maurice était « de Saint-Cyr ». Il hériterait de l'hôtel parisien. De ce fait, Hector s'était résolu à promettre sa fille à un fils de noble rural afin de poursuivre l'exploitation de ses propriétés. Le mari de Valentine le remplacerait le moment venu.

Soucieux, Hector réfléchissait à l'avenir. Si Maurice revenait au pays, le domaine n'appartiendrait pas à Valentine. Ce mariage arrangé ne serait plus nécessaire et sa fille en serait sûrement enchantée. Il avait deviné les appréhensions de celle-ci, ressentait son trouble, malgré, et peut-être à cause de, ses airs de défi et son sourire figé. Des noces précoces lui avaient paru providentielles. Sa fille supportait difficilement la tutelle masculine. De là à faire figure de rebelle dans la bonne société, il n'y avait qu'un pas…

Il osa toutefois une dernière tentative :

— Tu ne regrettes rien ? demanda-t-il à Maurice.

— C'est-à-dire, père ?

— Revenir au pays, t'occuper de nos terres… Je vais vieillissant.

— En aucune façon. Ma vie est à Paris. J'y fais carrière. La profession militaire est un attribut de la noblesse autant que les terres et les alliances, n'est-ce pas, père ?

— Je te le concède…

— Vous avez, je crois, un excellent régisseur,

et je ne suis pas intéressé par la boue et les bovins. Rien ne m'ennuie tant que la vie champêtre.

— Tu es plus intéressé par l'argent que je te donne pour ton entretien et tes équipages.

— Prenez-le sur mon héritage.

— Fasse le ciel que tu n'en aies pas de repentir ; après le mariage de ta sœur, il sera trop tard pour revenir à la terre.

« Fasse le ciel que moi, je ne regrette rien », pensa Hector, le visage résolument jovial malgré son embarras vis-à-vis de Valentine. Il avait opté pour des fiançailles en hiver, car, dès le printemps, de nombreuses fêtes se succédaient et le travail était accru. Selon son épouse, l'Epiphanie était une période bénie pour les amoureux.

Emile, lui, ne voyait rien du désarroi de sa fiancée. Il était trop infatué par toutes ces portes qui s'ouvraient enfin devant lui. Il allait devenir châtelain et, mieux encore, respecté.

— Votre beau visage brille comme un rayon de soleil, ce soir, glissa-t-il à l'oreille de la jeune fille.

— Vous êtes flatteur, Emile.

Décidément, cette Valentine lui plaisait, avec ses yeux clairs et sa longue chevelure brune, frisée pour la circonstance. Son choix était le bon. Après le temps des frasques était venu celui de se ranger et de s'installer. Par ses négligences, il craignait d'attraper l'une de ces maladies dites « secrètes ». Il buvait assez d'absinthe pour contracter la phtisie. Quant à la syphilis, elle était partout. Elle suscitait une terreur assez grande avec ses symptômes trompeurs, ses rechutes. Il préférait qu'elle reste la maladie du voisin. Il préférait épouser. Avec une pareille petite vierge, il n'aurait aucun de ces soucis.

Et puis, elle était la plus ravissante créature qui soit. Elle était jolie à croquer, et il la croquerait bien avant le mariage. L'affaire n'était d'ailleurs peut-être pas si compliquée. Il ne possédait que sa belle figure, mais elle lui servait. Issu d'une famille noble ruinée en 1903 par la maladie de la vigne, militaire sans grande ambition, il avait sauté sur cette opportunité. Il exploiterait la terre avec son beau-père, puis prendrait la succession. Le travail ne l'épuiserait pas, le régisseur du domaine jouissait d'une excellente réputation.

Lors de sa première visite au maître de maison, en compagnie de son père, un tableau sur le mur du petit salon avait attiré son attention. Silencieusement, avant que Valentine apparaisse, il avait émis le souhait que sa fiancée ressemblât au portrait. Et elle lui ressemblait. Brune autant que le modèle était blond, les yeux possédaient la même pétulance, le même bleuté. Il espéra toutefois qu'elle n'était pas une de ces sottes suffragettes réclamant à cor et à cri pour les femmes le droit de vote et autres foutaises.

Il admirait la gorge naissante de la jeune fille en songeant à ces choses. Le sang afflua au visage de Valentine, qui se sentait examinée de près. Il la complimenta à nouveau, mais elle ne l'entendit pas. Elle ne vit que son air imbu de lui-même, ses doigts caressant sa fine moustache, ressentit la convoitise qui s'en dégageait et se mit à haïr ce petit geste machinal. Une vive rougeur anima ses joues diaphanes. Confuse à l'idée d'être soupesée comme de la marchandise, elle détourna le regard. Ses traits se durcirent.

C'est à ce moment-là que sa mère s'immisça entre elle et Emile.

— Souris un peu, Valentine. N'oublie jamais que le devoir d'une femme est de paraître heureuse.

— Seulement paraître ?

— C'est déjà bien.

L'intervention de sa mère lui rappelait les sœurs. Valentine n'en ressentit que plus de nervosité. Emile désirait avant tout son héritage. Allait-elle vers le mariage par peur de l'ennui et du célibat ? Acceptait-elle par amour pour son père ?… Parmi toutes ces robes bruissantes, les éclats de voix et de lumière, Valentine se sentait seule avec ses interrogations. Elle pensait, anxieuse, à ce qui l'attendait. Son frère, Maurice, remarqua son regard désemparé.

— Au milieu de ces oies blanches, de ces poupées neurasthéniques ou migraineuses figées dans leur corset, tu es magnifique ! Que dis-je, tu es ensorcelante, petite sœur !

Il ajouta, avec le désir de la faire sourire :

— Tu as ce soir l'allure d'une Parisienne.

Il savait le plaisir qu'il lui procurait.

— Un vent de révolte, qui te conviendrait, souffle sur la haute couture. On commence à voir des drapés et des turbans. On parle d'abandonner le corset. Les journaux l'attaquent sérieusement.

— Comprennent-ils enfin que cette armure est nuisible à la santé ?

Maurice avait reçu sa famille à Paris en 1900. L'Exposition universelle avait laissé un souvenir inoubliable dans le cœur de sa petite sœur. Elle n'avait que onze ans.

Tandis que leur père était convié au gigantesque banquet du 14 Juillet organisé par le président de la République et qui ne comptait pas moins de vingt mille maires de France, Maurice avait emmené Valentine visiter la grande dame de Paris, la tour Eiffel. Le palais de l'Electricité, la rue des Colonies, la circulation infernale sur les Grands Boulevards, l'orgue de Barbarie devant le Bon Marché l'avaient enthousiasmée. Ils avaient circulé en bateau-mouche sur la Seine. Ils étaient restés jusqu'au 20 juillet pour participer à l'ouverture de la première ligne du métropolitain. A la lueur des lampes électriques, ils s'étaient engouffrés dans les wagons des voitures flambant neuves, élégantes et vernies. Ils s'étaient entassés sur les banquettes rembourrées de cuir rouge des premières classes.

Aujourd'hui encore, Valentine admirait son frère, qui lui contait la vie parisienne, les films de Méliès, les cochers en grève, Sarah Bernhardt interprétant *L'Aiglon*, le caf'conc' et surtout le french cancan, qu'elle s'exerçait à imiter, en secret, dans sa chambre…

— Qui est ce jeune homme, installé timidement dans ce coin ?

— Je ne sais pas. Demandons à papa.

Hector les mena vers la personne en question.

— Je vous présente Louis, mon nouveau secrétaire de mairie. Il est revenu au pays pour être maître d'école et s'établir. C'est un bachelier de Paris.

Louis rougit devant le compliment. Il était touchant de maladresse. Il était de ceux que le baccalauréat avait rendus myopes et portait des lunettes. Là où les Montfleury s'élevaient par l'armée et le commerce, Louis grimpait les échelons de la vie sociale par l'amour des livres.

— Mademoiselle Valentine, inscrivez-moi sur votre carnet de bal… Si votre fiancé y consent.

Le jeune homme était charmant. Mariage ou non avec Emile, Valentine était décidée à profiter de ses dernières libertés.

— Je ne suis pas encore mariée. J'y consens avec plaisir, et tout de suite, si vous le voulez.

Face aux grands yeux bleus de la jeune fille, un sentiment d'admiration respectueuse et de tendresse passionnée envahit Louis.

— Est-ce indiscret de vous demander qui est représenté sur le portrait du petit salon, au-dessus de la cheminée ?

— Une de mes ancêtres, nommée Blondine.

— C'est étrange…

— Quoi ?

— Vous en êtes certaine ?

— Ne me ressemble-t-elle pas ? demanda-t-elle, coquette.

— Si… Ce n'est pas ce que je veux dire… Dansons, voulez-vous ?

Son cavalier lui enlaça la taille. Elle en éprouva une sensation agréable. Certes, Louis n'était pas un aussi bon danseur qu'Emile. Etait-ce si important ?

L'orchestre cessa. Aussitôt la danse achevée, Emile s'approcha d'elle, écarta Louis qui s'éloigna et la prit dans ses bras de façon autoritaire. Il la serra fortement, mais son visage était glacial, sa voix, sèche, coupante, le ton impératif.

Elle frissonna.

— Dorénavant, vous ne danserez plus qu'avec moi, Valentine.

— Pardon, Emile, vous ai-je blessé ?

Il avait bu.

— Vous n'avez pas besoin de vous afficher avec ce rouge, ce dreyfusard. Je vous prie de l'éconduire.

— Ce rouge, comme vous dites, est le secrétaire de mon père. Et mon père, lui, me semble plus nuancé dans ses opinions concernant Dreyfus.

Emile ne répondit pas à l'attaque. Sévère, il renouvela son interdiction.

— J'espère que, une fois mariée, vous n'outrepasserez pas la bienséance.

Ils se turent tous deux, Valentine n'osa le défier une nouvelle fois. L'esprit querelleur d'Emile l'effrayait. Elle se détourna, incapable de soutenir la dureté de ses yeux. Sous le prétexte d'aller se remaquiller, elle le quitta. Une onde de colère la traversa. Elle était furieuse de ne pas s'être défendue, et très inquiète de leur alliance prochaine. Non, elle ne pourrait jamais aimer cet homme.

« Quelle idiote !... Pourquoi ai-je consenti à ce mariage ? »

Si elle redoutait le visage angoissé de sa mère, elle ne craignait pas d'affronter son père. Les colères d'Hector ne résistaient pas à la tendre frimousse de sa fille. Elle le savait. Mais il tenait tant au domaine ! Et son frère n'était en rien un cultivateur ou un marchand de bestiaux.

« Vais-je me sacrifier ?... Certes, au début, ce n'était pas un sacrifice », dut-elle reconnaître.

Elle avait confondu l'amour et l'attrait d'une belle figure, l'amour et la flatterie de se sentir désirée par un homme séduisant. Ce soir, le sortilège n'agissait plus. Et c'était le soir de ses fiançailles.

Elle sentit un regard intense posé sur elle. Celui de sa grand-mère. Elevée au pensionnat, Valentine ne la connaissait guère. Esmérance occupait une place à part dans la famille. Elle vivait retirée dans une aile du château. Elle avait, disait-on, perdu un peu l'esprit. Petite femme élégante de soixante-deux ans, des yeux noisette très brillants, un épais chignon grisonnant retenu sur la nuque, elle se tenait dans un coin, rigoureusement droite, silencieuse.

« Pauvre grand-mère, pensa Valentine, regrette-t-elle sa jeunesse ? »

Esmérance l'observait, les sourcils froncés. Un court instant, il lui sembla que la vieille dame désirait la prévenir d'un danger. Troublée, Valentine se dirigea vers le petit salon, plus calme. Elle éprouvait le besoin de respirer, loin d'un Emile insensible, loin de ses parents encombrants, loin d'une grand-mère obscure.

Face au portrait de Blondine, le jeune instituteur était immobile et rêveur. Il semblait fasciné par le tableau. Valentine le rejoignit. Sa grâce semi-enfantine le grisa à nouveau.

— C'est vraiment très étrange, murmura-t-il.

— Expliquez-vous.

— J'ai vu ce tableau, j'en suis certain. Mais le livre qui en reproduit la gravure est un ouvrage sur les peintres du Nord, et le nom de famille du modèle est flamand, si ma mémoire est bonne.

— Le nom de famille flamand ?... Vous devez confondre !

— Je me souviens parfaitement de la bague aux deux colombes entrelacées, et aussi de la viole. La musique me passionne.

— C'est impossible, monsieur Louis. Ce tableau a toujours appartenu à ma famille. Blondine n'était donc pas flamande, mais bourguignonne. Vous faites erreur.

— C'est incroyable, mademoiselle.

— Et je pratique cet instrument !

— La viole ?... De plus en plus étrange !

— Oui. Je le dois à ce portrait, parce que je ressemble au modèle. Sans doute ai-je voulu pousser plus loin les affinités...

Le sourire de Valentine était irrésistible.

— Pourrai-je un jour vous entendre jouer ?

Il se reprit aussitôt, en rougissant :

— Pardon, je suis…

— Êtes-vous un artiste, monsieur Louis ? Sans avoir jamais appris la musique, je possède, paraît-il, une bonne oreille et j'ai la chance de trouver immédiatement les notes justes.

— Mon père est un bon musicien, mais il a toujours vécu dans la misère et le mépris. Moi, je me contente de pianoter un peu et de collectionner les livres et les gravures présentant des instruments de musique.

— Mes parents m'ont, bien entendu, offert des leçons de piano, monsieur Louis, puis, sur mes demandes réitérées, ils ont accepté que je joue de la viole. Ils considèrent aujourd'hui que cet instrument est moins vulgaire que le piano, même s'il paraît plus indécent par sa position entre… les genoux, ajouta-t-elle, le feu aux joues.

— Ma passion pour la musique, je la garde enfouie dans mon cœur, lui confia-t-il. Il suffit que mon père soit un artiste. Vous comprenez, les gens, ici, me reprocheraient ma singularité si j'en faisais profession.

Il se tourna à nouveau vers le tableau.

— Cette bague est-elle restée dans votre famille ?

— J'ignore ce qu'elle est devenue.

Il la regarda droit dans les yeux.

— Après tout, je fais peut-être erreur…

— Sans aucun doute, monsieur Louis.

Elle l'emmena, légère et virevoltante, vers le grand salon. Quelque chose, pourtant, la troublait. Un sentiment inconfortable avait surgi en elle.

7

En Flandre, ce même jour…

Une odeur de gaufre envahissait la salle du Violon d'or. L'enseigne, écrite sur une plaque de bois accrochée au-dessus de la porte d'entrée, rappelait ces violoneux animant les fêtes et les mariages. L'estaminet était situé sur une route pavée, sinueuse et escarpée, montant vers Cassel. De génération en génération, les descendants de Benjamin Degraeve n'avaient pu se passer des monts des Flandres.

Au dernier tournant, on découvrait le bourg et ses ruelles étagées, ses anciens chemins de ronde, ses passages d'aspect médiéval. Cassel dominait la plaine fertile et humide de la Flandre intérieure. Quand l'horizon était clair, on admirait un panorama exceptionnel avec sept voies romaines. On apercevait Dunkerque et la mer, mais aussi la forêt de Clairmarais et la Belgique.

Sur la butte, la plus haute des monts des Flandres, étaient groupés de robustes géants de bois dont les lourdes ailes brassaient le vent. Dix-sept moulins fonctionnaient en même temps dans cette parcelle du Houtland, le « pays aux bois », qui tenait son nom des arbres recouvrant jadis le territoire.

En ce jour de l'Epiphanie, toute la campagne semblait dormir. La neige s'amoncelait sur le sol. La population avait déserté les rues de la ville et restait sagement au chaud pour graisser, nettoyer, réparer, filer. Par ce froid rigoureux, seuls les jeunes gens amoureux ou désœuvrés se rendaient quelques visites.

Les arbres étaient dépouillés, les prairies vides et blanches. « Des fleurs de janvier, on ne remplit point le panier », disait le dicton. On avait labouré, semé, élagué les haies, coupé les branches des saules et, comme le gel avait durci le sol, les paysans, employés ni à la cueillette du lin ni à l'arrachage des pommes de terre, préparaient la terre. Ils portaient le fumier dans les champs qu'ils engraissaient avec ce mélange de purin de ferme et d'engrais humain. Le brasseur, lui, fabriquait la bière de printemps.

On avait aussi beaucoup observé le ciel depuis Noël. En Flandre, pendant ces douze jours, une croyance voulait que l'on puisse lire la destinée des douze mois de l'année en chacun des jours successifs… Noël humide, janvier pluvieux…

A l'entrée du bourg, en haut du Petit Chemin rouge, ou « chemin du Prince », le Violon d'or jouxtait un bois de pervenches. En façade, au bord de la route, il montrait un haut toit de tuiles vernissées, un mur de briques et de nombreuses fenêtres. A l'arrière, il regardait des prairies en terrasses. Un soubassement badigeonné au goudron protégeait ordinairement des éclaboussures. Au premier étage, des chambres mansardées étaient proposées aux voyageurs. Un couloir séparait l'habitation des Degraeve des pièces offertes aux consommateurs. Une salle était réservée aux réunions des confréries.

Il était tard. Les volets blanc et vert étaient clos, mais la lumière perçait au travers des contrevents ajourés en leur partie supérieure. Il faisait bon à l'intérieur. Edmonde et Augustin Degraeve se tenaient avec leurs trois fils, Pierrot, Sylvain et Paul, dit Pault'che, ainsi que leurs invités dans la grande salle conviviale et dallée de l'estaminet. Un poêle occupait le centre d'un mur décoré d'inscriptions et de gravures. Ailleurs pendaient des ustensiles de cuisine et de ménage.

Sylvain avait de larges épaules, un regard clair et malin, des yeux bleu-vert presque transparents, comme son père, un sourire désarmant. A peine rentré du régiment, âgé de vingt-trois ans et encore plus séduisant. Cathelyne le couvait des yeux. Certes, ce n'était pas un beau parleur. Elle eût aimé qu'il annonce officiellement leurs fiançailles, mais il se taisait. Elle faisait néanmoins partie des quelques habitués venus fêter les Rois en la compagnie des Degraeve.

Le petit Pault'che était ravi. Après les traditionnelles coquilles ventrues de Noël, petits pains à la croûte brune que l'on trempait dans le chocolat, appelées « petits-jésus » à Lille à cause de leur forme d'enfant emmailloté, sa mère avait cuisiné des gaufres énormes, très prisées du jeune garçon.

Les trois Mages s'étaient mis en route dès le lendemain de Noël, et achevaient leur tournée par le Violon d'or. Ils étaient trois d'une même famille à sillonner les routes, à parcourir les villages et la campagne. Ils effectuaient cent à cent cinquante visites par jour pendant plus d'une semaine. Ils s'arrêtaient devant toutes les habitations, armés de leur étoile et accompagnés par des chants – trois pauvres, trois jeunes, affublés d'une perruque, d'un diadème, d'une fausse barbe et d'un lourd manteau. Partout, on les fêtait et l'on chantait en chœur la célèbre chanson des Rois. Ils voyageaient ainsi jusqu'au jour de l'Epiphanie.

L'un jouait de l'accordéon, l'autre portait la besace pour la miche de pain, le troisième faisait tourner une étoile à l'aide d'une manivelle de moulin à café. Leurs costumes évoquaient Melchior, Balthazar et Gaspard. Ils jouaient également du *rommel-pot*, une espèce de tambour à friction, d'un usage très ancien en Flandre. Cet instrument était composé d'un pot de terre ou de faïence surmonté d'une peau de vessie tendue. On introduisait au milieu de celle-ci un tuyau de paille humidifié et l'on y promenait le doigt. Le son était ronflant.

La famille avait accueilli avec joie ces Mages venus apporter leur offrande au Christ. Un vieil habitué de l'estaminet les accompagnait au violon. Lorsqu'ils seraient partis, on continuerait la fête encore longtemps.

— Allez, Edmonde ! A toi de chanter !

— Edmonde ! Edmonde !… scandait-on.

Edmonde dirigeait l'estaminet du Violon d'or, avec Pierrot, son fils aîné. On disait plus communément : « chez Edmonde ». Elle tenait l'établissement de main de maître. Elle était très joyeuse, très forte aussi. Elle servait de la bière qui coulait à flots, ou de la bistouille [1]. Parfois c'était un genièvre excellent, offert aux hôtes de qualité, servi dans un long verre à pied, de ce genièvre qui ravigote et chasse le démon. Elle ne vendait pas d'absinthe. Le fléau était trop important, les effets trop dévastateurs. Elle n'aimait pas quand on poussait l'ivresse un peu trop loin. Aussi les clients s'en allaient-ils jusqu'à leur maison en chantonnant, juste un peu gais.

Derrière son joli comptoir en bois sculpté, Edmonde était vigilante. Elle accueillait les habitués avec un sourire, et l'étranger avec chaleur. Elle régnait sur son petit monde. L'estaminet était ouvert avant six heures pour les ouvriers passant prendre leur pinte de bière avant d'entamer leur journée. Ensuite, la clientèle était plus éparse, sauf les jours de tournée des brasseurs et les jours de marché. Le dimanche, après la grand-messe, les

1. Mélange de genièvre et de café.

clients s'y pressaient. Les chansons succédaient aux cantiques.

Edmonde profitait du creux d'avant l'office pour effectuer quelques courses ou préparer le dîner [1], et reprenait sa place au comptoir pour l'apéritif, jusqu'à une heure.

Les consommateurs revenaient à quatre heures, et les tables étaient alors toutes occupées. Le soir, on s'y entassait en famille pour raconter sa journée, boire un verre, manger la tartine, pratiquer les jeux de dominos et de toupie sur table. Edmonde fermait la porte vers neuf heures l'hiver, dix heures l'été, sauf autorisation spéciale les jours de foire, de bal et de ducasse – la fête paroissiale.

Pierrot fournissait le tabac. Nombreux étaient les fumeurs de pipe, celle de Saint-Omer ou la blanche de Dunkerque. Ils l'allumaient à la flamme des chandelles ou au pot à braise en cuivre trônant au milieu d'une table-tonneau.

L'estaminet était un lieu d'association. On y prenait rendez-vous, on y dénichait de la main-d'œuvre pour le textile ou les champs. C'était aussi le lieu de réunion des sociétés musicales. On y jouait de la musique, traditionnelle ou classique, à la Sainte-Cécile. Dans l'arrière-salle, on s'adonnait aux cartes, aux boules, aux fléchettes. Hors de portée du quotidien des tablées paysannes, composé de quatre viandes marinées dans le genièvre, le *potjevleesch* était la grande spécialité d'Edmonde.

1. Déjeuner dans le Nord.

Elle le préparait pour le dimanche et les grandes occasions.

Chez Edmonde, on n'entendait pas de chansons graveleuses ni de propos interdits, même si l'on entonnait parfois des chansons dénonçant des abus et si l'on aimait à refaire le monde.

Les habitués colportaient les nouvelles. En ce début janvier 1906, il était essentiellement question d'une bande de voleurs semant la terreur par leurs expéditions nocturnes. A pied, ils parcouraient toute la région située entre Hazebrouck, Béthune et Bailleul.

— Et maintenant, ils s'attaquent à la Flandre belge et, à Krombeke, ils ont tué ! annonçait-on.

— C'est la même bande ?

Le garde champêtre avait sa petite idée.

— Pour connaître aussi bien la frontière, ce ne peut être qu'un contrebandier qui a mal tourné.

— Tu penses à qui ?

— Je peux pas vraiment dire, mais le chef est sûrement une tête !

Les clients occupaient toujours la même place et, si un inconnu entrait, Edmonde avait soin de le placer ailleurs. Elle lui offrait du vin de Bourgogne s'il le désirait, ou de ses fameuses crêpes flambées au genièvre, et elle se renseignait… Parfois un voyageur faisant une halte lui louait une chambre de saisonnier. Elle n'aimait pas les bagarres ni les filles publiques. L'établissement était bien fréquenté. Au Violon d'or on reprenait des forces, on s'ouvrait l'appétit, on se mettait en forme. On était au chaud, on s'y sentait bien. Tout était occasion de se réjouir, de se divertir ou d'oublier ses problèmes.

Les yeux bleu-gris, le visage rond, les formes opulentes, Edmonde ne cessait de travailler. On la consultait sur tout. Elle œuvrait avec autant d'ardeur aux tâches ménagères qu'à la tenue de l'estaminet. Elle lavait, entretenait le linge de la famille. Tout était propre, encaustiqué. Elle était maîtresse de maison et servante, paysanne et commerçante, jamais effacée. Toujours avenante. L'immense chagrin ressenti lors de la perte de sa petite fille de deux ans restait soigneusement enfoui au fond de son cœur.

— Allez, Edmonde, tu danses ?

Edmonde ne se fit pas prier. En tablier long, corsage blanc, les cheveux abondants et dorés, le chignon posé haut sur la nuque, elle monta sur la grande table du milieu de la pièce. Tous scandèrent en tapant dans leurs mains.

Augustin, le père, travaillait sur quelques hectares de champs. Avec d'autres paysans, il cultivait le lin, la pomme de terre et la betterave. Le lin, surtout, occupait de nombreuses familles, depuis sa délicate récolte jusqu'au tissage, avec le rouissage sur le bord du canal. A la belle saison, Augustin partait dès quatre heures du matin.

Il avait bien hérité d'un moulin, dans la plaine, mais celui-ci tombait en ruine. Il avait dû le laisser à l'abandon, ne possédant pas l'argent nécessaire à la remise en état. Il n'avait pu suivre les traces de ses père et grand-père et être meunier. Il semblait y avoir eu un certain appauvrissement de la famille au fil du temps, depuis que l'arrière-grand-père, Benjamin Degraeve, bourgeois sous Napoléon, avait distribué ses moulins à ses fils.

En cherchant du travail, Augustin avait trouvé femme à Cassel. Edmonde, elle, avait hérité de l'estaminet de ses parents. Celui-ci les faisait vivre pendant l'hiver lorsque les travaux des champs marchaient au ralenti et que le chômage guettait Augustin. En janvier, les garçons coupaient le bois, la mort dans l'âme, car les Degraeve savaient que leurs ancêtres avaient possédé des arbres magnifiques au mont des Cats.

Tout comme son grand frère Sylvain, le petit Pault'che ne désirait ni reprendre l'estaminet, destiné à Pierrot, ni suivre son père aux champs.

— Dis, Sylvain, tu me dessines une gare, avec une locomotive ?

— Tu rêves toujours d'être aux Chemins de fer ?

— Oh oui ! Et je serai le chef, avec un sifflet et un beau képi.

— Alors, je vais te dessiner la plus belle qui soit…

Sylvain revenait du service militaire. Sa mère eût aimé le voir instituteur, puisqu'il semblait improbable qu'il devienne agriculteur ou tenancier de cabaret. Elle avait des ambitions pour lui, comme pour Pault'che qu'elle imaginait déjà galonné des Chemins de fer.

Sylvain était un doux rêveur pour les habitués

du Violon d'or. Dans la région, il passait pour un original. Il était différent des autres. Combien de fois le voyaient-ils penché sur un cahier de croquis dans l'arrière-salle.

Ils ignoraient que le jeune homme, peu bavard, avait en tête de passer de nouveaux examens et d'entrer aux Beaux-Arts de Lille ou de Saint-Omer. Il était le plus cultivé de la famille. Sylvain désirait s'élever au-dessus de son milieu, par un métier qui demandait des talents pour le dessin, de l'imagination et le goût de l'étude : l'architecture. Sa mère avait beau lui dire : « Si tu es instituteur, on t'appellera "Monsieur le maître d'école" », rien n'y faisait.

Il semblait difficile de le contrarier, celui-là.

Il y a toujours un canard boiteux dans une famille.

« Quel gâchis ! songeait Edmonde. Lui qui a passé avec succès son certificat d'études à douze ans. »

Les trois ans de service ne semblaient pas lui avoir mis de plomb dans la cervelle. Il avait pourtant tiré un bon numéro, qui ne l'avait envoyé ni aux colonies ni dans la marine.

Sylvain ne semblait trouver la quiétude que dans ses peintures, dans ces moulins semblables pour lui aux voiliers de la mer. Edmonde éprouvait parfois des difficultés à le comprendre. Elle avait hâte qu'il se stabilise et se marie, avec la petite Cathelyne par exemple.

Elle était fière de lui cependant lorsqu'elle le voyait prendre la plume et la tremper dans l'encrier pour aider les pauvres gens à remplir des papiers. Les servantes lui chuchotaient à l'oreille comme à un confesseur. Des cultivateurs lui transmettaient des mots doux pour leur fiancée. De façon moins poétique, il remplissait aussi des papiers en français pour la ville.

Ces illettrés préféraient s'adresser au garçon du pays. L'instituteur les intimidait davantage. Sylvain s'exprimait indifféremment en flamand et en français. Et le flamand reculait. Il se maintenait dans les associations culturelles locales ou à la maison. Dans les églises, on prêchait toujours en flamand. Le français était compris par une minorité, cette minorité dont faisait partie Sylvain.

Comme disait Augustin : « Chez nous, on sait pas pourquoi, mais on a toujours bien parlé le français. »

C'était d'ailleurs un devoir de l'école primaire laïque. La disparition du flamand était nécessaire au progrès, disait-on, et le petit paysan apprenait bien, pour être comme le bourgeois ou comme l'ouvrier.

Les convives partagèrent le gâteau. On allait élire un roi et une reine. Sylvain obtint la fève.

— Vive le roi ! Vive Sylvain !

— Choisis ta reine !

— Cathelyne, Cathelyne !

— Allez, un baiser !... Un baiser !

Sylvain approcha ses lèvres de la joue de la jeune fille. Elle le regarda fièrement, les pommettes empourprées. Elle posa sa main sur la sienne et la serra très fort. Son sourire était un mélange de victoire et de possession. Il déplut à Sylvain. Le jeune homme tressaillit. L'impression fugace de s'engager trop rapidement lui traversa l'esprit. Il était à peine rentré du service qu'on le pressait de se fiancer. Avant son départ pour l'armée, il s'était senti attiré par cette jeune villageoise de nature aimable, qui semblait s'accommoder de tout. « Est-ce suffisant ? » se demandait-il.

Un sentiment de malaise venait de naître en lui, et, plus le temps s'écoulait en cette nuit de fête, moins il était convaincu de son attachement. Sans doute avait-il été imprudent. Cathelyne était une jolie fille, mais était-ce l'amour ? Au tréfonds, une petite voix lui criait qu'il se trompait.

Tandis que, harassé de fatigue, après avoir rêvé d'histoires fantastiques à la lueur des ombres sur les murs, le petit Pault'che s'en allait se coucher, une brique chaude l'attendant dans son lit, tandis que les invités repartaient plein de gaieté dans le cœur en songeant aux prochaines réjouissances, un air vif leur fouettant le visage et dissipant leur légère ivresse, les pensées de Sylvain étaient confuses. Il se sentait prisonnier…

8

Saint-Paul-en-Brionnais

L'image de Blondine poursuivait Valentine. Elle n'avait pas oublié les propos du maître d'école et se demandait par quel miracle un tableau de leur famille était reproduit dans un livre de peinture. Le nom flamand du modèle, surtout, la taraudait. Peut-être Louis se trompait-il, tout simplement. Il existait tant de portraits de musiciens…

— Ne restez pas à la fenêtre, mademoiselle ! Il fait si sauvage ce matin, vous allez prendre froid !

Plongée dans ses interrogations, Valentine n'avait pas remarqué le groupe de villageois avançant dans le parc en direction de la porte d'entrée du manoir. Ceux-ci n'eurent que le temps d'ôter leur chapeau et d'admirer l'allure altière de la jeune fille qui reculait dans la pénombre, les joues enfiévrées ; apparition éblouissante mais trop furtive qui leur arracha quelques soupirs mélancoliques.

— Dis-moi, Guyette, que font tous ces jeunes gens en bas ? demanda-t-elle à la femme de chambre attachée à son service.

— Ce sont les conscrits, mademoiselle. Ils ont quêté dans toutes les fermes pour amasser l'argent de leur banquet et, ce matin, ils sont reçus par monsieur le maire pour un vin d'honneur au château, dans le grand salon.

— C'est vrai, j'avais oublié.

— Ils ont bien de la chance cette année. Le tirage au sort a disparu et ils ne font plus que deux ans de service obligatoire. Ils n'ont pas fini de faire la fête avant de partir !

Valentine soupira :

— Il y a des fois où j'envie leur camaraderie et leur gaieté.

— Vous préféreriez effectuer votre service et défiler dans les rues bras dessus, bras dessous en chantant des chansons à boire ?

— Il y a des jours, oui…

Elle prit sa viole et la plaça d'autorité entre ses genoux. Guyette lui tendit son archet en souriant. La jeune bonne avait été élevée dans la ferme du domaine. La petite Valentine de Montfleury y allait chercher elle-même le lait et le beurre afin de jouer un moment en sa compagnie. Puis elle était partie en pension. A son retour, une distance respectueuse s'était creusée entre les deux jeunes filles, mais elles gardaient l'une pour l'autre beaucoup d'affection.

Valentine interpréta une œuvre de Purcell. Son archet courait, agile, sur les cordes. En bas, un chant mélodieux, des accords parfaits parvinrent à l'oreille des conscrits intimidés.

Guyette était totalement envoûtée par la voix puissante et veloutée de l'instrument. Sa jeune maîtresse l'avait initiée à la grande musique. Elle lui en était reconnaissante et, dès qu'il lui était possible, elle l'écoutait. Jamais trop longtemps, jamais sans un ouvrage à la main. Elle s'assit sur le bord du lit, changea silencieusement la taie d'oreiller et savoura ces instants d'intimité. Lorsque Valentine eut achevé la partition, Guyette applaudit avec ferveur. Elle était sa première auditrice et revendiquait ce privilège face aux autres employés du château.

— Dites-moi…

Elle hésita :

— Lorsque vous serez mariée, je pourrai rester à votre service et m'occuper de vos fils ?

— Bien sûr, Guyette, mais qui te dit que je n'aurai pas une fille ?

— Oui…

— Je l'appellerai Emmeline.

— C'est joli.

— Comme Emmeline Pankhurst, qui réclame le droit de vote pour les femmes en Angleterre.

— Moi, je ne pense pas à toutes ces choses, c'est l'affaire des hommes, non ?

— Je ne suis pas d'accord avec toi, Guyette. Je vais te confier un secret. Je regrette de ne pas poursuivre mes études. J'aurais aimé être avocate.

— Avocate, ça n'existe pas.

— Si. Depuis 1900, année où une femme a été admise au barreau de Paris.

— Comment savez-vous cela, mademoiselle Valentine ?

— Mon frère Maurice me renseigne sur la vie parisienne.

Elle se tut un instant, songeuse.

— Je l'envie. Il a préféré la société citadine à l'exploitation de nos terres.

— C'est dommage ! Pourquoi ?... Un si bel homme !

— Guyette, voyons !

Sa réprimande était teintée de fierté.

— Vous l'aimez beaucoup, votre frère.

— Oui, trop. Je ne trouverai jamais d'homme qui le vaille.

— Mais vous êtes fiancée !

— C'est vrai...

Valentine émit un soupir à fendre l'âme. Son frère était reparti à Paris après le bal de l'Epiphanie. Il avait emporté ses rêves et ses illusions. Elle s'ennuyait depuis son retour de pension. Désœuvrée, elle voyait d'un œil morne venir des années d'indolence. Elle appréhendait le déroulement monotone des journées bien réglées, une organisation sans surprise, un emploi du temps strict et conditionné et, plus que tout, les fameux devoirs de société : les bonnes œuvres, les jours de réception, les visites obligatoires.

Elle essaya de se remettre à la viole, mais l'archet était trop lourd sur les cordes, son pouce gauche, trop crispé. Elle se leva, posa son instrument avec délicatesse.

— Il y a un problème avec le travail, reprit-elle.

Je ne veux pas donner tout mon salaire à mon mari, à Emile encore moins !

— Vous seriez bien obligée… Vous voyez, vous êtes mieux ici.

— Peut-être…

Elle se tut.

— Les employées des postes sont mal payées, reprit Guyette en tapotant les oreillers. Leur salaire est bien inférieur aux hommes, c'est une cousine qui me l'a dit.

— Le téléphone ! Comment n'y ai-je pas songé ! s'exclama Valentine.

— Vous dites ?

— Non, rien…

Elle repensait au tableau. Elle n'osait se rendre à l'école et déranger Louis en plein cours. Ce n'était pas convenable. Son irruption eût créé des rumeurs dans le village et suscité des remontrances de la part de son père. Pourtant, elle désirait vivement surprendre Louis avec ses élèves. Elle l'enviait de pouvoir enseigner.

— Les conscrits sont toujours là ?… Veux-tu jeter un coup d'œil en bas ?

Guyette sortit, descendit quelques marches, écouta et remonta précipitamment l'escalier.

— Ils sont dans le grand salon.

— Ensuite, mon père ira à la mairie… J'aimerais lui parler du portrait de Blondine…

— Pourquoi ?

— Oh, rien, un détail… Ne m'est-il pas ressemblant ?

— S'il n'y avait vos cheveux bruns, on jurerait que c'est vous.

Le lendemain du bal, Valentine était restée un long moment à contempler le tableau, muette, les yeux rivés sur la toile. Son attitude avait étonné sa mère.

— Que regardes-tu ainsi ? Tu dors ?

— Ce portrait a-t-il été reproduit dans un livre, maman ?

— Pas que je sache, ma fille.

— Cette Blondine, il s'agit bien d'une de nos ancêtres ?

— Bien sûr, répondit Hubertine, du côté de ma mère.

— Y a-t-il eu des Flamands dans la famille de La Grève ?... Blondine, par exemple ?

— Des Flamands ?... Quelle idée ! Où as-tu été chercher pareilles sottises ? Nous appartenons tous à cette terre de Bourgogne et nous avons toujours habité ce château.

Profitant d'une absence de ses parents, Valentine s'était faufilée dans la bibliothèque. Sa recherche avait été vaine. Il n'existait aucune trace d'ouvrage sur le Nord ni d'album de peinture, son père n'étant pas très féru d'art. Elle avait essayé d'oublier cette histoire, sans succès.

— Les conscrits s'en vont, mademoiselle !

Valentine descendit l'escalier.

Hector de Montfleury se tenait sur le pas de la porte.

— Père, je désirerais vous entretenir…

Il lui coupa la parole.

— Je n'ai pas le temps, ma fille, ma voiture est déjà attelée. Je suis en retard.

— Vous allez à la mairie ?

— Je dois d'abord déposer un pli chez le notaire. Pourquoi ces questions ?

— Pour rien, je…

— Voyez votre mère, je suis très pressé.

Il la vouvoyait à chaque fois qu'elle l'importunait.

— Papa, savez-vous si le portrait de Blondine fut prêté pour une copie ?

Il n'écoutait plus. Il monta dans la voiture, le cocher claqua son fouet et les roues grincèrent sur le chemin.

Le village ne comportait que cinq abonnés au téléphone : l'école, le notaire, le médecin, la mairie et, bien entendu, le château de La Grève.

La voix de la téléphoniste se fit entendre.

— Un instant, mademoiselle Valentine… Votre père est absent, semble-t-il. On l'a demandé il y a tout juste deux minutes.

— Peu importe, passez-moi son secrétariat.

— Tout de suite !

Une voix retentit :

— La mairie de Saint-Paul, j'écoute.

— Monsieur Louis ?

— Mademoiselle ?

— Valentine de Montfleury à l'appareil.

Elle ne le vit pas rougir.

— Monsieur Louis, vous m'avez dit posséder un livre avec une reproduction du tableau du petit salon.

— Effectivement, mais il est à Paris. Je n'ai pas encore rapporté toutes mes affaires au pays.

— Pourriez-vous me le procurer ? Je vous en prie !

Le téléphone se mit à grésiller, elle n'entendit plus que des bourdonnements.

— Mademoiselle, mademoiselle, s'écria-t-elle, s'adressant à la demoiselle des postes, remettez-moi en ligne s'il vous plaît.

La téléphoniste n'avait pas quitté son récepteur, elle répondit aussitôt :

— C'est trop mauvais. Raccrochez, mademoiselle. Je vous rappelle dès que possible.

L'attente lui parut interminable. Elle appréhendait que son père ne soit arrivé et n'accapare Louis. Il ne comprendrait pas qu'elle s'entretienne personnellement avec son secrétaire de mairie.

La communication fut rétablie rapidement et s'avéra être de meilleure qualité.

— Mademoiselle Valentine ?

— Monsieur Louis, vous avez entendu ce que je vous ai demandé ?

— Oui. Je me fais envoyer le livre, et je viens vous le porter dès que je le reçois.

— Merci, monsieur Louis.

— Cela me fait plaisir, mademoiselle Valentine... Excusez-moi, je dois vous quitter... Votre père est là... A bientôt !

9

— Mademoiselle Valentine !...

Quelqu'un l'appelait. Dans son rêve, elle ne distinguait qu'une ombre. La silhouette était celle d'une jeune femme du temps passé. Ses traits se fixèrent, s'éclaircirent, tandis que les appels s'amplifiaient :

— Mademoiselle Valentine !...

Blondine cherchait à l'attirer. Elle lui tendait la main et l'invitait à la suivre.

— Allez, venez !... disait-elle encore.

Et, brusquement, les sollicitations furent plus sonores. Valentine ouvrit les yeux. Guyette était penchée vers elle et tâchait de la réveiller.

— Mademoiselle Valentine ! répéta-t-elle.

— Le jour est à peine levé. J'ai encore sommeil, répliqua-t-elle, l'esprit embrumé.

— Le maître d'école m'a dit que c'était important, mademoiselle.

— Monsieur Louis ?

— Oui, il m'a remis ce livre pour vous.

Valentine se redressa subitement.

— Donne-le-moi. Monsieur Louis est en bas ?

— Non, mademoiselle, il était en retard.

— Il n'y a pas d'école aujourd'hui.

— Il se rendait à la mairie, mais il a précisé qu'il repasserait vous voir après le déjeuner.

— Mon Dieu, pourquoi ne m'as-tu pas réveillée plus tôt, Guyette ?

— Je suis déjà venue. Vous dormiez si bien, et le jour se lève tard encore.

Valentine passa rapidement sa robe de chambre.

— Où est ma mère ?

— A la messe.

— Très bien. Je descends.

Avant que la jeune Guyette n'ait eu le temps de la questionner, Valentine se précipita en bas, en direction du petit salon. La cuisinière était au marché. Guyette s'affairait à présent dans les pièces du haut. Son père était à la mairie. Elle traversa le grand salon, y rencontra le cocher-valet de chambre. L'homme était occupé à rouler un tapis et à déplacer des fauteuils afin de cirer le parquet. En plus du métier de cocher, il exécutait divers travaux dans la maison, comme le nettoyage des vitres et les éventuelles réparations. La cuisinière se chargeait des achats, lavait la nappe de famille, la vaisselle et les lieux d'aisance. Les femmes de chambre nettoyaient les différentes pièces et servaient les repas.

— Florimond, demanda-t-elle au cocher, le petit salon est-il ciré ?

— Oui, mademoiselle Valentine.

— Je m'y rends… Veillez à ce que l'on ne me dérange pas, voulez-vous ?

— Mademoiselle peut être tranquille.

Elle s'enferma dans la pièce, poussa un fauteuil face au portrait de Blondine, s'y installa, jeta un coup d'œil au modèle qui lui souriait et, le cœur battant, ouvrit le gros volume. Elle n'eut pas longtemps à le chercher. Un signet était placé à la page du tableau. Médusée, elle tomba en arrêt devant la reproduction.

Blondine était là, sous ses yeux, semblable au portrait qui ornait le mur, avec ses boucles blondes, son petit air coquin, sa colombe sur l'épaule. La jeune fille portait une ravissante bague au doigt et jouait de la viole.

Le regard de Valentine se porta successivement sur l'un et sur l'autre. Elle se leva, s'approcha du cadre, le livre à la main, étudia les détails de la physionomie du modèle. Aucun doute, c'était Blondine. Il s'agissait bien du même tableau.

Et pourtant, un détail clochait. C'était son portrait et il était différent. Elle mit quelques secondes à s'apercevoir que le fond sur la reproduction était plus encombré, tant la jolie tête souriante ressortait de l'ensemble, tant les reflets de sa chevelure et l'éclat de son regard bleuté semblaient vous hypnotiser. Uni sur le tableau des Montfleury, le décor était composé, sur le livre, d'un mont verdoyant et surtout d'un moulin à vent de teinte brune, étranger au Brionnais.

Mais le plus absurde était le titre sur l'ouvrage : *Blondine Degraeve, la Belle Meunière*. Degraeve, prononça-t-elle à voix haute. Un nom flamand, avait précisé Louis. Et puis il y avait la signature du peintre : Ruyssen, signature illisible sur leur tableau. Valentine resta immobile de longues minutes, le visage pâle, indécise et intriguée.

Un seul moyen permettrait de savoir si les deux portraits ne faisaient qu'un : frotter la toile et retirer la couche de peinture ocre tapissant le fond. Elle ne manquerait pas de s'attirer les foudres parentales en touchant au tableau. La punition risquait d'être sévère, mais elle ne voyait pas d'autre solution. Inutile d'attendre la permission des siens. Elle ne l'obtiendrait jamais. Il fallait agir vite, avant que ses parents reviennent. Il lui serait plus aisé d'expliquer son geste une fois le délit consommé. Il lui fallait opérer avec précaution afin de ne pas abîmer le portrait de Blondine. Seul le fond l'intéressait. Un solvant et un petit grattoir feraient l'affaire. Elle se dirigea vers la cuisine. Ses recherches furent vaines.

« Florimond, bien sûr ! » pensa-t-elle. L'homme à tout faire devait posséder ce genre de matériel.

— J'ai de la peinture à effacer, Florimond, auriez-vous un produit adéquat ?

Sans oser lui poser la moindre question, le brave homme lui dénicha ce qu'elle cherchait.

— Voici de l'ammoniaque et de l'alcool que nous utilisons pour nettoyer l'argenterie et certaines taches. Cela devrait vous convenir. Désirez-vous que je m'acquitte de ce travail ?

— Non merci, Florimond.

— Ces produits sont dangereux…

— Je serai prudente.

Elle s'enferma à nouveau dans le petit salon. Elle décrocha le tableau et, bien calée dans le fauteuil, elle put l'observer tout à loisir. Le peintre n'était pas un barbouilleur. Il avait du talent. L'œuvre était exécutée sur une toile de lin. Le cadre était en bois de peuplier. Le support était en bon état de conservation, mais la couche ocre du fond lui parut plus empâtée en certaines zones. Elle devait en avoir le cœur net.

Existait-il au-dessous un mont et un moulin ? Elle prit une large inspiration pour se donner du courage. Elle imprégna un chiffon de solvant afin de ramollir la couche supérieure. Prudente, elle retira d'abord une minuscule parcelle de peinture. La manipulation était périlleuse. Elle œuvrait lentement, frottait avec délicatesse. Circonspecte, elle prit garde à ne pas abîmer la toile, qui datait de plus d'un siècle. Blondine portait un costume du XVIIIe siècle.

Elle réussit à supprimer le voile ocre et opaque, et découvrit la vérité. Ces repeints masquaient une matière lumineuse, occultaient un décor en camaïeu de bleu et de vert, une butte et un moulin aux teintes brunâtres, le tout introduisant une bouffée de nature dans ce lieu que l'on pensait clos. Une lumière de soleil couchant surgissait du fond, derrière le mont, et inondait l'espace. Le vert s'adoucissait vers Blondine, et le bleu du ciel s'estompait sur les bords supérieurs de la peinture.

Valentine resta figée dans son fauteuil. Ses mains tremblaient en tenant le tableau. En quoi ce paysage gênait-il l'artiste ? Il ne l'aimait pas, sans doute. Il avait désiré mettre en valeur le portrait de Blondine. Cette explication eût été plausible sans un problème : ces repeints étaient plus tardifs. Si l'artiste l'avait aussitôt recouvert, la jeune fille n'aurait pu dégager aussi facilement la peinture initiale. Oui, c'était évident, la couche était superficielle et surtout beaucoup plus récente.

Quelqu'un avait ôté le paysage... Un voleur ? Cette toile avait-elle été dérobée jadis par un membre de la famille de Valentine ? Ceci expliquerait le nom flamand. Quoi qu'il en soit, souhaitant que l'on ignore où se situait Blondine, une personne avait sciemment gommé toutes traces du passé, de l'origine du tableau et de l'artiste.

« Blondine Degraeve, se répétait Valentine, la Belle Meunière... Il n'y a jamais eu de Degraeve dans la famille, encore moins de meunier. Degraeve... » Ce nom étranger lui disait pourtant quelque chose. Mais quoi ? Ce quelque chose ne parvenait pas jusqu'à sa conscience.

Elle entendit claquer la porte d'entrée et résonner le pas de sa mère dans le couloir. Elle était encore en tenue de nuit. Elle remit précipitamment le tableau à sa place. Il avait changé de façon singulière. Personne, peut-être, n'y prêterait attention avant le prochain nettoyage du salon. Elle décida de ne rien dire à ses parents. L'orage familial aurait tout le temps d'arriver.

Ebranlée par sa découverte, elle désirait d'abord s'en entretenir avec le maître d'école. Elle avait toute confiance en Louis.

Elle le connaissait si peu... Une soirée, une conversation téléphonique... mais le jeune homme lui avait paru amical, ouvert et franc. Et, en l'absence de son frère, elle ne savait à qui d'autre se confier.

Dans la salle à manger richement meublée, deux armoires massives trônaient, ainsi qu'une haute horloge de bois sculpté. La maison sentait le ris de veau aux morilles. Le déjeuner parut long et ennuyeux à Valentine. Seul Hector de Montfleury parla. Il était mécontent. De modestes paysans voulaient rivaliser avec son exploitation.

— Dès qu'ils possèdent des charrues et une paire de bœufs, ces fripons de laboureurs deviennent propriétaires et se groupent en coopérative d'achat. Même nos métayers sont moins timides et plus concupiscents. Le métier d'embouche [1] change. Le monde évolue... Enfin, chez nous on ne peut pas trop se plaindre, se rassura-t-il, les difficultés sont moindres par rapport à d'autres régions où les foires déclinent. Nous n'avons pas de grèves, et l'on peut toujours approvisionner le marché parisien. Mon élevage sauve notre exploitation, et mes bovins sont de race supérieure.

1. Engraissement du bétail dans les prés.

Le père faisait les questions et les réponses. Il ne parlait jamais d'argent devant sa femme et sa fille. Il eût paru avilissant de s'y intéresser. Les interventions d'Hubertine se bornaient à une exclamation, une interjection, une onomatopée.

Les pensées de Valentine étaient ailleurs. Elles accompagnaient une jeune femme de la Révolution. Elle cherchait à comprendre. Elle songea d'abord à confier à ses parents cette étrange similitude, à avouer et à expliquer son acte, et surtout à leur demander des comptes, mais son père n'était pas d'humeur à l'écouter.

A la fin du repas, n'y tenant plus, elle risqua une question :

— Père, la Flandre, c'est où ?

— C'est tout en haut sur la carte. C'est le pays des mines, affirma-t-il, guère convaincu.

Elle s'enhardit.

— Notre famille a-t-elle eu des liens avec la Flandre ?

— La Flandre ?... Non, quelle question !

— Et de votre côté, maman ?

— Non. Il me semble te l'avoir déjà dit. Tu es bien mystérieuse, ma fille, que nous caches-tu ?

— Oh, rien, j'ai vu ce nom dans un ouvrage dernièrement...

— Quelque chose te tracasse ? C'est la seconde fois que tu parles de la Flandre. Les gens ont raconté des choses ?

— Non, pas du tout.

La discussion s'acheva ainsi. A son grand soulagement, son père prit le café dans la salle à manger, et non au petit salon. Avec un peu de chance, ils ne s'apercevraient de rien aujourd'hui.

Un pâle soleil de février se jouait dans les branches encore décharnées des arbres. Le silence n'était interrompu que par le grincement des roues de chariot sur les chemins avoisinants. Valentine vit partir son père en direction de la métairie. Le livre à la main, elle attendit au-dehors l'arrivée de l'instituteur. Il surgit en trombe, sur sa bicyclette, les lunettes sur le nez, le visage empourpré d'avoir poussé sur ses pédales dans la côte.

— Voulez-vous concurrencer le vainqueur du Tour de France ? demanda-t-elle d'un ton faussement ingénu, le regard facétieux. Il doit être malaisé de rouler avec toutes ces montées et ces descentes.

Louis posa sa bicyclette contre le mur.

— Ma mère est à l'intérieur. Je préfère que nous marchions un peu. Il fait bon cet après-midi, annonça Valentine.

Ils se dirigèrent derrière les étangs du château, près du moulin à eau.

— Le portrait est bien le même, vous aviez raison. La seule différence résidait dans le décor. J'ai réussi à ôter la couche ocre qui masquait le paysage. Mes parents seront furieux, mais je devais en avoir le cœur net. Vous rendez-vous compte, Louis ? Cette Blondine n'est peut-être pas mon ancêtre, mais une étrangère. Qui a volé ou menti ? Je n'aurai de cesse de le découvrir.

— Que puis-je faire pour vous aider ?

— La Flandre est-elle une région de montagne ? Mon père m'a dit que c'était une région minière, or le tableau a une allure plutôt champêtre, avec ce moulin et le mont verdoyant.

— C'est un pays de plaines, mais il existe une espèce de petite cordillère que peu de gens connaissent.

— Et vous, Louis, comment le savez-vous ?

— Je me suis intéressé à la France entière pendant mes études, et aujourd'hui encore…

— Pourquoi, c'est en France ?

Valentine était stupéfaite.

— Bien sûr, mais à l'extrême nord du pays. J'ai fait des recherches de mon côté. Le peintre Nicolas-Joseph Ruyssen fut le fondateur d'une abbaye cistercienne.

— Comme chez nous ?

— Oui. Une abbaye située au mont des Cats, en Flandre française. Il y a des chances que ce soit le mont représenté sur la toile.

— Vous connaissez beaucoup de choses, Louis. Je me sens si inutile à côté de vous, je voudrais tant voyager et apprendre.

— J'aime étudier.

— Vos élèves doivent vous apprécier.

— J'aime enseigner. J'ai de grandes ambitions comme maître d'école. Trop grandes sans doute… Je prêche le respect de la loi, l'amour de l'ordre et n'oublie pas la maxime du matin au tableau noir, mais je souhaiterais favoriser les heures d'éducation physique et d'activités manuelles. Je désire autant instruire le cœur de mes élèves que charger leur mémoire, j'essaie de leur faire observer les phénomènes naturels, je m'attache à éduquer leur sens esthétique par les tableaux et la musique.

— Pourquoi être aussi secrétaire de mairie ? L'éducation devrait vous suffire.

— J'arrondis mes fins de mois avec le secrétariat. Les horaires sont conciliables : la mairie n'est ouverte que deux fois dans la semaine, le jeudi et le samedi. Il me fallait ce second métier car nous sommes insuffisamment payés… Ceci dit, je ne veux pas me plaindre. Notre salaire est fixe et c'est enviable.

Intarissable sur son travail, il la regardait avec amour. Il admirait cette très belle jeune fille sensible et volontaire, intelligente sans ostentation, sans fierté ni dédain envers sa pauvre personne.

« De son allure bienveillante se dégage une belle âme », songeait-il.

Une angoisse indicible tenaillait Valentine à l'idée d'une œuvre achetée ou volée, à la pensée que Blondine ne fût pas son aïeule. Une bouffée de colère monta en elle. Pourquoi avait-on trafiqué le tableau ? Que signifiait toute cette histoire ? Qui était Blondine ? Elle s'était exercée à cet instrument de musique si peu pratiqué qu'est la viole uniquement à cause de son ancêtre et de son regard si semblable au sien. Elle croyait tant ressembler au modèle.

10

— Mais quelque chose ne va pas avec ce portrait !

Valentine réagissait violemment aux remontrances familiales.

Dès le lendemain matin, en nettoyant le cadre, une femme de chambre s'était aperçue de la modification apportée au tableau. Croyant être la proie d'une hallucination ou la victime d'une machination occulte, elle s'était confiée, affolée, à la cuisinière. Celle-ci vint de son pas pesant examiner la toile et alerta Florimond. Le cocher fit promettre immédiatement le silence aux deux femmes. Il leur expliqua qu'il s'agissait sans aucun doute de mademoiselle Valentine.

Il pressentait que cet acte de détérioration d'une œuvre d'art était susceptible de causer du désagrément à la jeune fille.

Le personnel de la maison était donc au courant

des caprices de Valentine, mais aucune rumeur ne franchit les portes de l'office. Tous l'aimaient et nul ne désirait lui attirer des ennuis. L'histoire aurait pu en rester là si, le midi, l'affaire n'eût été découverte par les Montfleury. Il fallut le café qu'Hector prit en compagnie de sa femme et de sa fille dans le petit salon.

Les yeux de Valentine évitaient soigneusement le portrait. Le nez dans son breuvage, elle priait le ciel que ses parents ne levassent pas le visage vers le mur. Un cri de sa mère l'avertit du danger imminent.

— On a changé le tableau ! Regardez, Hector !

— Quoi ?

— Le décor a changé, répéta-t-elle.

— C'est vrai ! s'exclama-t-il, les sourcils froncés, en examinant la toile.

Hubertine était abasourdie.

— Qui s'est permis ?

Son regard tomba sur Valentine dont la main tremblait légèrement en tenant sa tasse. Les parents la toisèrent avec froideur, l'air méfiant.

Ses paroles tombèrent comme un couperet dans le silence lourd qui s'était instauré :

— C'est moi, avoua-t-elle.

Aussitôt, elle contre-attaqua pour éviter le blâme.

— Mais quelque chose ne va pas avec ce portrait, mais pas du tout !... Il recèle un secret... Blondine n'est pas notre ancêtre, n'est-ce pas ?

Sans l'écouter, son père la réprimanda :

— De quel droit t'es-tu permis d'y toucher ? Un portrait de famille !

— Il n'est pas abîmé, le fond seul est différent.

— Tu aurais pu nous demander la permission... Peindre par-dessus, c'est digne d'une enfant de cinq ans !

— Non, pas par-dessus. J'ai simplement effacé la couche superficielle qui recouvrait le décor initial.

— Pourquoi ?

— Je devais savoir.

— Bon, tu sais quoi au juste ?

— Ah ! enfin, vous m'écoutez.

Elle posa sa tasse.

— Monsieur Louis m'a prêté un livre sur les peintres du Nord.

— Tu entretiens des relations avec le maître d'école !

Sa mère semblait outrée.

— Mon secrétaire, qui plus est ! lança Hector, visiblement contrarié.

— Mais non, rassurez-vous. Lors du bal de l'Epiphanie, monsieur Louis avait été troublé par la ressemblance du portrait de Blondine avec une reproduction dans un livre.

Hubertine fit la moue.

— Il aurait pu nous en parler.

Valentine ne répondit pas aux reproches, elle poursuivit :

— Sur cet ouvrage, le tableau est représenté avec un décor champêtre, un mont, un moulin. J'ai simplement voulu vérifier que c'était le même.

— Te voilà bien avancée.

— Il y a autre chose, papa : Blondine porte le nom de Degraeve, et il y a un titre au portrait : *La Belle Meunière.*

— *La Belle Meunière* ? répéta Hector. Fantaisie d'artiste, imagine donc une meunière jouant de la viole, c'est ridicule.

— Je l'admets… reconnut Valentine.

— Rajoutant un moulin à son œuvre, le peintre a estimé qu'un tel titre conviendrait à la peinture, c'est tout.

— Mais le nom de famille de Blondine, papa ?

— Quel nom as-tu dit ?

— Degraeve.

— Cela ne nous dit rien, remarqua le père.

Après un court silence, la voix pointue d'Hubertine s'éleva :

— A moi, si… Le tableau de Blondine vient de ma mère, Esmérance. Son nom est…

— Chanteline, affirma Hector avec une parfaite mauvaise foi, rien à voir.

— Enfin, son nom de jeune fille est « de La Grève », vous le savez bien, voyons !

Valentine était stupéfaite. La ressemblance des patronymes, voilà ce qui la taraudait.

— Bien sûr ! Où avais-je la tête ? Degraeve, de La Grève, c'est le même nom, conclut le père, qui avait réponse à tout. Pendant la Révolution, expliqua-t-il, le ton sentencieux, on avait pris l'habitude de supprimer ou de coller la particule au nom des aristocrates. De La Grève est devenu pendant quelques années Degraeve. Tu vois, Valentine, ce n'est pas flamand du tout.

— Mais Degraeve comporte un *a*...

— Le *a* est une erreur, affirma-t-il, convaincu de son argumentation.

— Grand-mère Esmérance doit être au courant de cette histoire, n'est-ce pas, maman ?

— Laisse donc ta grand-mère tranquille.

— Pourquoi ? Je ne l'ai pas beaucoup ennuyée ces dernières années, répliqua Valentine, avec humeur.

— Laisse-la donc vieillir dans la tranquillité.

— Pourquoi grand-mère est-elle si solitaire ? poursuivit Valentine, saisissant l'occasion d'en apprendre davantage sur sa mystérieuse aïeule.

Esmérance intimidait naguère la petite Valentine. Ensuite, pendant ses années d'internat, la jeune fille avait perdu sa grand-mère de vue.

— Elle ne dîne jamais avec nous.

— Elle dîne et se couche tôt.

— Mais elle est si silencieuse, si discrète ! Je fus étonnée de sa présence au bal de l'Epiphanie.

— Elle tenait à y assister.

La discussion fut interrompue par la visite inopinée d'Emile, qui revenait de la foire aux Sauvagines de Chalon-sur-Saône et ramenait des peaux d'animaux sauvages. Il désirait les montrer à sa fiancée avant de les confier à un pelletier afin qu'il en fasse une superbe descente de lit pour leur mariage.

Valentine se montra maussade. Une fois encore, il agissait pour elle, ne lui demandant aucunement son avis sur leur vie future. Elle avait osé le contrer à plusieurs reprises, mais, plus elle le connaissait, plus elle le redoutait, lui et son air suffisant, son parfum trop épicé, son sourire fallacieux. Mais Hector était totalement sous le charme.

Elle essayait d'imaginer ce que serait sa vie aux côtés d'un tel homme, la descendance qu'elle devrait concevoir avec lui. Elle n'ignorait rien de l'amour. Une compagne de pensionnat s'était fait un devoir de tout lui expliquer, à la manière d'une recette de cuisine. Son père se tourna vers elle :

— Valentine, tu rêves ? Emile désire t'emmener en promenade.

Deux heures plus tard, dans la vaste allée menant au château de La Grève, deux cavaliers se suivaient, en un claquement de sabots ferrés. Les chiens vinrent à leur rencontre en aboyant. Les chevaux hennirent.

En amazone sur sa monture et chapeau haut de forme sur la tête, Valentine accepta la main tendue du régisseur, mit pied à terre, lui tendit la bride du cheval qui piaffait et se tourna avec fougue vers Emile qui arrivait au petit trot derrière elle :

— Laissez-moi, Emile, et ne refaites plus jamais cela, vous m'entendez ?

Elle lui tourna le dos, très droite et très hautaine, franchit rapidement le portail de l'entrée, monta le grand escalier dans un bruissement d'étoffes, ouvrit avec brusquerie la porte de sa chambre et se trouva nez à nez avec la jeune Guyette.

— Vite, une chaufferette, je suis gelée !...

Guyette s'exécuta.

Exaspérée, Valentine se promenait de long en large en faisant claquer sa cravache contre les pans de sa jupe.

— Arrêtez, mademoiselle, vous allez vous blesser. Venez vous asseoir. Je vous ôte ces chaussures trempées et vous allez me raconter.

— J'en ai assez ! Emile ne me respecte pas. Il est de plus en plus empressé. Tu as raison, Guyette, je suis glacée, ajouta-t-elle, maussade. Quant à ce corset, il me serre trop et ma jupe est trop longue pour le cheval. J'aimerais mieux monter en pantalon.

Guyette lui demanda sur un ton de confidence :

— Que s'est-il passé, mademoiselle ?

La nervosité de Valentine se dissipa. Elle lui répondit d'un ton calme, comme à une amie :

— J'allais au grand galop dans les prés. Je me suis d'abord amusée de la poursuite. Nous sommes allés jusqu'à l'ancien prieuré. Dans la brume, c'était extraordinaire. Nous nous sommes arrêtés. Emile en a profité pour se rapprocher de moi. Mon cheval s'est cabré. C'est un pur-sang, il est sensible à la moindre provocation. Emile voulait m'arracher à ma monture. Il a réussi. J'ai failli tomber et me faire très mal. Il m'a retenue dans ses bras et, avec désinvolture, m'a embrassée brutalement... J'ai l'impression qu'à chaque rencontre un piège se referme sur moi.

Guyette la regarda avec curiosité.

— N'est-ce pas romantique de tomber dans ses bras ?

— Il a failli me tuer !

— Vous ne diriez pas ça si vous étiez amoureuse de lui…

— Il ne me respecte pas, Guyette. Nous ne sommes pas encore mariés, que je sache ! Il est de plus en plus audacieux.

— Aurez-vous jamais envie qu'il vous embrasse ?

Valentine devint très pâle et la toisa d'un air mécontent.

— Assez, Guyette, ou c'est toi qui vas me fâcher. Je suis de méchante humeur, certes, mais je ne veux pas que l'on dispose de moi de cette façon.

Elle marqua une pause et, l'air buté, elle lança :

— Je vais voir ma mère !

Assise dans le petit salon, Hubertine sommeillait, un ouvrage sur les genoux. Valentine refréna son impatience et, entourant sa mère de ses bras, déposa un tendre baiser sur sa joue.

— Vous n'êtes plus fâchée, maman, pour le tableau ?

— Non, Valentine.

Hubertine la regarda droit dans les yeux.

— Toi, tu as quelque chose à me dire…

— C'est vrai, maman.

Valentine avala sa salive.

— Voilà, maman. Les rencontres avec Emile se succèdent selon votre désir et celui de sa famille. La date du mariage est fixée à l'été. Je souhaiterais la retarder.

La mère la regarda avec consternation.

— Pourquoi ?

— Je ne suis plus très sûre de moi.

Hubertine surprit sa fille en lui demandant d'une façon très directe :

— Il ne te plaît plus ?

Un soupir échappa à Valentine.

— Il me considère déjà comme sa chose, et sa fatuité provoque en moi un sentiment très déplaisant…

Elle n'osa dire : « proche de la haine », mais c'était bien la haine qui montait, insidieuse, en elle. Elle ignorait encore si le fait de le détester provenait de sa peur d'être prisonnière dans le mariage.

— Certes, son… amour me flatte.

— Tu hésites…

— C'est que je crains peut-être de rester vieille fille…

— Eh bien, attends encore un peu. Inutile d'en parler pour l'instant à ton père. Il serait inopportun de l'ennuyer avec cela.

— Non, maman. La famille d'Emile doit être avertie. C'est décidé, j'ai besoin d'un peu plus de temps. Père comprendra, n'est-ce pas ?

— En te mariant, tu auras une vie agréable, Valentine. Emile t'offre sa protection. Tu ne nous quitteras pas, et ce domaine vous reviendra. De plus, Emile est bel homme. De nombreuses jeunes femmes t'envient !

Elle baissa le ton pour ajouter :

— Notre vie est bien ordonnée… Avec tes hésitations, tu me donnes du souci et je n'aime pas en créer à ton père. Le château fonctionne selon son rythme de travail et selon les hautes fonctions qu'il assume dans notre société. Bon… ajouta-t-elle, devant l'air mortifié de sa fille, je vais voir ce que je peux faire. J'en parle à ton père, c'est promis.

— Oh, merci, maman !

Elle embrassa sa mère une nouvelle fois. Emue, Hubertine éclata en sanglots.

— Que se passe-t-il, maman ? demanda Valentine, désemparée. Je vous ai tant contrariée ?

Elle n'avait jamais vu sa mère dans cet état.

— C'est ce midi, le tableau ? Je regrette…, ajouta-t-elle, en essuyant maladroitement les larmes d'Hubertine.

— Non, chérie, ce n'est pas le tableau, mais nous avons parlé de ma mère…

— Grand-mère est malheureuse ?

— Je ne crois pas, elle mène une petite vie tranquille. Certes, très à l'écart de nous, mais je veille à ce qu'elle ne manque de rien. Parfois je me dis que tout est de ma faute.

— Expliquez-vous, maman.

Hubertine se livra en un long murmure :

— Il y a quelque chose que je ne t'ai jamais dit. Aujourd'hui, tu es une femme. Tu as le droit de savoir. Ma mère était recluse dans une maison de santé pendant ma petite enfance. Elle avait perdu la tête, disait ma gouvernante. La famille, elle, ne disait rien. Mon père mourut à la guerre de 1870, j'avais huit ans. Je fus élevée par une tante. Celle-ci m'envoya comme pensionnaire au Sacré-Cœur. Lorsque je revins, à dix-huit ans, ma tante étant décédée, je repris ma mère au château avec moi. Je lui faisais la lecture, nous effectuions de nombreuses promenades ensemble.

« Ma mère s'occupait avec plaisir du colombier et n'était jamais mécontente. Mais au jour de mon mariage, elle préféra s'exiler dans l'aile du château où elle vit encore aujourd'hui. Elle n'a jamais admis la présence d'Hector. Une femme de chambre lui fut attribuée. Ma mère parle peu, et pourtant elle a conservé sa vivacité. Elle fuit le monde, et le monde la considère comme une excentrique. Elle n'a accepté la foule du bal que pour mieux te voir, m'a-t-elle confié.

Un silence s'instaura.

— Continuez, maman, murmura Valentine.

— Je n'ai jamais compris le mal-être de ma mère, mais je sens une souffrance en elle. Je ne sais pourquoi elle fut enfermée. Elle ne m'a rien expliqué et désire oublier ses années d'incarcération. J'en suis sans doute responsable.

— Qu'est-ce qui vous fait croire cela ?

— Je n'en sais rien. Elle ne me fait aucun reproche. Mais souvent je me dis que j'ai eu des torts.

— Vous savez lesquels ?

— Non. C'est simplement là, enfoui à l'intérieur de moi, dit-elle en se touchant la poitrine.

Valentine découvrait chez sa mère une fragilité, une grande sensibilité sous une cuirasse de femme froide et réservée.

Elle avait supporté les sœurs, l'absence de sa propre mère, et s'était conformée aux goûts et à la vie de son époux. Elle souffrait depuis des années.

Sans une plainte. La jeune fille était bouleversée. Elle ne comprenait pas pourquoi Hubertine n'avait davantage sondé le cœur d'Esmérance. C'était si contraire au propre tempérament de Valentine.

Ce soir-là, en se déshabillant, la jeune fille questionna Guyette.

La jeune servante lui confia qu'Esmérance était mise à l'écart par un beau-fils qui ne supportait pas son regard perçant et la traitait de vieille folle.

— Que sais-tu de grand-mère ? Tu fréquentes sa femme de chambre.

— Oh !... Elle dit simplement que madame Esmérance n'est pas plus folle que vous et moi.

Les derniers flocons de neige scintillèrent sur la colline. Le soleil revint en force, provoqua le dégel pendant la journée. Son souffle chaud frémit sur les prairies, dissipa le froid glacial et foudroyant, pénétrant et mordant. Les premières vapeurs montaient de la terre. Le printemps n'était plus loin.

Il était peut-être temps de questionner Esmérance.

11

Cassel, en Flandre

Reuze Papa[1] se tourna pour saluer Reuze Maman. La fête battait son plein à Cassel. Une foule bigarrée et folâtre musardait dans les ruelles tortueuses de la cité des comtes de Flandre et sur la grand-place dont le plus bel écrin était sans nul doute l'ancien baillage de grès, de pierres et de briques. C'était le lundi de Pâques. On danserait tard dans la nuit.

Dès le matin, six cents tambours avaient remplacé le pépiement des oiseaux et leurs parades de printemps. Les rossignols avaient chanté la nuit, les hirondelles étaient de retour, l'herbe s'était apprêtée à reverdir, la sève à se gonfler et les pervenches du petit bois attenant à l'estaminet du Violon d'or étaient en fleurs.

1. Reuze : géant, en flamand. Reuze Papa et Reuze Maman sont les géants de Cassel.

Sur la colline, les moulins tournant en même temps avec des battements saccadés s'étaient sagement arrêtés pour être décorés. L'aurore s'était levée. Un temps clair était venu balayer les froidures de la dernière semaine du carême. Brouillard, givre et vent s'étaient dissipés pour contribuer à la fête. La lumière d'avril baignait le mont et les saules argentés. Les volets austères s'étaient ouverts, laissant apparaître des rideaux de guipure, intimes et joyeux.

Une nouvelle ardeur au cœur, les « montagnards » silencieux s'étaient élancés au-dehors pour scander des airs populaires, tandis que des balayeurs de circonstance avaient épousseté portes et fenêtres pour accueillir leurs hôtes royaux, Reuze Papa et Reuze Maman. Les souverains de carton-pâte et d'osier avaient délaissé, sans se faire prier, leur antre où ils dormaient sagement debout, face à face.

Reuze Maman était un peu plus légère que Reuze Papa. Elle ne sortait qu'une fois l'an, contrairement à son mari qui festoyait au Mardi gras. Les oreilles des curieux étaient harcelées par les roulements de tambour, les cris, les exclamations, les sabots sur les pavés, la fanfare municipale. Il régnait une animation exceptionnelle. Les géants, personnages effrayants et magiques, héros légendaires et demi-dieux, parcouraient la ville sous les ovations. Portés l'un et l'autre sur les épaules de deux hommes dissimulés sous leurs jupes, ils sautillaient, imités par les enfants. Les spectateurs chantaient le *Reuze Lied*, connu dans toute la Flandre et exécuté par les musiciens de Cassel. A certains endroits, Reuze Papa chaloupait, se tournait et saluait Reuze Maman.

Le géant allait danser ainsi jusqu'à la nuit et, lorsqu'il regagnerait son logis, après sa femme, la foule l'accompagnerait à la lueur des torches et des feux de Bengale.

Cathelyne se promenait au bras de Sylvain. Augustin Degraeve, le père, ne s'était pas permis de quitter les champs. C'était une grande période d'activité, avec la plantation des pommes de terre que l'on mangeait cuites dans la soupe ou en robe des champs, ou encore le matin, avec du saindoux. Augustin creusait activement les sillons après avoir placé les tubercules à distance égale.

Edmonde était au Violon d'or. Pierrot, qui secondait habituellement sa mère à l'estaminet, avait rejoint sa confrérie pour la fête. Cathelyne l'admirait dans le cortège et regrettait que Sylvain ne suive pas les traces de son frère. Mais son fiancé ne faisait rien comme les autres.

Des archers de la région venaient confronter leur adresse avec celle de la guilde de Saint-Sébastien. Ensemble, ils se dirigeaient dans une pâture où se trouvait la perche de trente mètres de hauteur, plantée au milieu du pré. Au sommet, sur des tiges de fer en bouquet, étaient placés des oiseaux de bois.

Les membres se réunissaient autour de la per che, le nez en l'air, et observaient la flèche qui s'élançait vers le ciel. Il fallait un bras solide pour tendre l'arc. L'objectif atteint, les bravos crépitaient, le tambour battait précipitamment, et l'on courait en escorte pour trinquer aux vainqueurs, et surtout au chevalier de l'Arc qui avait abattu l'oiseau d'honneur.

Conscients de la noblesse de leur jeu, les archers défilaient à travers la colline aux moulins avec leurs bannières, l'arc pesant sur l'épaule et le carquois de fer sur le dos. Le frère de Sylvain était le roi, titre gagné par son adresse. L'air martial, il arborait l'insigne de son grade et, au cou, une large médaille. Certains portaient à la corde de leur arc une cocarde gagnée à différents concours.

Aux côtés de son fiancé, Cathelyne était songeuse. Sylvain était maussade depuis son retour du régiment. Une ombre s'infiltra dans son esprit. Si elle s'était trompée ? Effrayée, elle ravala bien vite son léger doute, et l'impression s'évanouit. Sylvain était le plus bel homme de Cassel, avec ses yeux verts et ses fossettes. Il était aussi, d'après elle, le plus intelligent. Peut-être trop… Non. Elle rectifia son port de tête. C'était lui qu'elle avait choisi. Elle saurait bien le gouverner une fois dans ses meubles.

Sylvain ne savait quel sujet aborder en sa compagnie. Il avait essayé de l'entretenir de ses goûts et idées en matière d'architecture. Elle avait sciemment fait dévier la conversation sur un sujet plus banal. Il lui paraissait impossible de lui confier ses envies, ses projets de constructions. Il n'en discutait, tout compte fait, qu'avec le petit Pault'che, pour lequel il dessinait des gares en forme de cathédrales de verre et de fer. Au milieu de ces attroupements joyeux, Sylvain éprouvait la sensation de se mentir, de commettre une erreur en étant au bras de Cathelyne. Il subodorait du dépit de la part de la jeune fille. Il ne se trompait pas. Elle jalousait les moulins, l'architecture, tout ce qu'il aimait. Elle ne le comprenait pas. Elle aurait voulu le moudre à ses désirs.

— Rentrons à l'estaminet, décida-t-il, l'air morose.

Rutilant, le Violon d'or ne désemplissait pas. Des poutres tombaient des grappes de houblon séché. Au son vigoureux du violon interprétant des airs populaires, aux rires fusant dans l'assemblée se mêlait le martèlement des pieds sur le sol. Le violoneux tenait son auditoire sous le charme tant il jouait avec son âme. Le café était gratuit, seul l'alcool était payant. On prenait une chope de bière, du genièvre bon pour le sang, disait-on, ou du rhum, bon pour les bronches. Le pot à braise, le vierpot, était disposé sur les petites tables carrées. Les fumeurs y allumaient leur pipe. On buvait, on mangeait et on retournait à la fête.

Derrière son beau comptoir en chêne sculpté, Edmonde distribuait les verres, les mots de bienvenue, et entonnait les refrains de tout son cœur. Dans la salle attenante, des habitués relataient les drames perpétrés par la terrible bande de cambrioleurs sévissant en Flandre.

— Ils ne se contentent plus de délester leurs victimes. Ils les réveillent, les ficellent, les assomment et les tuent.

— Ils n'y vont pas de main morte, paraît-il : coups de poing, de bâton, de poêle à frire, de tisonnier et même de tenailles !

— A Violaines, on a découvert des corps en bouillie, couverts de sang. L'insécurité règne sur le pays, et la campagne se barricade.

— Allons ! Il ne faut rien exagérer, dit Jérôme, le garde champêtre, en se joignant au groupe. D'abord, ils n'œuvrent pas chez nous…

— Non, mais quand ils doivent se cacher, ils viennent par ici, on les a vus !

— Que sais-tu encore, Jérôme ?

— Eh bien, les lettres anonymes se mettent à pleuvoir. Je vous le dis, ils seront bientôt sous les verrous.

— T'es drôlement bien renseigné !

— C'est mon métier… La police pense à une bande très bien organisée, avec une multitude d'indicateurs, et menée par un sacré cerveau.

— Toi, tu penses à quelqu'un !

— Oui. S'ils ne veulent plus laisser de témoins, c'est qu'ils ont peur qu'on les reconnaisse.

— C'est logique.

— Allez, Jérôme !… Un nom ! réclamèrent-ils d'un même élan.

— Eh bien… Pollet, lâcha-t-il.

— Pollet, le fameux contrebandier ?

— Oui, Pollet… On lance les paris ?

Une autre table évoquait plus gravement la récente catastrophe minière de Courrières. L'explosion avait provoqué la mort de plus de mille hommes. Les mines, qui leur paraissaient en temps ordinaire bien éloignées de leur petit coin des Flandres, s'étaient brutalement rapprochées avec le décès des deux fils de Maria, la doyenne de Cassel. Deux hommes dans la force de l'âge, disparus dans les entrailles d'une terre sombre.

Brusquement, Jan, le charpentier de moulins, parut. Il était surnommé le « géant de Cassel » en raison de sa très haute stature, bien au-dessus de la moyenne, et de la vigueur physique exceptionnelle dont il jouissait. Il pouvait déplacer seul des poutres d'un poids énorme. C'était un vieux célibataire d'une soixantaine d'années, aux yeux malins, aux traits burinés, et dont l'abondante chevelure châtain commençait à grisonner. Son visage puissant, son nez droit, sa bouche volontaire autant que sa carrure inspiraient le respect.

Il était visiblement très énervé.

— Le tordoir du petit pré est en flammes !

Les incendies représentaient les plus grandes craintes dans les campagnes. De nombreux toits de chaume prenaient feu, et les tordoirs brûlaient plus facilement que les moulins à farine.

Celui-ci appartenait jadis à la famille Degraeve. Racheté par un meunier des environs, il provenait de leur aïeul, Benjamin. L'un des clients s'écria :

— C'est peut-être un coup de la bande d'Hazebrouck !

— Ne dis pas de bêtises, les moulins, ça ne les intéresse pas, répondit un autre en se précipitant au dehors.

Sylvain suivit Jan. Le soir était tombé.

Ils eurent du mal à se frayer un chemin parmi la population qui dansait et chantait, tandis que la musique scandait inlassablement l'air du *Reuze Lied*. La foule semblait envoûtée par le lancinant refrain. La grande farandole entoura Sylvain. Facétieuse, elle le retint prisonnier un instant. Il réussit non sans mal à s'esquiver et à rejoindre Jan.

Le charpentier était désemparé.

— C'en est fini de la bonne odeur de l'huile de lin ! Et tous les espoirs de le refaire sont perdus. Ce moulin était âgé. Une poutre datait de 1412. Imagine ce qu'il a connu !

— Le buis des Rameaux ne lui a pas porté chance.

— Je venais juste de renforcer la cage, de poser des meules neuves et de placer un nouvel escalier intérieur.

Sylvain s'en souvenait. Combien de fois était-il venu l'observer, son carnet de croquis en main, tandis que Jan procédait patiemment aux réparations.

— J'avais déployé tant d'efforts à le restaurer. Je passe le plus clair de mon temps à réparer ou à entretenir ces vieux moulins. Non plus à les construire. Si cela continue, je vais devoir les démolir.

Cathelyne les rejoignit.

— Reste avec moi, Sylvain. Il y a mieux à faire que d'aller voir une vieille carcasse s'envoler en fumée. Je ne comprends pas comment tu peux t'intéresser à ces squelettes. Il était laid, de toute façon.

Elle s'arrêta, prit une forte respiration, consciente d'avoir été trop loin.

— Comment oses-tu ? On peut dire d'un moulin qu'il est malade, isolé, abandonné, laid jamais. Et celui-ci avait été rénové juste avant le carnaval.

Il était furieux contre elle.

— Retourne chez toi, Cathelyne, je te verrai demain.

Le feu avait pris en peu de temps et un vent impétueux alimentait la propagation des flammes.

— Une torche vive, disait-on, avec tous ces nuages d'huile flottant dans l'air…

— Y a-t-il des morts ?

— Non, heureusement. Avec la fête, le jeune apprenti n'aurait pu dormir tranquille. Il était parti s'amuser. Le meunier surveillait le tordoir de chez lui. Mais tout s'est passé trop vite.

Une grande flamme s'éleva. Elle courait le long de la robe, l'habillage de la charpente, et grimpait sur les poutrages, stimulée par un souffle diabolique. Les toiles décorées des ailes prirent rapidement feu. Libéré de ses freins, le géant de bois pivota. Une aile se brisa. Un morceau enflammé vola dans les airs et faillit atteindre la foule. Il atterrit sur une branche de saule qui s'enflamma à son tour. On craignit pour la petite maison du meunier, sise non loin de là. Auréolée de feu, la cage n'était plus qu'un immense brasier crépitant comme le buisson ardent. Quelques étincelles voletaient dans l'air. Des lueurs rougissaient les alentours, illuminaient cette partie du pré, provoquant des éclairs dans les cieux.

En dépit de la chaleur intense régnant autour du moulin dévoré par les flammes, les curieux s'agglutinaient devant ce terrifiant et extraordinaire spectacle, fascinés, incapables de prononcer la moindre parole. A la lueur du feu, tout changeait, revêtait une dimension fantasmagorique. Les gens, le temps, les formes prenaient une autre valeur. La vision était tragique mais ensorcelante. On se surprenait à l'aimer.

Certains couraient en tous sens. D'autres, immobiles, captivés, esquissaient un signe de croix. D'autres encore, plus avisés et ordonnés, amenaient de l'eau à l'aide de récipients de fortune.

Brusquement, on entendit un violent craquement provenant de l'arbre moteur qui venait de se briser. Des poutres enflammées s'effondrèrent. Rien, semblait-il, ne pourrait être sauvé. Il ne resterait plus qu'à constater les dégâts le lendemain matin, à la lumière du jour. Au silence qui s'était abattu succéda un murmure de désolation.

— Dire qu'il a fallu quarante arbres pour construire ce joyau, déplora Jan.

Parmi les spectateurs, Sylvain distingua sa petite-cousine Gabrielle. Employée comme bonne chez des bourgeois de Cassel, elle avait obtenu la permission de sortir pour la fête. Sombre d'aspect, elle se confondait avec la nuit. Le feu n'éclairait qu'un visage couleur pourpre. Une horrible angoisse s'y peignait. Elle restait comme pétrifiée face au brasier.

— Gabrielle, tu vas bien ? s'inquiéta Sylvain.

La jeune fille à la mine inquiétante fit entendre une voix à dessein un peu brumeuse :

— Malédiction sur les moulins ! Il y a une malédiction. Aucun ne résiste.

— Voyons, Gabrielle, s'indigna Sylvain. Il existe encore de nombreux moulins dans la région, et nous-mêmes en possédons encore un dans la plaine.

— Le vôtre est en ruine.

— Certes, mais il tient encore debout et je ne perds pas espoir un jour de le confier à Jan.

— Votre moulin ne tardera pas à crever, comme les autres !

Il la regarda, interdit. Un rictus proche de la haine traversait son visage. Elle s'éloigna. Ses dernières paroles se perdirent dans la nuit.

Jan vint prendre Sylvain par les épaules.

— Viens, ne restons pas là. Nous sommes malheureusement inutiles à présent… Que voulait dire ta cousine, avec ses malédictions ?

— Notre moulin est abandonné. Il ne tardera pas à rendre l'âme, lui aussi. Elle a sans doute raison, mais elle est toujours si étrange…

— Gabrielle ne s'arrange guère avec l'âge. Elle me paraît sérieusement perturbée. Quant au moulin, je t'ai proposé de le restaurer, Sylvain.

— Je sais combien tu es habile, Jan, à travailler le bois, mais cela te ferait beaucoup de travail, et je ne peux te payer.

Jan émit une protestation.

— Non, Jan. Père y est opposé, de toute façon.

— …Un jour ou l'autre, celui-là brûlera lui

aussi et tout espoir de récupérer votre moulin sera perdu.

— C'est le dernier, maintenant que le tordoir est mort.

— Vous en aviez combien ?

— Notre ancêtre Benjamin en possédait trois, qu'il donna à ses trois fils.

— Il en reste donc deux ?

— Notre moulin en ruine et un autre, appelé le « moulin de la Dérobade ». La grand-mère de Gabrielle, la sœur de mon grand-père, en aurait hérité, mais, ensuite, on ne sait ce qu'il est devenu.

— Ta cousine doit le savoir ?

— Gabrielle affirme qu'elle l'ignore. Enfant, elle ne s'y est pas intéressée, et elle fut orpheline assez jeune.

— Le moulin s'est dérobé aux yeux de tous… Son appellation vient de là ?

— Pas exactement. Son nom viendrait d'un frère de Benjamin qui se serait dérobé à ses devoirs, mais je n'en sais pas plus. Peut-être n'est-ce qu'une légende qui court dans la famille. En tout cas, ce moulin reste un mystère, il a bel et bien disparu.

12

Saint-Paul-en-Brionnais

Valentine cherchait sa grand-mère. Esmérance n'était pas au château. La vieille dame parcourait volontiers les chemins sinueux bordés de murets de pierres sèches, de fermes fortifiées et de calvaires, heureuse d'entendre le meuglement des vaches dans les prairies. Elle allait fréquemment jusqu'à l'église rustique au clocher carré du village. Elle aimait ces promenades en solitaire. Elle n'indiquait jamais sa destination et, malgré son embarras, la femme de chambre ne lui posait pas de questions. Du moment qu'elle revenait !

Valentine était bien décidée à faire davantage connaissance avec sa grand-mère. Les « bonjour », les « bonsoir », les timides sourires échangés au cours des repas qu'Esmérance daignait prendre à leur table ne lui suffisaient plus. La plupart du temps, Esmérance dînait avec sa fidèle femme de chambre. Elle semblait préférer cette compagnie à celle de sa propre famille. A moins qu'Hector ne la tienne sciemment en dehors de leurs activités familiales…

Les paroles de Guyette avaient glissé le doute en l'esprit de Valentine. Mais que la cause en fût le beau-fils ou la belle-mère, le fait était là : ils se fuyaient. Enfant, Valentine n'avait pas réfléchi aux absences, au mutisme de sa grand-mère. Qu'elle vive seule lui paraissait normal puisque ses parents n'y trouvaient rien à redire.

Depuis l'affaire du tableau, Valentine était intriguée. Esmérance de La Grève devait cacher de nombreux mystères. L'origine du tableau en était un. Sa grand-mère lui semblait moins vieille, désormais, sans doute parce que Valentine avait grandi. Cette femme qui lui avait toujours paru si âgée, si inaccessible, devenait brusquement proche et attirante.

Guyette vint au secours de la jeune fille :

— Madame Esmérance est près de son colombier.

— Son colombier ?

— Celui de la métairie.

— Elle y va souvent ?

— Oh oui ! On lui a, comme qui dirait, réservé l'élevage des pigeons.

— Je l'ignorais.

Contrairement à Guyette, qui s'y rendait encore journellement pour embrasser les siens, Valentine n'allait plus à la métairie depuis son enfance. Elle avait presque oublié l'existence du pigeonnier érigé dans la cour. Des roucoulements l'accueillirent.

C'était un grand colombier à pied. Octogonal, il était construit dans les mêmes matériaux que la ferme. Coiffé d'un gracieux toit de tuiles vernissées, il surplombait les alentours. Esmérance y passait le plus clair de son temps.

Tournant le dos à Valentine, la vieille dame observait les tourterelles quittant leur abri. Brutalement, elle tourna ses petits yeux noisette et vifs en direction de sa petite-fille. Nullement surprise, elle rompit le silence :

— Elles aiment leur maison. Il n'y a pas plus fidèle, et pourtant un petit nombre d'entre elles ne rentrent pas au bercail, déplora-t-elle, poursuivant une conversation imaginaire. Elles sont victimes des chasseurs et des braconniers. Et moi, je n'aime pas ça.

Elle eût ressemblé à la Blondine du tableau avec sa colombe sur l'épaule, s'il n'y avait eu toutes ces années de plus. Son regard témoignait d'une gravité qui troubla Valentine.

Une colombe déploya ses ailes, prit son envol, s'éleva dans les airs dans un bruissement d'ailes, voleta au-dessus de leur tête et revint se poser à l'entrée du pigeonnier.

— Elles vivent souvent plus longtemps qu'un chien, le savais-tu ?

Et, sans attendre la réponse, elle ajouta :

— Cela me fait plaisir que tu sois venue.

Esmérance dévisagea longuement sa petite-fille. Son attention marquait une certaine distance due, sans doute, à sa solitude et à son âge. La gorge de Valentine se serra.

— Que se passe-t-il, ma fille ?

— Rien, ce n'est rien.

La vieille dame n'était pas si vieille, elle portait son âge avec panache et élégance. Son visage était chaleureux. Seules quelques rides, ici et là, le parsemaient, traces d'une vie déjà longue. Elle se tenait droite, digne, placide, et, bien que Valentine la dépassât en taille, la jeune fille éprouva la sensation d'avoir en face d'elle une grande dame dont elle ignorait tout. Devant la sollicitude exprimée par sa grand-mère, elle ressentit de la honte et une intense envie de pleurer.

— Toi, tu ne vas pas bien. Je l'avais remarqué au bal de l'Epiphanie. Tu n'es pas heureuse d'épouser cet Emile, n'est-ce pas ?

Esmérance avait deviné, sans que le moindre mot à ce sujet eût été échangé entre elles. Valentine eut envie de s'épancher auprès de sa grand-mère. Avant de lui confier ses doutes, elle savait qu'Esmérance aurait le don de l'apaiser, le don de relever ses erreurs et de l'empêcher de se perdre.

— L'insolence d'Emile me fait peur. Je le sens prêt à tout.

— C'est quoi, tout ?

— Je ne sais pas, mais cela m'effraie. Je ne veux pas ressembler plus tard à ces femmes sans défense que des maris traînent dans la boue, humilient et accusent de tous les maux.

— Tu en connais ?

— J'écoute beaucoup, au pensionnat, au bal, des amies de ma mère… J'en entends assez…

Elle n'omit rien de l'état de ses relations avec Emile. Esmérance lui posa des questions sur ses désirs et ses appréhensions. Elles avaient à compenser, semblait-il, de longues années d'éloignement.

— …Mais, dites-moi, grand-mère, pourquoi ne m'avoir jamais parlé ainsi ? Pourquoi vous êtes-vous enfermée dans le silence à la maison ? Vous me paraissez si allègre, si jeune aujourd'hui !

— Je souhaitais surtout avoir la paix… Je me tais, parce que je ne m'entends pas avec le mari de ma fille.

— Mon père ?

— Oui. Je ne comprends pas qu'Hubertine se soit amourachée de cet éleveur de bovins, au titre de pacotille.

— Grand-mère !

— Mon mari, lui, était un officier, et un vrai noble !

— Mon père ne l'est pas ?

— …Petite noblesse, datant de Napoléon III.

Esmérance révélait du caractère, mais Valentine appréciait sa personnalité qui lui semblait vive, comme la sienne.

— Alors, quand je t'ai vue t'enticher de ce jeune freluquet ruiné courant après ta dot…

— Papa n'a pas épousé maman pour sa dot. Il était déjà éleveur, courageux et fortuné.

La grand-mère ne lui répondit pas immédiatement. Après un long silence, elle avoua :

— Tu as raison. Je suis injuste envers Hector. En fait, ce n'est pas à ta mère que j'ai pensé, mais à moi.

— Que voulez-vous dire ?

— Mon mari était peut-être noble, mais sans le sou. Au bal, je l'ai beaucoup observé, ton Emile. Je crains que tu ne recommences les mêmes bêtises que moi.

La mise en garde lui rappela la raison principale de sa venue.

— Grand-mère, je désirais vous entretenir du portrait de Blondine.

Le visage d'Esmérance se ferma. Valentine poursuivit, non sans avoir remarqué le changement de physionomie de sa grand-mère :

— J'ai été élevée dans la certitude qu'il s'agissait d'une de mes ancêtres, et que je lui ressemblais. Je pensais suivre son exemple en jouant de la viole… Or, le modèle porte un nom du Nord, et ce tableau fut exécuté dans une autre région que la nôtre. Vous devez savoir quelque chose. Et, si vous savez, vous m'avez menti, comme vous avez menti à maman.

Elle avala sa salive, s'empourpra et prononça d'une voix courroucée :

— …Vous vous êtes moquée de nous avec cette toile.

Elle lui tourna le dos, prête à s'éloigner sur ce mouvement brusque.

— Reviens, Valentine, je n'ai pas menti.

— Vous… vous possédez la bague de Blondine, alors ?

— Non, j'ignore ce que ce somptueux bijou est devenu, et je le regrette. Tu le porterais aujourd'hui. Blondine est bien mon aïeule, du moins je le crois. C'est une longue histoire. Tes parents sont-ils à la maison ?

— Non, père est au travail et maman effectue une visite.

— Très bien, alors suis-moi. Je te dirai tout ce que je sais.

Le caractère emporté de Valentine plaisait à la vieille dame. Elle s'y reconnaissait, jeune fille, alors que tous les hommes étaient à ses pieds et qu'elle n'avait pas encore fait la connaissance de son mari.

Sans un mot, elles se dirigèrent vers le château, sous le regard étonné de Guyette. Valentine suivait la silhouette gracile d'Esmérance d'un pied léger, heureuse de la confiance de sa grand-mère.

Dans le salon, la vieille dame s'exprima sur le ton de la confidence :

— Il faut davantage de lumière. Allumons ces chandeliers. Ce soir-là, il y avait un éclairage extraordinaire. C'était féerique.

— Qu'est-ce qui était féerique ?

— Le bal de mes seize ans. Il y avait un nombre incroyable de candélabres.

Esmérance s'efforçait de recréer l'atmosphère existant en 1860. Elle déplaça des fauteuils. Elles allumèrent l'une et l'autre les chandeliers. Elles y trouvaient un plaisir partagé. Personne ne devait venir troubler leur intimité.

— Imagine à présent la pièce remplie de monde.

Imagine la musique, beaucoup de musique. C'était à l'époque de Napoléon III, et je pavoisais dans ma crinoline.

— Une crinoline ?

— Une robe avec tant de paniers que tu ne pouvais t'asseoir qu'en étant aidée. Quant aux portes, il était inutile d'essayer de passer dans celle-ci, dit-elle en montrant une porte de service. L'histoire remonte avant mes fiançailles…

13

— J'étais empêtrée mais altière dans ma crinoline. Jamais encore je n'avais porté autant d'étoffes. Toi que le corset enrage, sache que, sur ce cerclage de baleines, ma jupe atteignait deux mètres de diamètre. Je ne regrettais qu'une chose, c'est qu'elle mette à distance mes soupirants. Encore n'avais-je pas de traîne ! Ma femme de chambre restait non loin de moi au cas où j'aurais eu besoin de ses services pour me rendre dans les lieux d'aisance ou simplement pour m'asseoir. Ma toilette me convenait dans la mesure où elle ne laissait plus voir mes bottines et j'en concevais l'impression grisante d'être enfin classée parmi les grandes.

« La masse de mes cheveux châtains tombait sur mon cou en boucles anglaises. J'avais conscience d'attirer les regards masculins, essentiellement celui du fils du vieux notaire du village. Il me faisait une cour inlassable. Jeune clerc chez son père, mon soupirant venait de prendre sa succession. Il était fier de sa position respectable, de son influence obtenue par les revenus confortables de son héritage. Fier de sa charge à vie et de son étude. Gardien de nos intérêts, confident de nos secrets, il aspirait à devenir plus que mon ami : mon mari. Mais ce soir-là, au bal, je tombai amoureuse d'un autre.

Elle marqua une pause. Valentine était très attentive. Elle parcourait avec Esmérance le chemin de sa jeunesse.

— C'était un fringant hussard de cavalerie légère, à la noblesse d'Empire : Henri de Chanteline. Son costume à la hongroise était on ne peut plus seyant. Son regard d'ébène plongeait dans le mien. Un léger sourire flottait sur ses lèvres. Nos doigts s'effleurèrent pendant les quadrilles et les contredanses. Grisée par la soirée et par le verre de champagne autorisé par mes parents, je me sentis flattée de cet hommage à ma beauté. Je devinais ses conquêtes, mais, éblouie par son aisance, je faisais fi de son arrogance. Le salon n'était plus qu'un ensemble froufroutant et joyeux. Dans le parc, au crépuscule, il fut prompt à m'embrasser. J'étais remplie d'orgueil qu'il m'ait choisie parmi toutes ces jeunes filles élégantes aux bras délicats, visage pâle et robe de soie. Mon ingénuité croyait en sa sincérité. Des rêves miroitaient dans ma tête. Etourdie par la vigoureuse fermeté de son torse, je ne pus réprimer un frisson de désir, mon cœur battait à tout rompre, j'étais à sa merci. L'image du beau hussard ne me quitta plus. Je revis Henri de Chanteline.

Un silence s'installa.

Esmérance avait quitté sa petite-fille des yeux, mais elle lui prit la main. Soudain sa gorge se remplit de larmes. Elle se ressaisit.

— Je me donnai à lui. Il me déshabilla de ses mains expertes, me renversa avec brutalité à même le sol. J'ignorais tout de la vie, mais je me laissais faire tant je voulais lui plaire. Ses étreintes ne me procurèrent aucun plaisir. Je subis ses excentricités sans un mot, fermant les yeux sur mes scrupules et sur ma pudeur offensée. Je lui avais offert en pâture une chair naïve. J'étais sa chose. Lui ne visait qu'un objectif : le domaine. J'étais engrossée, et Chanteline l'avait désiré ainsi. Oui, j'étais prise et ne pouvais revenir en arrière.

« Devinant mon état, mon père exigea réparation. Il donna immédiatement son autorisation – sinon sa bénédiction – à ce mariage qu'il ne voyait pas d'un bon œil. Quant à moi, je ne voulais pas encore admettre qu'Henri m'épousait pour mon argent. Ma mère était morte lorsque j'étais jeune. Mon unique frère était en exil depuis la révolution de 1848 et, depuis son départ, la santé de mon père déclinait. Ce dernier me nomma donc son héritière légale. Il désirait m'instruire de mes biens avant ma majorité, avant le mariage et, surtout, avant une mort qu'il voyait poindre.

« Ignorant tout de mes projets matrimoniaux, le notaire, tu le devines, fut très heureux de me revoir.

Nous commençâmes immédiatement l'inventaire, mais, le jour même, mon père garda le lit.

La figure d'Esmérance changea de couleur.

— Je décidai alors d'attendre que son état de santé s'améliore. La semaine suivante, le notaire me convoqua, et son empressement, les paroles mystérieuses qu'il m'adressa dans sa missive m'incitèrent à lui rendre visite sur-le-champ. Ses mots, "une découverte stupéfiante", résonnaient dans ma tête…

« Le notaire résuma brièvement la situation :

" La descendance du marquis de La Grève fut rompue avec la mort de son fils Nicolas. Votre grand-père Alexandre n'était pas son fils, mais les actes notariés révèlent qu'il hérita du domaine en qualité de cousin. Après une étude généalogique, il s'avère que cette branche des de La Grève était, elle aussi, éteinte. Ces cousins n'avaient qu'un fils, décédé dans les guerres napoléoniennes.

« — Il n'y avait plus de cousins ?

« — Non, mademoiselle Esmérance. A l'évidence, Alexandre ne s'appelait pas de La Grève, et ne s'apparentait en aucune façon au marquis. C'était un imposteur."

« Je restai pétrifiée devant cette découverte. Ainsi, le grand-père que je chérissais, petite fille, était un mystificateur. Un usurpateur !

Valentine s'aperçut qu'Esmérance tremblait.

— Vous frissonnez, grand-mère.

— Oui, chérie, c'est ridicule, mais je tremble encore en évoquant ces vieux souvenirs.

Valentine la regarda avec tendresse. Elle songea qu'elles ne se connaissaient guère.

— Je fis promettre le silence au notaire. Le scandale eût été trop lourd de conséquences. Alexandre ne devait pas hériter du domaine. D'où venait-il ? Les papiers ne disent pas ces choses. Il avait trompé les de La Grève en se faisant passer pour un cousin.

« Le notaire en profita pour me déclarer sa flamme : "Je me tairai, je vous le promets… car je vous aime, Esmérance. Voulez-vous être ma femme ?" Je demeurai muette de saisissement. Je ne l'aimais pas. Pourtant, je n'eus pas le cœur de lui ôter tout espoir. Il me demanda de réfléchir à sa proposition de mariage avant qu'il se déclare à mon père. Il ignorait que j'étais pieds et poings liés à Henri, et que j'attendais son enfant.

« Je ne savais plus que faire de ces révélations concernant notre ascendance. Je n'osais en parler à mon père dont la santé était plus que précaire. Quant au notaire, un mot de lui et l'affaire aurait éclaté au grand jour.

L'atmosphère de fête s'était dissipée. Valentine vivait avec Esmérance ses heures d'angoisse et de peur.

— Nous nous mariâmes rapidement. Il le fallait. Et le comportement d'Henri changea à mon égard dès le lendemain des noces. On eût dit qu'il éprouvait de la volupté à me faire souffrir.

« Un soir, il m'assaillit de reproches, me frappa, comme envahi de haine. Il se vautra sur moi, le visage contracté et enlaidi, soulagea ses instincts, et partit pour aller s'enivrer. L'humiliation me brisa. Le dégoût me submergea. Je restai seule avec mes pleurs réprimés, seule sur ma couche avec ma solitude et mes regrets. Etendue dans l'obscurité, je sentais la vie s'enfuir de mon être.

« La première fois, je m'étais donnée avec une naïveté juvénile, mais, à partir de cet instant, je plongeai dans un état de langueur. Je perdis ma vivacité. Je me sentis vieille et sénile à moins de vingt ans…

Elle plongea dans le regard clair de sa petite-fille :

— Il faut te défendre. Les hommes sont plus forts que nous, mais nous pouvons ne pas être leurs prisonnières. Tu dois te battre pour acquérir ta liberté…

Valentine serra la main de sa grand-mère dans la sienne. Esmérance reprit :

— Les éclats de rire, la nuée de gens joyeux, les femmes parfumées, le tourbillon des plaisirs et de la jeunesse me semblaient loin, oui, loin cette douceur de vivre faite d'insouciance, de soieries, d'amour et de musique, ces hommes m'admirant, comme toi au bal de l'Epiphanie. Il ne me restait qu'une indicible fatigue. J'avais raté ma vie. J'étais prisonnière. Le divorce était impossible.

Sur les tempes de Valentine résonnaient les battements précipités du cœur d'Esmérance.

— Un événement allait alors me faire perdre tout sens des réalités et m'entraîner vers les ténèbres. Dépité et blessé, le notaire me fit chanter en échange de son silence.

La voix d'Esmérance devint forte et vibrante :

— Ce jeune notaire ne faisait pas honneur à son père, qui possédait une réputation d'homme digne de confiance, respectable et pondéré. Le contrôle qu'il exerçait sur mon père était déjà considérable. Ce dernier lui avait confié ses économies, ses terres, ses affaires. J'avais peur que le notaire ne lui ôte aussi la vie en lui révélant la vérité. J'avais peur de parler. Il eût été sans doute difficile de changer quoi que ce soit à notre héritage. L'histoire était ancienne. Il me semblait pourtant que notre domaine était en péril. Mon grand-père l'avait usurpé comme il avait usurpé ses titres, c'est tout ce que je retenais.

« Je payai le notaire en volant mon père, et je tombai dans une espèce de mélancolie qui me permettait de fuir et le chantage et mes désillusions. Je me demandais parfois si je ne devenais pas folle. J'étais à la merci de deux êtres sans scrupules. Mon esprit était comme paralysé, j'étais hantée par le secret d'Alexandre, obsédée par le fait que nous étions des voleurs.

Esmérance s'arrêta. Elle poussa un soupir, se redressa avec vivacité, puis poursuivit :

— Mon état suscita l'inquiétude et justifia la surveillance de mon entourage. Le notaire augmenta ses exigences. Mon père mourut. Ma grossesse fut extrêmement troublée. Mon mari rêvait d'un héritier mâle. Je mis péniblement au monde une petite fille, Hubertine. Elle était adorable, docile et facile à élever, et pourtant, j'étais incapable de m'en occuper. Une douleur sourde criait au fond de moi. Je me sentais comme une bête traquée.

« Je fuguai, et fus rattrapée. S'ensuivit une scène terrible où je succombai à de violentes pulsions. Je fus prise par une envie irrésistible de renverser les meubles, de crier. L'hystérie étant à la mode – l'hystérique ayant succédé à la sorcière –, on me déclara hystérique. Je me refusais à mon mari, il ne le tolérait pas. Il me fit aisément interner.

Elle se tut un instant, la tête droite, les yeux fixés loin devant elle, pâle.

— "Malheur à celle par qui le scandale arrive !" La famille de Chanteline s'enferma, elle, dans une complicité du silence. J'acceptais mon sort comme on accepte une bouée de sauvetage. Je fuyais le mariage, le secret dont j'étais détentrice et cet ignoble chantage. Le notaire n'avait plus de moyen de pression sur moi si j'étais incarcérée. Je pouvais me taire et expier en toute tranquillité.

Elle fit une nouvelle pause ; son visage était pensif, enfantin. Les yeux noisette d'Esmérance sondaient le cœur de Valentine.

— On me mit dans un lieu clos et l'on ne parla plus de moi afin de ne pas jeter l'opprobre sur la famille.

Un frisson glacé remonta le long du corps de Valentine.

— Mais te faire interner chez les fous, c'est épouvantable, grand-mère !

— Il suffit d'un certificat médical. Le médecin de famille était juge et partie. J'étais aisée, ma prison fut humaine. Je jouissais d'un logement plutôt spacieux, je disposais de quelques objets personnels, je choisissais mon menu. C'était une petite maison privée, non de ces grands établissements où la vie doit effectivement être infernale.

« Hubertine fut élevée par sa tante, la sœur d'Henri…

Elle s'arrêta, émue.

— Grand-mère… murmura Valentine.

— Cela va aller. Je dois achever ma confession.

« Toutes les femmes sont nerveuses et migraineuses, dit-on. Certains médecins considèrent l'hystérie comme inhérente à la nature du sexe faible. Nous sommes dotées d'une trop grande sensibilité. Sous ce terme – "hystérie" –, on place tous les symptômes nerveux inexplicables.

« A l'asile, il y avait des femmes comme moi, des révoltées ne supportant pas d'avoir transgressé les règles sociales, des mélancoliques travaillées par le remords ou la honte, ayant tendance à l'apathie ou à la surexcitabilité nerveuse, des femmes acculées aux cris, au délire, pour se faire entendre, pour attirer l'attention de leur entourage sur leur souffrance. Parmi les soi-disant folles, il y avait beaucoup d'amoureuses délaissées, de femmes trompées, mal mariées comme moi.

« Je voulais oublier ma vie, revenir à l'âge de l'innocence, ne pas savoir. Le secret de l'héritage était lourd à porter. J'étais tourmentée par des terreurs, des insomnies. J'étais facilement la proie de mes émotions. Je n'eus pourtant jamais d'attaque, et je finis par guérir. Je ne dois pas être de nature à me laisser aller longtemps.

« Mais je ne me sentais pas prête encore à affronter le monde. Alors je fis une chose insensée, je simulai pour rester et je sus donner un spectacle d'une incroyable théâtralité. Ma crise fut accompagnée de convulsions, d'étouffements. J'eus soin par la suite d'être plus discrète, je ne désirais pas devenir le cobaye de leurs expériences.

Des larmes perlaient au coin de ses paupières, tout au long de son récit. Le visage d'Esmérance montrait la morsure du chagrin et de la honte.

— Quant à Henri, il mourut pendant ma détention.

— A la guerre de 1870, n'est-ce pas ?

— On le dit dans la famille. C'est inexact. Il faisait la noce. Il est mort de ces maladies dites secrètes.

— C'est-à-dire ?

— Des conséquences de l'absinthe et de la syphilis. En étant enfermée, j'ai sans doute échappé au mal. J'ai un dernier aveu à te faire : ton père, Hector, est un homme bien. Je rejette sur lui ma colère, la haine d'un homme qui m'a détruite. Je n'ai pu supporter que ma fille l'aime et en soit aimée. J'ai jalousé la pauvre Hubertine, pourtant peu choyée dans son enfance. Aujourd'hui, pour moi, il est sans doute trop tard pour faire la paix avec les hommes…

14

La grand-mère et la petite-fille devinrent inséparables. Au château de La Grève, on s'étonnait. Hubertine voyait sa mère sortir de son état de langueur avec une surprise non dissimulée. Hector s'agaçait de sa présence. Esmérance renouait avec la vie au contact de Valentine. La jeune fille acquérait une confidente et une alliée.

Elles se promenèrent désormais fréquemment le long des chemins escarpés d'un Brionnais verdoyant de prairies clôturées de pierres et vouées à l'élevage. Elles rencontraient de grands troupeaux de vaches et de bœufs charolais à la robe blanche ou crème. Elles se rangeaient alors sagement sur le bord de la route afin de les laisser passer. Quelques-uns étaient des taureaux portant des entraves.

Ces bovins meuglant sur les routes appartenaient au père de Valentine ou à de chanceux laboureurs possédant des attelages faits d'une charrue et de paires de belles bêtes avançant sous la menace de l'aiguillon piqué dans leur flanc.

Elles s'égarèrent jusqu'aux rives de l'Arconce ou sur la colline, près des ruines à l'aspect mystérieux du vieux château fort. Valentine emmena sa grand-mère à la fête du village. Elles goûtèrent au plaisir d'entendre les paysans jouer de leurs cornemuses et de leurs vielles ou de les voir danser la bourrée au rythme allègre de leurs sabots.

Lors de ces flâneries, elles s'entretinrent du tableau du petit salon. Valentine avait montré à sa grand-mère ses découvertes : le mont, le moulin, le nom étranger.

— Ce portrait appartenait à mon grand-père, dit Esmérance. Il lui venait de sa mère, Blondine. Autant que je me souvienne – car lorsqu'il est mort, j'étais encore jeune –, c'était une des rares personnes dont il parlait. Il n'a jamais prononcé de nom de famille devant moi.

Les deux femmes en conclurent que « Degraeve » pouvait bien être le véritable patronyme d'Alexandre. Dans ce cas, l'usurpateur du domaine venait de Flandre.

— Tu te rappelles bien ton grand-père ?

— J'ai le souvenir d'un vieil homme affectueux qui me faisait sauter sur ses genoux. Il ne parlait jamais de son enfance, mais il me paraissait évident qu'elle s'était déroulée, comme la mienne, au sein de notre château. Notre père semblait avoir des rapports très distants avec Alexandre. Nous trouvions cela normal, je suppose. Mon frère aîné, beaucoup plus âgé que moi, l'aimait beaucoup. A croire que toute la tendresse d'Alexandre s'était concentrée sur ses petits-enfants.

« Toutefois, mon frère ne comprenait pas toujours son attitude, taquine et mystérieuse. Alexandre plaisantait volontiers mais craignait fortement les chahuts. Une fois, mon frère m'enferma dans un placard. Notre grand-père devint terrible. Son visage était congestionné, écarlate, et sa voix prit une ampleur si terrifiante que mon frère se sauva à l'autre bout du domaine.

— Qu'est devenu ton frère ?

— Il est mort en exil.

Durant ce printemps 1906, un projet s'échafauda dans leur esprit. Esmérance, la première, en insuffla l'idée :

— Si je t'emmenais en voyage ?

— En voyage ? répéta Valentine, croyant ne pas avoir saisi la question.

— Oui, en voyage.

La grand-mère semblait visiblement satisfaite de sa proposition.

— Mais… Où ?

— Dans le Nord… En Flandre, ajouta-t-elle, l'air mutin. Pourquoi n'irions-nous pas voir sur place s'il reste des traces de ces Degraeve ?

— Mais tu n'as jamais voyagé, grand-mère, et moi, je ne suis guère allée qu'à Paris et Deauville.

— Raison de plus. Cela te permettra par ailleurs de prendre un peu de recul.

— C'est-à-dire ?

— Tu sais très bien où je veux en venir : à tes fiançailles et au mariage éventuel avec cet Emile.

— Il ne t'inspire pas confiance, n'est-ce pas ?

— Pas plus qu'à toi, ma chère fille.

Le projet prit corps.

Elles décidèrent de partir en Flandre dès le début de l'été. Esmérance était aussi excitée que sa petite-fille à l'idée de traverser la France, d'aller à la rencontre d'autres gens, d'autres habitudes et traditions. Elle s'était retirée du monde trop tôt. Elle éprouvait un besoin impérieux de se rattraper. L'une et l'autre voulaient découvrir leur véritable origine, l'une pour se construire, l'autre pour mieux mourir en apprenant enfin la vérité sur ce qui avait gâché une partie de sa vie.

Elles résolurent, d'un commun accord, d'en parler aux parents. L'annonce fut faite un midi au café dans le petit salon, devant le tableau de Blondine. Esmérance avoua le secret du domaine usurpé. Hubertine et Hector l'écoutèrent en silence.

Secouée par ces aveux, Hubertine ne dit rien. Elle prenait subitement conscience du désarroi d'Esmérance. Elle était partagée entre un sentiment de colère devant le silence prolongé de sa mère et une impression de soulagement. Une porte s'était ouverte. Mais l'idée du voyage lui déplut. Hector refusa d'écouter Esmérance jusqu'au bout. Il éclata :

— Ce projet est insensé, je m'y oppose formellement.

— Nous ferons le trajet pendant la belle saison, il n'y a pas beaucoup de risques.

— Valentine doit se marier. Ce n'est pas le moment de quitter son fiancé pour se lancer sur les routes comme… comme une fille perdue !

— Elle est encore si jeune, osa Hubertine d'une petite voix mal assurée.

— Et vous, ma chère Esmérance, ajouta Hector, vous présumez de vos forces. Vous n'avez pas la santé pour chaperonner notre fille.

— Dites que je suis folle.

— Non, je… Enfin, voyons, soyez lucide ! Vous êtes trop âgée pour voyager.

— Vous ne l'avez jamais fait, mère, surenchérit Hubertine.

— Justement. Je me suis trop longtemps morfondue. Il me faut accomplir ce voyage avant qu'il ne soit trop tard.

— Que trouverez-vous dans ce Nord ? demanda Hector. J'ai entendu parler d'une catastrophe meurtrière dans les mines. Il y aurait plus de mille morts !

— Mon Dieu !… Sans compter que c'est une région froide, affirma Hubertine en frissonnant.

— Je ne pense pas.

La voix d'Esmérance était claire et décidée. Les parents de Valentine tentaient, à tour de rôle et en vain, de dissuader la grand-mère et la petite-fille.

— En admettant qu'une partie de la famille vive encore en Flandre, que réclameront-ils ? On ne sait jamais.

— Ils pourraient se mêler de nos biens !

— Nous ne connaissons pas ces gens.

— Raviver le passé ne mène à rien…

Hubertine était très inquiète ; Hector, très en colère de l'influence d'Esmérance sur leur fille.

— Si cet ancêtre a cru bon de s'exiler, il ne faut pas chercher à remuer de vieilles histoires, conseilla prudemment Hubertine. Et puis, existe-t-il des descendants de cette famille ? Vous ignorez si cet Alexandre avait des frères et sœurs restés au pays.

Hector eut le dernier mot :

— Esmérance, vous avez perdu la tête, cela je le savais déjà, mais vous êtes folle d'entraîner Valentine. Je refuse que ma fille aille s'aventurer en terre étrangère pour rechercher je ne sais quoi.

Après cette pénible conversation, Esmérance avoua à Valentine :

— Je n'aurais jamais dû divulguer mon secret, ils n'étaient pas prêts à l'entendre.

Une nouvelle fois, elles essayèrent de les gagner à leur cause. Mais la peur de les voir s'embarquer dans une entreprise hasardeuse, la crainte de découvrir des choses qui remettraient en question leur appartenance à une classe supérieure, la hantise de voir se défaire l'ordre prenaient le dessus. Dans leur monde, on n'enfreignait pas la bonne conduite.

Le refus fut une fois de plus catégorique. Mais les deux femmes étaient obstinées. Elles poursuivraient leurs investigations. Elles décidèrent de partir sans le consentement des parents. L'aventure risquait simplement d'être un peu plus difficile et périlleuse.

Le fiancé eut-il vent de l'histoire ? Valentine devina immédiatement au regard revêche de celui-ci que sa mère avait plaidé en sa faveur. Le mariage était ajourné. Hector de Montfleury aimait sa fille.

Emile ne l'entendait pas de la sorte. L'été devait être celui de leur alliance. Qui sait ce qu'il adviendrait par la suite ? Accepterait-elle encore de l'épouser ? Depuis le bal de l'Epiphanie, il sentait poindre un vent d'indépendance et de rébellion. Cela ne devait durer. Il convoitait le domaine de La Grève et s'était juré de le posséder. Ce n'était pas une péronnelle, eût-elle plus d'esprit que les autres, qui allait lui mettre des bâtons dans les roues.

Il profita de l'absence des Montfleury pour déverser sa colère :

— Voulez-vous m'humilier ? Vous voulez retarder nos noces, m'a-t-on dit.

Une flamme mauvaise brillait dans ses yeux. Il lui saisit le bras, l'obligea à s'asseoir sur le canapé.

— Je serai votre époux cet été et vous m'obéirez.

Il la saisit au menton et voulut l'embrasser. Mais toute tentative pour la séduire s'avéra inutile. Faute de consentement, il essaierait la contrainte.

— Oui, vous serez mienne, dit-il d'un ton arrogant. Et plus vite que vous ne le croyez, ma chère.

Médusée, elle comprit. Il avait décidé de la posséder. Après un tel acte, elle ne pourrait lui refuser le mariage. Qui voudrait d'une fille non vierge et peut-être engrossée ? Lui, bien sûr. Ils avanceraient la date du mariage. Valentine aurait un premier enfant prématuré, mais cela était fréquent.

Elle lui lança :

— Mon père vous chassera, Emile, si vous cherchez à abuser de moi.

— Crois-tu ? Il faut faire des enfants. Ne dit-on pas actuellement que la France se dépeuple ? Ton père est d'accord avec moi sur ce sujet. Nous prendrons juste un peu d'avance, ma beauté.

Elle se mordit les lèvres.

— Il est temps que vous partiez, Emile, vous n'êtes plus vous-même et j'ose croire que ce n'est qu'un malheureux malentendu.

Il prit une expression menaçante.

— Tu me résistes, mais je suis ton fiancé, tu m'appartiens déjà.

Il voulait à présent la rouer de coups, la dévêtir, la posséder et lui infliger une correction. L'histoire se répétait. Elle allait être victime d'Emile comme Esmérance l'avait été d'Henri. Impuissante, prise au piège, elle faillit renoncer à lutter. Elle pensait à sa grand-mère qui se reposait dans son aile du château, sa grand-mère prisonnière d'un premier amour. Mais Emile n'était pas son amoureux. Elle ne voulait plus de ce rustre. Elle refoula les grosses larmes qu'elle sentait poindre dans ses yeux.

Elle le repoussa. Il aima son impétuosité, ce regard étincelant d'indignation qui le défiait, la vive rougeur qui animait ses joues. Epouvantée, certes, elle n'était ni passive ni résignée.

Elle hurla lorsqu'il se saisit d'elle, l'empoigna, la jeta à terre et tenta de relever sa robe, de lui écarter les cuisses. Ses mains fébriles cherchaient à la dévêtir. Elle résista du mieux qu'elle put. Non, elle ne serait pas violée. Les paroles d'Esmérance résonnaient dans sa tête. « Il faut te défendre, ma petite fille… » Non, elle ne subirait pas le même sort.

Il ne put aller plus loin. La haine monta en elle. Un sentiment de dégoût la submergea. Elle respira à fond et, avec l'élan d'un plongeur, elle se releva, le frappa de toutes ses forces au visage, lui martela le corps de ses poings.

Ils haletaient tous deux. Elle se battait comme une forcenée. Il n'avait jamais vu une telle fureur chez une femme. Il s'écarta en chancelant et revint à la charge. C'était elle à présent, les muscles raidis, la chevelure défaite, le visage brûlant, qui s'agrippait pour le terrasser. Puis, avec fougue, elle se libéra d'un coup inattendu de genou dans l'estomac et le projeta plus loin.

Le jeu ne l'amusa plus. Il n'avait pas l'acharnement d'un violeur. Pantelant, blême, il était griffé au visage. Elle lui avait mordu la main violemment, et il ressentait une vive douleur. Il avait perdu de sa suffisance. Il saignait. Exténué, en colère et penaud contre sa propre faiblesse, il maugréa qu'il reviendrait chercher son dû. Lorsqu'elle serait sa femme, elle ne lui résisterait plus de cette façon. Ecumant de rage, il partit sans comprendre qu'il l'avait perdue, sans voir qu'elle le maudirait jusqu'à son dernier souffle. Un silence pesant s'abattit sur le château.

15

Valentine s'était endormie très tard. Son sommeil avait été entrecoupé de rêves inquiétants qui lui procuraient l'impression d'être une prisonnière accablée par une suite de sensations oppressantes.

Elle leva les paupières avant l'aube, au son des clochettes et des beuglements d'un troupeau de vaches blanches se rendant à la foire de Saint-Christophe-en-Brionnais. Il était à peine trois heures du matin en ce jeudi de juin. Valentine se leva et se dirigea vers la fenêtre.

Elle l'ouvrit sans bruit et s'y accouda. L'air était encore frais, mais on sentait déjà poindre les douceurs et les bruissements d'une saison en pleine effervescence. Elle ferma les yeux pour humer avec avidité les parfums subtils de feuillage et de fleurs qui montaient vers elle.

Elle était la proie d'un tumulte intérieur, d'une fièvre causée par l'attente. Un désordre indescriptible lui taraudait l'esprit. Ce jour était celui de leur voyage. Jusqu'à présent, elle avait vécu dans l'exaltation d'un rêve, dans l'ivresse et la soif de découvertes. Il lui fallait enfin affronter le fait qu'elle partait contre la volonté parentale. Elle fuguait. Mais les assauts d'Emile l'avaient décidée. A l'effroi avait succédé le mépris. Elle avait failli s'en ouvrir à sa mère, qui l'eût évidemment rapporté à Hector. Son père eût exigé, comme le père d'Esmérance, réparation. Elle risquait d'être mariée au plus vite. Il n'en était pas question. Elle ne se confia donc pas. Seule Esmérance devina les faits car elle avait connu des tourments similaires.

— Emile t'a manqué de respect, n'est-ce pas ?

— Je me suis défendue. Il s'est esquivé sans rien avoir obtenu. Partons le plus tôt possible, grand-mère.

Un peu plus tard, Valentine vit la voiture du maître de maison passer le portail d'entrée. Hector de Montfleury se rendait à la foire de Saint-Christophe, comme tous les jeudis. Valentine laissa errer son esprit vers son père. Elle l'imagina parmi les éleveurs et acheteurs vêtus de blouses grises ou noires, cachant leurs liasses de billets côté cœur, sous la blouse, et, armés de longs bâtons, jaugeant, discutant et se tapant dans les mains.

Cette foire de Saint-Christophe installée au centre du village ne durait que quelques heures, très tôt dans la matinée, mais elle était réputée. En une journée, la population du bourg triplait. Dès neuf heures, les bêtes achetées étaient prêtes à être engraissées ou abattues, tandis que les éleveurs se réunissaient dans les bistrots où les attendait un bon bouilli [1].

Le calme de la nuit fit place aux premiers ébats de la nature. Les oiseaux voletaient de branche en branche en gazouillant. Un soleil radieux s'annonçait dans le ciel par des lueurs rosées. Les rumeurs du jour commencèrent à emplir l'espace.

Valentine serra le châle contre sa poitrine. Elle frissonnait de nervosité. Elle mit la main sur son cœur, écouta les battements précipités, leur intima l'ordre de se calmer, exigea d'elle-même davantage de sang-froid et referma la fenêtre en pensant que ce jour était une rupture pleine de promesses.

Son regard parcourut la chambre si familière. Il embrassa le lit aux oreillers de dentelle, les rideaux, le secrétaire, le fauteuil. Elle caressa le long corps en épicéa de sa viole, et pour la première fois une idée s'infiltra en elle : reviendrait-elle dans cet univers si douillet, temple de son enfance ?

Elles avaient échafaudé leur plan avec l'aide de Louis, qui connaissait bien la carte de France. Le voyage était préparé comme une expédition polaire, avec la plus grande minutie.

Elle devait revoir l'instituteur dans l'après-midi. Pour leur recherche, elles possédaient un nom flamand, un moulin, un mont, et une jolie musicienne en robe XVIIIe, une colombe sur l'épaule. Le peintre ayant vécu au mont des Cats, en Flandre, et fondé,

1. Pot-au-feu.

selon Louis, un couvent de trappistes, elles avaient décidé de s'y rendre en premier. Il s'agissait certainement de ce site sur le tableau et, avec de la chance, des Degraeve y vivaient peut-être…

La journée fut extrêmement longue. Esmérance et Valentine comptaient les heures. Prudentes, elles évitèrent le moindre conciliabule susceptible d'attirer les soupçons. Valentine se sentit très mal à l'aise lorsqu'elle se trouva en compagnie de ses parents. Elle n'avait pas l'habitude de dissimuler. Elle éprouva de la difficulté à ne rien laisser filtrer dans ses propos et son attitude. Elle s'efforçait d'avoir l'air intéressée par leur conversation.

Elle craignait de paraître suspecte par sa nervosité. Muette pendant le repas, elle n'osait croiser leurs regards. Elle les aimait. De nombreux et bons souvenirs d'enfance affluaient à son esprit.

Elle emprunta à sa mère, en cachette, son gros sac de voyage en cuir souple aux multiples pochettes – il n'était pas question de se charger d'une malle.

Il lui fut difficile de choisir parmi ses corsages, ses jupons, ses costumes. Elle ne s'encombra pas, cette fois, de son oreiller, comme lors de son voyage à Paris en 1900 pour pallier la malpropreté éventuelle d'un coucher à l'hôtel.

Elle rencontra Louis à l'extérieur du château. Il lui procura un itinéraire précis, une carte, et lui prodigua quelques conseils.

Elles allaient prendre la voiture en pleine nuit jusqu'à la gare. Elles s'arrêteraient en cours de route dans une auberge pour se restaurer et attendraient le train. Il était prévu une halte d'une nuit à Paris. Elles espéraient loger chez le frère de Valentine. Puis elles prendraient à nouveau le train vers le Nord.

— Vous quittez donc votre fiancé, mademoiselle Valentine ? s'enquit Louis.

— Oui, et sans regrets, répondit-elle avec franchise.

— J'en suis heureux… Oh ! pardon !… Mais si je peux me permettre, vous valez mieux.

— Qu'est-ce qui vous fait dire cela ?

— Eh bien, je l'ai tout de suite remarqué au bal de janvier. Il vous parlait durement.

— Vous ne vous appréciez guère, n'est-ce pas ?

Elle lui sourit.

La proximité de la séparation le rendait plus bavard que de coutume.

— Non, mademoiselle Valentine. Puisque vous partez, laissez-moi vous dire que vous me manquerez. Je serai toujours là si vous avez besoin de moi… Je…

Il avala sa salive et ajouta rapidement, d'une voix sourde :

— Je vous aime, Valentine… Oh !… Pardonnez-moi cet aveu, je ne sais ce qui me prend…

Il n'acheva pas, et rougit de sa témérité.

Elle lut dans ses yeux le désir coupable de la serrer dans ses bras. Elle y lut aussi son désarroi et son amour. Elle rougit à son tour. Elle revit fugitivement la silhouette d'Emile. Elle l'entendit la rudoyer. Elle fit la comparaison avec Louis et regretta infiniment de ne pas répondre à sa flamme.

— Je suis désolée, Louis, vous m'êtes très cher, mais…

— Ne poursuivez pas. Je suis trop maladroit, je voulais vous dire tout simplement que vous pouviez compter sur moi.

— Je n'oublierai pas, mon ami, adieu.

— Faites attention à vous pendant ce voyage.

— Et vous, soyez heureux au village.

Elle eut envie d'ajouter : « Vous méritez mieux qu'une aventurière comme moi », mais elle se tut et le quitta, les larmes aux yeux. Elle n'était pas amoureuse de lui, mais il l'avait infiniment touchée.

Le soir, Valentine prétexta une légère indisposition et préféra demeurer dans sa chambre. Elle se dirigea vers son secrétaire, ouvrit un tiroir, en sortit un papier et y griffonna quelques mots. Le message était destiné à ses parents.

Un petit voyage avec grand-mère me fera le plus grand bien. Je ne veux plus épouser Emile. Nous serons prudentes et vous donnerons de nos nouvelles. Je vous embrasse affectueusement. Je vous aime,

Valentine.

Elle hésitait sur les termes employés dans cette courte missive. Elle barra, déchira, sortit un autre feuillet, recommença plusieurs fois. Elle n'était pas satisfaite de ce mot, mais finit par réécrire la première version. Malgré l'amour qui la liait à ses parents, elle ne réussit pas à composer une longue lettre.

Elle ne voulait ni se justifier ni leur expliquer la cause de sa rupture avec Emile. Elle éprouvait un sentiment mélangé de honte et de ressentiment qui lui laissait un goût amer. Elle était sous le coup d'une vive émotion. Elle s'évadait en pleine nuit, ignorait la durée de son escapade et la date du retour. Valentine désobéissait à ses parents. Elle se savait à un tournant de sa vie. Elle aspirait à aller de l'avant. Cette aventure lui semblait être la promesse d'une nouvelle destinée.

Elle appela Guyette et lui remit le message. La femme de chambre était dans la confidence, ainsi que Florimond. Le cocher devait les conduire jusqu'au train. Tenue à l'écart, Guyette aurait découvert rapidement ce qui se tramait. Elle n'avait pas les yeux dans sa poche, elle n'était point sourde. Elle eût deviné le projet de voyage aux légers préparatifs et à la mine mystérieuse de sa maîtresse. Guyette prit le mot d'un air entendu.

— Vous reviendrez, mademoiselle ?

— Bien sûr. Je ne pars pas longtemps. Va te coucher, Guyette, je n'ai plus besoin de toi… Je te remercie pour ta discrétion.

Guyette sourit. La confiance de Valentine lui donnait l'impression de participer à l'aventure. Le danger l'excitait.

Elle la quitta, avec pour instructions de paraître tout ignorer de leur décision. Elle aurait, dirait-elle le lendemain, trouvé la lettre sur l'oreiller en venant réveiller sa jeune maîtresse.

Valentine sursauta lorsque la pendule sonna les douze coups de minuit. Le silence retomba sur le château. Le temps était venu de partir. Elle revêtit des vêtements amples pour le voyage, prit son grand sac, ouvrit lentement la porte de la chambre.

Elle devait rejoindre sa grand-mère à l'extérieur. Ses consignes lui résonnaient encore à l'oreille : « Attendons que tous soient endormis, quittons la maison sans être vues. Traverse la cour et attends-moi de l'autre côté du portail. Les écuries sont fermées normalement jusqu'à l'heure des vaches, mais le cocher a ordre de préparer la voiture sans bruit. Il nous rejoindra à l'entrée. » Son visage était particulièrement animé, celui de Valentine très coloré. Toutes deux chuchotaient avec vivacité.

Au moment de descendre l'escalier plongé dans l'obscurité, la jeune fille entendit un craquement. C'était des pas. Quelqu'un montait. Elle étouffa un cri de surprise en reconnaissant la silhouette de sa mère. Elle n'eut que le temps de faire demi-tour et de gagner la porte de sa chambre. Sa mère revenait de la cuisine.

— C'est toi, Valentine ?

La pénombre lui servait.

— Oui, maman.

— Que fais-tu ?

— Rien… rien, balbutia-t-elle, j'avais entendu du bruit. Et vous, maman ?

— Je suis allée chercher de l'eau. Recouche toi, Valentine, il est tard.

— Bonne nuit, maman, souffla-t-elle d'une voix angoissée.

— Bonne nuit, ma fille.

Sa mère n'avait pas remarqué sa tenue. Valentine s'adossa à la porte, pétrifiée. Elle attendit de longues minutes, retenant sa respiration, les mains crispées sur la poignée. Aucun bruit ne perçait à travers la cloison.

Un long soupir sortit enfin de sa poitrine. Elle pria pour que sa mère se fût endormie et descendit les marches, les jambes flageolantes, bien appuyée sur la rampe de l'escalier.

La nuit était éclairée par la lumière diaphane de l'astre lunaire. Elle s'engagea dans l'allée qui menait à l'entrée du domaine. Florimond l'y attendait avec Esmérance. La grand-mère s'impatientait. Un petit chapeau lui donnait un air coquin.

— Je commençais à m'inquiéter.

— Maman était dans le couloir.

Esmérance tenait sous le bras, bien ficelé dans un papier marron, le tableau de Blondine.

— Ils n'ont rien à me dire, je ne vole rien, c'est mon tableau.

— Vite, mesdames, si nous voulons être à l'heure !

Elles montèrent précipitamment dans la voiture.

Valentine ne dormit point dans le coche. Bien qu'engourdie, elle ne laissa pas la torpeur l'envahir. Elle parvint à dissiper les fatigues de ses nuits agitées. Dans la voiture, elle se sentit enfin plus sereine.

Elles firent halte dans une auberge pour se restaurer, mais les fumées et autres vapeurs les incommodèrent. Elles poursuivirent leur chemin et furent témoins d'un merveilleux lever de soleil. Des cloches annonçaient la première messe. Le coche s'arrêta enfin devant la gare.

Elles scrutèrent sans un mot l'arrivée de la grosse locomotive hurlante. Peu à peu, le quai s'anima. Des voyageurs affluaient des salles d'attente. Valentine eut peur de cette effervescence inattendue. Elle craignait pour la santé de sa grand-mère, et l'on aurait pu se demander qui chaperonnait l'autre.

Elle avait tort de se faire du souci. Esmérance était transformée. L'idée du voyage l'avait rajeunie. Elle vivait pour la première fois de sa vie une évasion, loin de son ancienne carapace de silence, loin de son enfermement. Vers la liberté.

— Le train arrive-t-il ? s'enquit Esmérance.

— Il est signalé, répondit le contrôleur en galons.

L'agitation s'accrut dans la gare. Des porteurs allaient et venaient sans arrêt. Le sifflet retentit et la locomotive s'annonça en un bruit puissant. Le train souffla, s'immobilisa après être passé devant les voyageurs avec des jets de vapeur. Elles aperçurent le mécanicien noir de charbon, lunettes sur le front. Les roues ralentirent en un rythme lourd, des vibrations parcoururent le quai. La grosse machine stoppa devant des spectateurs enthousiastes. Les portes s'ouvrirent brusquement et chacun se précipita vers son wagon. Des mouchoirs s'agitèrent.

Valentine avait déjà pris le train. Mais elle ne se souvenait pas d'un couloir latéral, avec toilettes aux extrémités. Elle se rappelait le bruit de roues et d'essieux. Le roulement lui parut plus souple.

En 1900, ils étaient venus dans la capitale dans une diligence pleine à craquer, à l'impériale bourrée de malles et de cartons à chapeau. La mère de Valentine craignait les chemins de fer. Ce qui ne l'avait pas empêchée d'être indisposée par les cahots de la diligence sautant sur des pavés disjoints. Valentine se remémorait le très long voyage de plusieurs jours qu'ils avaient fait à l'aller. Serrée contre Hubertine, elle détesta la promiscuité d'un compagnon fanfaron et bavard. Au retour, plus court et plus agréable, ils découvrirent les vertus du chemin de fer.

La grand-mère était enchantée et ne se lassa pas du paysage défilant devant la vitre. Rien ne lui parut monotone. Elle s'amusa de toutes les sensations visuelles et auditives de l'aventure.

Valentine avait écrit à son frère mais n'avait pas obtenu de réponse. Elle s'inquiétait de devoir dénicher une chambre. Louis leur avait indiqué un hôtel propre et sans vermine. Elle appréhendait la nuit car il était connu que, dans les grandes villes, les lits fourmillaient de punaises.

Heureusement, au grand plaisir de la jeune fille, la recommandation de l'instituteur s'avéra inutile. A Paris, en cette fin d'après-midi, Maurice les attendait à la descente du train. En chapeau haut de forme, ganté, maniant avec dextérité une fine canne au pommeau d'argent, il était très élégant. Revoir son frère procura à Valentine une joie immense.

Elles s'extasièrent devant les scènes de rues, l'orgue de Barbarie, les petits marchands et les camelots. Valentine gardait des souvenirs précis de sa visite en 1900. Maurice les incita à rester plusieurs jours en sa compagnie. Elles refusèrent son offre hospitalière. Elles prendraient le temps de visiter Paris au retour des Flandres. Ils se promenèrent tous trois sur les Grands Boulevards, admirèrent l'Opéra. La circulation était infernale, entre chevaux, piétons, calèches, automobiles et omnibus à chevaux.

Ils baignèrent dans une masse confuse de chapeaux, dans le flot ininterrompu de mouvements et de sons. Un fiacre les emmena sur les Champs-Elysées, moins encombrés. Un concert de musique militaire y était donné. La ville s'éclairait de toutes parts.

Ils descendirent dans le métropolitain, qui démarra avec un bruit assourdissant.

— C'est plus confortable que l'omnibus à chevaux ! s'exclama Esmérance, les joues rouges de plaisir.

Ils dînèrent chez Maurice, dans l'hôtel particulier appartenant à la famille. Le jeune homme devint très vite le complice d'Esmérance. Valentine rêvait du french-cancan. D'un commun accord, ils l'emmenèrent au Moulin-Rouge. Ses parents n'auraient jamais accepté de l'y conduire. Il y avait tant de tentations dans la capitale, entre vaudeville, caf'conc' et cabarets. Esmérance aurait dû affronter les réprimandes de sa fille et de son gendre si ces derniers avaient appris où leur escapade les avait conduites. Elle jubilait de son comportement répréhensible. Un sang neuf bouillonnait dans ses veines. Elle ne regrettait nullement d'entraîner Valentine à sa suite dans le tumulte de la vie. Elle estimait qu'il était grand temps pour la jeune fille de voir autre chose que le château, les vaches et Emile.

Au matin, lorsque Guyette leur apporta la lettre de Valentine, Hector et Hubertine de Montfleury échangèrent un regard grave et douloureux et furent incapables de parler.

La lettre était brève et ne comportait aucune trace de remords. Ils comprirent alors que la décision de Valentine et d'Esmérance était irrévocable, qu'elles s'étaient préparées minutieusement tout en n'emportant que le minimum de bagages.

Hector et Hubertine de Montfleury purent constater plus tard, dans le petit salon, que le portrait de Blondine avait été décroché du mur et que son emplacement était désormais marqué par une trace blanche.

ÉTÉ 1906, DANS LES FLANDRES

16

Un soleil radieux les accueillit à leur descente du tortillard. Nulle trace du pays noir décrit par son père, nulle trace de grisaille en ce matin de juin. La Flandre était rayonnante. Bailleul était une très jolie petite ville bien bâtie, aux rues aérées. Esmérance et Valentine se sentaient dépaysées et ravies de l'être. Le carillon du beffroi de l'hôtel de ville acheva de les séduire.

A la mairie, le jeune employé ne connaissait pas de Degraeve en ville.

— Degrève, comment l'écrivez-vous ? eut-il la bonne idée de demander.

— D-E-G-R-A-E-V-E, épela Valentine, mais le *A* doit être une erreur.

— Pas le moins du monde. Pas chez nous. Prononcez « Degrave », mesdames, le *e* ne se prononce pas et le *a* est bien là. A la campagne et sur les monts, vous aurez quelque chance d'en rencontrer, c'est un nom assez courant dans le Nord.

A leur mouvement de découragement, il se tut, embarrassé. Il était désolé de son impuissance à les aider. Les deux étrangères lui plaisaient. La plus jeune était ravissante, et la plus âgée amusante. Un sourire éclaira subitement son visage rond d'homme du Nord.

— Attendez, il me semble bien qu'il y a une famille Degraeve à Boeschèpe.

Ce fut leur tour de faire épeler l'orthographe de la localité. Tous les noms de la région leur paraissaient si étranges.

— C'est du flamand, leur expliqua le jeune employé.

Il leur indiqua très courtoisement où se procurer un cabriolet pour leur voyage. Il était hors de question de louer l'un des fiacres attendant patiemment le client à l'ombre de la mairie. Ceux-ci ne se louaient qu'à la course ou à l'heure. Jusqu'à présent, grâce à Louis, elles ne s'étaient point égarées. Bailleul était bien la porte de ces monts des Flandres.

Elles eurent à choisir parmi divers cabriolets, victorias, tilburys… Elles se fixèrent sur une charrette anglaise, légère, à deux roues, de celles que les familles aisées utilisaient pour leurs parties de campagne.

Elles quittèrent la ville, ses nombreuses voitures hippomobiles, ses nouvelles automobiles bruyantes et ses bicyclettes, pour se lancer dans la campagne environnante. L'aventure commençait réellement. Elles ne savaient où dormir ce soir-là, mais l'aimable employé de la mairie leur avait indiqué deux auberges dans les environs.

Ayant l'habitude des chevaux, Valentine était très à l'aise dans le maniement de la voiture. Elles décidèrent de se rendre directement au mont des Cats, lieu de séjour du peintre Ruyssen.

Dans la campagne, sous un ciel immense aux couleurs changeantes traversé par des flottilles de nuages cotonneux, des hommes conduisaient une faucheuse mécanique à travers les prairies. Des femmes et des enfants éparpillaient au soleil l'herbe coupée. Une agréable odeur se dégageait de la terre. La région leur parut plus mécanisée que leur Bourgogne natale. L'agriculture y était très développée. Bien que cette culture fût absente dans leur région, elles reconnurent le blé montant en épi.

Elles furent pourtant très surprises de découvrir une plante grimpante s'épanouissant au soleil, enchevêtrant ses feuilles, s'enroulant comme une liane sur des fils de fer autour d'une forêt de hautes perches qu'elle escaladait avec vigueur. Elles se promirent de se renseigner sur ces tiges mystérieuses.

Des ânes, de beaux et forts chevaux, robustes et puissants du collier, s'ébattaient dans les prés. Toutes deux s'exclamèrent devant les vaches. Elles n'en avaient jamais vu de la sorte. Valentine se demanda si son père connaissait cette race particulière. Les bêtes avaient quitté la robe blanche des charolaises pour la robe brune de l'espèce flamande.

Eparses au milieu des prairies ou se tenant sur le bord de la route, les maisons campagnardes étaient aussi très différentes de leur habitat bourguignon. Recouvertes de chaume, les murs blanchis à la chaux et les volets de couleur, elles étaient coquettes. De grandes fermes entourées de mares, aux multiples bâtiments de briques disposés autour d'une cour, étaient disséminées çà et là, dans les champs cultivés enserrés de bosquets.

Le bocage leur rappelait leur propre campagne, mais ici les propriétés étaient cernées de haies vives et non de murets. Dans les fossés bordés de saules, des ruisseaux séparaient des parcelles, délimitaient les terres et arrêtaient le bétail.

Des moulins de bois venaient charmer les yeux. Ils ne manquaient pas d'allure avec leurs grandes ailes battant au vent. Sur pivots, ils étaient identiques à celui de la peinture. Un mont puis un autre se profilèrent. Le paysage leur parut bien différent de celui de la campagne plate entrevue depuis la fenêtre de leur train.

Dans un paisible village vallonné, à l'église possédant une tour aux puissants contreforts, elles s'enquérirent du nom de ces collines qui les dominaient. Une première personne leur répondit en flamand. Elles n'y comprirent rien. Un second villageois s'avança, sembla réprimander le premier en utilisant la même langue et finit par leur indiquer ce qu'elles désiraient, en français, avec un fort accent. Elles laissèrent sur leur droite le mont Noir, extrêmement boisé, et se dirigèrent vers le mont des Cats. Elles approchaient du but.

Du village de Berthen, caché dans un vallon, aux maisons éparpillées dans les champs, elles apercevaient nettement le mont indiqué par Louis. Elles s'arrêtèrent devant une auberge à l'aspect plaisant. C'était une petite ferme à deux bâtiments parallèles, orientés pour former une cour ouverte aux deux extrémités. Les propriétaires cultivaient quelques hectares de terre et de pâturages. Ils possédaient des chevaux, quelques vaches, des truies et des poules. Ils comblaient leurs pensionnaires avec les produits de leur ferme. Une enseigne indiquait : *Auberge de la Montagne*. Elles laissèrent leur attelage à l'écurie.

A la porte, elles furent accueillies par le chant de chardonnerets et de fauvettes en cage. On les dévisagea dès leur entrée. Elles éprouvèrent la désagréable sensation d'être jaugées de la tête aux pieds. Néanmoins, la fermière qui tenait l'auberge, une forte femme au visage rougeoyant et ouvert, leur montra une chambre rustique, très coquette et très propre, située au premier étage.

Lorsqu'elles redescendirent, le fermier se tenait dans la salle commune, bien droit derrière le comptoir, alerté de la visite d'étrangères par un habitué de la maison. Sans cesser de les regarder, il leur offrit de se désaltérer avec de la bière fraîche des pères du couvent. La Flamande s'exprimait dans un français correct :

— Le souper est servi à sept heures.

— Merci, en attendant, nous allons faire une promenade.

Méfiant, le tenancier les interrogea :

— Vous n'êtes pas d'ici, avec votre accent chantant ?

— Nous arrivons du Brionnais.

— Du Brionnais ? répéta-t-il sans comprendre.

— Du Charolais… enfin, du sud de la Bourgogne.

— Ah oui ! Et qu'est-ce que vous venez faire dans notre Flandre ? demanda-t-il, la curiosité en éveil.

— Essayer de retrouver de la famille.

— Ah !

Le visage de l'homme s'éclaircit totalement.

— Vous avez de la famille en Flandre ?

— Nous avons tout lieu de croire que nos ancêtres s'appelaient Degraeve, dit Esmérance en prenant soin de bien prononcer le nom.

La fermière prit à son tour la parole :

— Des Degraeve, il y en a eu par ici, mais ils sont tous un peu éparpillés à présent. Vous en trouverez encore à Boeschèpe.

— On nous l'a signalé, nous comptons leur rendre visite dès demain matin.

— Je me disais bien que vous aviez les yeux couleur de notre lin, ajouta la fermière à l'adresse de Valentine.

Discrets, les propriétaires de l'auberge n'osèrent poser davantage de questions et se turent.

A leur tour, elles voulurent satisfaire leur curiosité.

— Dans la campagne, nous avons vu de hautes perches…

Les Flamands éclatèrent de rire. La glace était rompue.

— C'est le houblon.

— Du houblon ? Est-ce une plante ?

— Oui. Ces hautes perches la soutiennent. C'est avec le houblon que l'on fabrique le breuvage que vous avez entre les mains, mesdames.

Une bouffée d'orgueil envahit le tenancier.

— Le meilleur breuvage qui soit sur cette terre, ajouta-t-il avec un air avantageux.

— Vive la bière ! s'exclama un client en levant son verre à la santé des étrangères. Nous n'avons pas de vigne chez nous, ni de vin de Bourgogne, mais, grâce au ciel, nous possédons le houblon !

Elles retinrent leur chambre et repartirent immédiatement en direction du mont des Cats. Elles y montèrent par un réseau de chemins encaissés et de sentiers pittoresques. Elles comprirent, en grimpant la route qui serpentait, pourquoi l'on appelait ces collines des monts. Elles dominaient la plaine. Des chaumières et des fermettes surgissaient des buissons, bâties à flanc de coteau. Le chemin était longé d'ormes, de charmes, de chênes, de haies d'aubépines et flanqué de mares. Des enfants leur firent des signes de bienvenue en se rangeant sur le bas-côté, puis ils disparurent comme ils étaient venus en se faufilant dans un sentier abrupt. Elles entendirent leur rire franc et joyeux s'évaporer dans la nature. D'innombrables oiseaux se nichaient dans les arbres. Des émanations de plantes embaumaient leur randonnée.

A plusieurs carrefours, elles se trouvèrent nez à nez avec de petits oratoires. Construits en brique, témoins d'un catholicisme fervent, ils abritaient des madones ou des saints. Après qu'elles eurent dépassé l'une de ces chapelles, la silhouette du monastère se détacha des bois. Elles furent immédiatement séduites par la majesté du lieu, au caractère néanmoins sauvage. Le mur de clôture, au-delà duquel on apercevait des toitures rouges, enserrait un vaste domaine appartenant aux trappistes de l'ordre des Cisterciens. Quand elle l'avait appris de la bouche de Louis, Valentine s'était écriée : « Le même ordre que l'ancienne abbaye de Cîteaux… Nous avons des points communs ! »

Non loin de là, près du sommet, un moulin de briques se dressait dans une pâture. Elles descendirent de voiture et se dirigèrent vers l'entrée du monastère. Elles tirèrent la cloche sans hésiter. Au bout de quelques instants, un frère portier en robe de bure se présenta à la porte.

— Mesdames, ce lieu est un lieu de silence, il est fermé aux visiteurs.

— Nous aurions souhaité des renseignements au sujet de monsieur Nicolas Ruyssen, qui a fondé ce monastère.

— Je regrette. Les moines obéissent à la règle de saint Benoît, ils ne peuvent vous recevoir.

Par la porte entrouverte, elles distinguèrent des silhouettes blanches passant le long d'un couloir sans fin. Le frère trappiste les salua et referma le portail. Il était inutile d'insister.

Déçues, mais sous le charme de ce lieu propice

au recueillement, elles marchèrent un moment autour de l'abbaye, dans une végétation de bruyères et de genêts. Au loin, elles aperçurent des robes blanches travaillant dans les champs.

Elles s'écartèrent pour laisser passer des moines rentrant au couvent en file indienne, la capuche sur la tête. Elles furent tentées de se signer et restèrent immobiles, figées comme devant une procession.

A l'auberge, elles furent accueillies avec chaleur. Elles étaient dorénavant acceptées dans la famille. Elles firent part de leur déception face à la porte close de l'abbaye. Le patron s'exclama :

— Ah oui ! vous ne pouviez savoir. Le monastère est fermé aux visiteurs, mais parfois il existe quelques exceptions.

Il afficha un air important :

— J'ai eu ainsi l'honneur de visiter les lieux en compagnie du portier. C'était du temps de l'abbatiat du bon père dom Jérôme, qui nous a quittés en début d'année. Nous avons parcouru les galeries et les corridors remplis de statuettes de la Vierge, mais sans décoration inutile. Ils vivent dans la simplicité. Le monastère n'est pas ouvert aux femmes. Les moines respectent la règle de saint Benoît. Ce sont des contemplatifs qui vivent du travail de leurs mains. Ils partagent leur vie entre la prière et l'ouvrage. Leur recueillement est admirable.

Il était visiblement impressionné par sa visite :

— Le silence règne dans l'enceinte du couvent, ajouta-t-il. Les pères blancs ne communiquent entre eux que par signes et ne parlent qu'en cas de nécessité. Il paraît qu'ils se lèvent parfois la nuit pour chanter dans leur église.

La Flamande prit le relais de son mari :

— Pourquoi vous intéressez-vous à l'abbaye ? Vous en aviez entendu parler en Bourgogne ?

— Nous possédons un tableau de famille signé d'un peintre nommé Nicolas Ruyssen, lequel aurait fondé le couvent de la trappe.

— Vous en savez plus que nous ! lança-t-elle.

Sur le visage du tenancier parut une expression énigmatique.

— J'ai une petite idée. Le frère Marcel…

— Quoi, le frère Marcel ? demanda sa femme.

— Eh bien, oui… Il vient le lundi nous livrer la bière et le fromage.

Il se tourna vers Esmérance et Valentine.

— Les pères ont une brasserie et une fromagerie qu'ils font tourner eux-mêmes. Nous vous ferons goûter ce soir de leur bon fromage. Quant à la bière, vous la connaissez désormais.

— Elle est excellente, apprécia Esmérance.

La fermière gardait une physionomie sérieuse.

— Le frère Marcel ne rentre jamais dans l'auberge, et il n'est pas très bavard.

— Penses-tu ! Il en sait un bout sur l'histoire de l'abbaye. Le petit, lui, a su le faire parler, il me l'a raconté. Notre fils va à l'école, ajouta-t-il à l'adresse des étrangères, il y apprend le bon français.

— C'est normal, le flamand est interdit à l'école, maugréa la fermière avec un soupir de tristesse.

— Ne soyez pas en peine, on va trouver le moyen de faire entrer le frère Marcel dans l'auberge.

— En attendant, nous irons dès demain matin à la recherche de ces fameux Degraeve, annonça la grand-mère.

Elles ne s'attardèrent pas ce soir-là et montèrent rapidement se coucher. La fatigue du voyage était telle qu'elles s'endormirent immédiatement et ne se réveillèrent qu'avec les cloches de l'église.

Elles se levèrent avec alacrité, l'esprit débordant d'une ardeur nouvelle et pleines de ce vertige que provoque parfois l'inconnu. Elles se rendirent à la messe au village de Boeschèpe, situé lui aussi sur une éminence. Il possédait un charme particulier. On y accédait par un chemin rural et sinueux qui grimpait sérieusement. Un moulin à pivot dominait la colline.

Du sommet, elles découvrirent toute la chaîne des monts, la plaine flamande, ses petits villages amassés autour de leur clocher, les champs de blé, les prairies verdoyantes et les remparts de houblon.

A la sortie de la messe, les paroissiens restèrent groupés devant le parvis de l'imposante église à trois nefs, entourée d'un petit cimetière. Espérant follement glaner çà et là des informations susceptibles de les avancer dans leur quête, elles tendirent l'oreille.

Il n'était question que de graves événements survenus au mois de mars, un inventaire ayant tourné en boucherie au sein de cette même église.

— Que s'est-il donc passé ? demanda Valentine à sa grand-mère.

Esmérance n'avait rien perdu de la conversation animée des villageois.

— Depuis la séparation de l'Eglise et de l'Etat, on fait l'inventaire du mobilier ecclésiastique, ici comme ailleurs, sous les protestations du curé et la colère des fidèles rassemblés malgré l'interdiction. Eh bien, au-dehors étaient postés le commissaire, le percepteur, assistés de la troupe et, au-dedans, des gendarmes. Devant l'attitude irrespectueuse des fonctionnaires, la foule les hua et brandit des chaises. Au milieu de la mêlée, le malheureux curé incitait à la tempérance. Ce fut inutile. Des gendarmes perdirent le sens de la mesure et s'affolèrent. Ils tirèrent sur la foule dans l'église, et le cabaretier-boucher de trente ans, père de trois enfants, fut tué. Le curé fut blessé. Une stupeur générale succéda au drame. Les gens de Boeschèpe ne s'en sont toujours pas remis, semble-t-il.

Elles s'enquirent auprès d'un villageois de l'adresse des Degraeve. Pleines d'espoir, elles s'y rendirent à pied. Elles allaient enfin rencontrer des Degraeve en chair et en os, de ces Degraeve peut-être liés à leur propre histoire. Leur cœur battit violemment en s'apercevant que les volets étaient clos. Elles tapèrent à la porte, personne ne leur répondit.

Les habitants vivaient sans doute à l'arrière de la maison. Elles insistèrent. Rien ne bougea. Déçues, elles reculèrent pour mieux contempler la petite demeure de briques. C'est alors qu'elles remarquèrent, à la fenêtre de la maison voisine, des rideaux de dentelle à moitié soulevés et qui tremblaient. On les guettait. Elles firent un signe.

Une vieille femme tira le rideau et les dévisagea. Epier était devenu son unique passe-temps. Très curieuse d'en savoir un peu plus sur ces visiteuses, elle ne se fit pas prier et sortit immédiatement de chez elle.

— Elle n'est pas là, la mère Degraeve, dit-elle avec un accent assez rude, curieux assemblage de flamand et de français qu'elles eurent du mal à comprendre tant il était prononcé.

— Elle va revenir ?

— Non… répondit-elle, un peu méfiante.

— Elle est… ?

— Elle est partie vivre à Lille chez ses enfants.

— Et son mari, monsieur Degraeve ?

— Le tisserand ?… Il est mort depuis longtemps… Qui êtes-vous ?

Elle fronça les sourcils, scruta les visages des deux étrangères. Elle en avait peut-être trop dit.

— Vous n'êtes pas de la famille, vous ?

— On ne sait pas… murmura Valentine.

— Comment, vous ne savez pas ?

— Il est possible que nous soyons des parents. Nous avons tout lieu de croire que notre ancêtre se nommait Degraeve. Nous aurions souhaité les questionner à ce sujet.

— Ah !… Vous auriez du mal, elle est sourde comme un pot. Elle ne pouvait plus rester seule, surtout qu'elle avait un peu perdu la tête depuis la mort de son mari. C'est dommage, c'était une bonne dentellière.

— Avez-vous son adresse à Lille ?

— Bien sûr. Attendez.

Elle les abandonna sur le devant de sa porte et reparut peu après, triomphante, un mot griffonné à la main.

— Je croyais l'avoir égarée.

Elles rentrèrent à peu près bredouilles à l'auberge.

— Il eût été étonnant que l'on obtienne immédiatement les réponses à nos questions, remarqua la grand-mère avec philosophie.

Valentine soupira.

— Qui sait ? Ce tisserand était peut-être de notre famille.

— Il ne nous reste plus qu'à voyager jusqu'à Lille, sans aucune certitude en ce qui concerne les enfants de ce couple.

— C'est-à-dire ?

— S'ils méconnaissent leurs ancêtres… Mais patientons jusqu'à demain.

A nouveau jour, nouvel espoir.

Le lundi, elles attendirent avec fébrilité l'entrevue organisée à l'insu du frère Marcel. Contrairement à son habitude, le fermier ne se rendit pas à la rencontre du frère livreur.

Ce dernier arrêta sa carriole, attendit un petit moment. Esmérance et Valentine le surveillaient à l'abri des rideaux de voile blanc. Les propriétaires s'étaient réfugiés dans l'arrière-salle, en compagnie des rares habitués du matin, très amusés par cette affaire.

Ennuyé de ne voir personne, le moine se résolut à descendre. Il était petit, rondelet, le visage jovial. Il hésita encore un instant, puis entra dans l'auberge.

— Les fermiers se sont absentés, lui annoncèrent les deux étrangères.

Visiblement désemparé, le moine tourna la tête et parcourut la salle du regard. Elles étaient seules. Les deux femmes l'entourèrent aussitôt et lui proposèrent de l'aider à décharger. Déconcerté, il commença par refuser. Elles paraissaient bien frêles toutes les deux. Mais elles insistèrent. Il finit par accepter, satisfait de cette aide improvisée.

Les bras chargés, Esmérance en profita :

— Connaissez-vous Nicolas Ruyssen, mon frère ?

— Oui… fit-il, de plus en plus étonné.

Valentine se joignit à eux.

— Je vous en prie, parlez-nous de lui !

Devant leur intérêt chaleureux, et tout heureux de pouvoir être un peu plus bavard que de coutume, le jeune moine ne se fit plus prier :

— En 1817, Nicolas-Joseph Ruyssen racheta l'ancien ermitage des antonins dispersés sous la Révolution. Plus tard, il fit appel à sept moines trappistes, lesquels arrivèrent en 1826. Le peintre habitait une chaumière voisine. Il aimait aussi vivre au milieu des moines, assister aux offices et à la lecture, mais il fut malheureusement terrassé en mai de cette même année. Nicolas Ruyssen est enterré dans notre église. Il est considéré comme notre premier fondateur. C'était un homme de grande valeur humaine. Le couvent fut érigé en abbaye en 1847.

Originaire de Lille, le frère Marcel s'exprimait dans un français très correct. Par ailleurs, dom Jérôme avait décidé que toutes les lectures se feraient en français. Il était fier de son abbaye rénovée. Ils avaient depuis février un nouvel abbé très dévoué aux siens.

— Vous me semblez très féru d'histoire.

— Je suis un amoureux, dit-il avec humour.

Devant leur mine éberluée, il se mit à rire de bon cœur.

— Un amoureux de l'histoire de notre couvent, précisa-t-il.

— Ainsi Nicolas Ruyssen ne vint au mont des Cats qu'après la Révolution… constata Valentine.

— Oui, bien après. En 1817. Auparavant, il vivait à Hazebrouck, dans la plaine.

— Nous possédons un tableau de lui qui date probablement d'avant la Révolution, sur lequel sont représentés un moulin et un mont, lui confia Esmérance.

— Il ne s'agit sans doute pas du mont des Cats, alors ? demanda Valentine.

— Plusieurs monts nous entourent et les moulins ne manquent pas en Flandre.

— Une dernière question, dit Esmérance.

Ils se parlaient à présent avec une familiarité détendue.

— Connaissez-vous des Degraeve dans la région ?

— A Lille, d'où je viens, bien sûr, mais ici, je ne côtoie pas beaucoup les villageois… Ah si !… A Boeschèpe, je crois…

— Nous y sommes allées. Ils ne sont plus là.

— Alors, non… Il faut voir dans la plaine.

Le frère Marcel remonta dans sa carriole. Il avait pris du retard dans sa tournée, mais il ne regrettait pas sa récréation. Esmérance et Valentine lui firent un signe d'adieu, auquel il répondit avec amitié. Elles rentrèrent à l'auberge, assez désappointées.

Elles passaient la porte d'entrée lorsqu'elles entendirent un grincement de roues et une vive interjection du frère qui freinait brutalement son âne quelques mètres plus loin.

— Mesdames, mesdames ! cria-t-il à leur intention.

Elles coururent vers lui.

— J'en connais un ! C'est le jeune Sylvain.

— Sylvain… Degraeve ?

— Oui.

— Ah ! s'exclama Esmérance, encore essoufflée. Il habite le village ?

— Non, il est de Cassel. Il vient parfois par ici. Il peint des moulins, c'est sa passion.

Il se gratta la tête, prit un air profondément ennuyé.

— Mais je ne sais si vous allez le trouver. Je ne l'ai pas vu dans les environs depuis longtemps, je crois qu'il est au service militaire.

17

— Cassel ou Lille ? Deux possibilités s'offrent à nous, dit Esmérance.

— Non, trois, tu oublies Hazebrouck, rétorqua Valentine.

— Ah oui, la ville de Ruyssen.

— Allons vers Cassel, proposa la jeune fille.

— Pourquoi ?

— Nous avons au moins deux bonnes raisons d'y aller. Ce Sylvain est un peintre, comme Ruyssen, et ses sujets sont des moulins. Je ne sais pourquoi, mais j'ai la sensation qu'il pourrait nous apprendre des choses concernant notre tableau.

— Je reste toutefois persuadée que le berceau de la famille est le mont des Cats. Ne m'en demande pas la raison, il sera dit que nous avons toutes deux des pressentiments…

Elles partirent en charrette anglaise, plus lente certes et moins confortable qu'une berline de voyage, mais le ciel était clément, elles s'étaient bien faites à ce mode de locomotion et se trouvaient plus libres de leurs mouvements. Elles effectuèrent tranquillement la distance à accomplir. Elles eurent tout le loisir d'observer à nouveau la campagne flamande, ses villages et les hoftèdes, ces grandes fermes ouvertes dont les bâtiments entouraient la cour. Elles longèrent une briqueterie et soulevèrent de la poussière rouge sur leur passage. Elles arrivèrent enfin en vue de Cassel. Elles étaient plus exactement face à deux monts. L'un était très boisé.

— Ce doit être le mont des Récollets décrit par l'aubergiste, constata Esmérance.

— Celui que l'on appelait le mont des Vautours, parce qu'on y pendait des malfaiteurs... Leurs corps étaient donnés en pâture aux rapaces !

L'autre était Cassel. Le sol se mamelonna peu à peu. La colline surplombait le plat pays et prenait vraiment l'allure d'une montagne. On y arrivait par une route sinueuse.

— Que d'arbres ! s'exclama Valentine.

— Ne sommes-nous pas dans le Houtland, le pays aux bois ? déclara Esmérance, très fière d'avoir retenu un nom flamand.

De nombreux moulins parsemaient le paysage et couronnaient la butte. En passant près de l'un d'eux, en cours de restauration, elles virent soudain une pièce de bois bouger. Une énorme masse s'ébranla comme par l'effet d'un enchantement.

Elles arrêtèrent net leur monture, fascinées par le spectacle. Un ouvrier, doté d'une étonnante force physique, soulevait des poids d'une tonne. Il soutenait des poutres avec l'unique force de ses muscles.

— Regarde cet homme ! s'exclama Esmérance, médusée. Il est extraordinaire !

— Il est immense ! surenchérit Valentine. Sa silhouette en est presque effrayante.

Il était aussi très adroit et souple. Il se hissa le long de la charpente du moulin en réfection et se mit à cheval sur une grosse poutre transversale, au milieu d'un labyrinthe de lattes.

— Je n'ai jamais vu un homme avoir autant de vigueur et de force.

Esmérance était figée dans une attitude admirative. La superbe tignasse poivre et sel se retourna brusquement vers elles et leur sourit. Esmérance rougit comme une jeune fille. Elles reprirent leur chemin en riant et grimpèrent le mont en direction du bourg.

Cassel alignait des maisons anciennes et silencieuses, aux pignons de briques. Une longue rue traversait la cité de part en part. L'ensemble offrait un petit côté féodal. Elles allèrent tout droit vers la grand-place et l'hôtel que leur avaient indiqué les propriétaires de l'auberge de la Montagne. La petite ville semblait endormie. On n'entendait que le bruit des sabots de cheval sur les pavés et le roulis de leur voiture. Plus haut, un autre moulin se détachait d'une terrasse.

— Vous venez profiter de l'air le plus pur de la région ? leur demanda l'employé de l'hôtel avec courtoisie. Vous verrez, notre climat est salutaire, ajouta-t-il, trop heureux de vanter son pays. Notre cité est appelée « les délices de la Flandre ».

Il était tard pour s'aventurer dans les rues à la recherche des Degraeve. A l'hôtel, on ne connaissait pas ce nom. On était plus habitué aux clients anglais s'installant en villégiature pendant l'été.

— Vous avez bien fait de venir pendant la belle saison, Cassel est plus animée qu'en hiver. Demain, jeudi, c'est jour de marché, la place sera submergée de monde.

Elles prirent possession de leur chambre. Valentine profita de la longue soirée qui s'offrait à elle pour écrire à ses parents. Elle ne leur avait pas encore donné de nouvelles. Elle attendait d'avoir débusqué une véritable piste.

Pendant ce temps, Esmérance enleva avec précaution le linge et le papier recouvrant le portrait de Blondine. Elle lui parla comme à une madone.

— Ainsi tu es peut-être d'ici, belle Blondine ? Aide-nous à retrouver le fil perdu.

Le lendemain, elles furent réveillées par des bruits s'amplifiant rapidement. Surprises, elles ouvrirent leur fenêtre sur une foule incroyable envahissant peu à peu la grand-place. Elles s'habillèrent promptement et sortirent.

Elles se frayèrent un chemin parmi les vaches brunes et les moutons, les carrioles arrivant en grand nombre et les étals des marchands ambulants. Elles visitèrent la petite cité qui avait gardé les vestiges d'une enceinte fortifiée et un chemin de ronde, témoins de sa grande époque. Elles admirèrent les hôtels particuliers, des édifices de style Renaissance, et flânèrent dans les ruelles tortueuses. Puis elles allèrent rencontrer le curé à l'église.

— Oui, des Degraeve, j'en connais. La mère, Edmonde, vient régulièrement à la messe, mais je ne vois guère les autres.

— Où peut-on les trouver ?

— A l'estaminet du *Violon d'or*.

— L'estaminet ? demanda Valentine, perplexe.

— Oui, l'estaminet.

— Excusez-nous, mais nous ne comprenons pas ce mot, il n'existe pas en Bourgogne.

— C'est une espèce de café où l'on déguste certains plats du pays, où l'on joue à des jeux... païens, où certains rejoignent les membres de leur association... Ces estaminets nous font une grande concurrence, déplora-t-il. Enfin, Edmonde est bien brave, c'est une sacrée bonne femme.

Elles quittèrent le prêtre, passèrent sous l'une des portes de la ville et débouchèrent à l'entrée du Petit Chemin rouge.

L'estaminet était situé à l'intersection de deux routes, au début d'un sentier escarpé. Il ressemblait en tout point à une maison ordinaire. Seule l'enseigne indiquait *Le Violon d'or*. Au moment où elles allaient pousser la porte, un homme de très haute stature déboucha derrière elles et les fit sursauter. C'était le géant observé dans le champ, jonglant habilement avec les poutres d'un moulin. Il leur adressa un large sourire de connivence. Esmérance rougit à nouveau. Cette fois, Valentine s'en aperçut.

— Attendez, mesdames, je vous ouvre la porte, dit-il complaisamment.

A l'intérieur, un immense âtre carrelé de faïence conférait à la salle une atmosphère intime. De nombreux clients, des agriculteurs pour la plupart, consommaient du vin blanc, de la bière ou du genièvre. Les discussions allaient bon train. C'était jour de marché et l'estaminet faisait salle comble.

Elles admirèrent la propreté de l'établissement, l'éclat des meubles encaustiqués, la palette des boiseries, la beauté du comptoir en chêne sculpté. Sur les poutres, elles reconnurent des grappes de houblon séché.

Une femme d'un certain âge, au tour de taille conséquent, les accueillit aussitôt.

— Vous êtes Edmonde, n'est-ce pas ? s'enquit Esmérance, sans tenir compte des regards qui convergeaient vers elles.

— Oui. Que voulez-vous boire ?

— Eh bien, une chope de bière, s'il vous plaît, répondit gaillardement Esmérance qui s'était faite à ce breuvage.

— Et pour vous, mademoiselle ?

— La même chose, mais un peu seulement.

— Un peu ?

Edmonde sourit malicieusement.

— Cela sent bon chez vous.

— Alors vous allez goûter à mes gaufres ou à mes tartines de cassonnade [1]…

1. Vergeoise.

— Pourquoi pas ?

Valentine était amusée par la bonhomie et le comportement maternel d'Edmonde.

— Vous n'êtes pas du coin ?

— Non, du Brionnais… Au sud de la Bourgogne, précisa-t-elle devant l'air perplexe de la Flamande.

— Et qu'est-ce qui vous a amenées à effectuer ce long trajet jusqu'à nous ?

— La recherche d'un ancêtre.

— D'un ancêtre ? C'est pas banal.

Elles avaient parlé à haute voix, si bien que l'entourage avait saisi leur conversation.

— Est-ce ici que vit Sylvain Degraeve ? demanda Valentine.

— Je suis là.

La voix provenait du fond de la salle. Un jeune homme y était assis à l'écart du bruit, dessinant à sa table.

— Dieu merci, vous n'êtes pas au service militaire, remarqua Esmérance.

— J'en suis revenu, madame, que me voulez-vous ?

— C'est un moine de l'abbaye du mont des Cats…

— Le frère Marcel ? coupa-t-il.

— Exactement. Vous peignez des moulins, n'est-ce pas ?

Valentine s'était rapprochée de lui. Il leva les yeux vers elle. Aussitôt, elle sentit ses joues la brûler. Il détourna le visage et s'exclama à l'adresse d'une jeune paysanne qui venait d'entrer :

— J'arrive, Cathelyne, je finis juste un croquis.

Il ne fallut pas plus d'une seconde à cette dernière pour dévisager la jeune inconnue et la détester.

— Excusez-nous d'insister, dit Valentine, mais nous aurions besoin de converser avec vous. Nous pensons que notre ancêtre s'appelait Degraeve.

— C'est un nom courant dans le Nord.

Leurs regards se cherchèrent, s'affrontèrent, se défièrent silencieusement, se séparèrent à nouveau.

Sylvain prit un air détaché, et rencontra l'expression attentive de Cathelyne. Celle-ci n'avait rien perdu de l'échange entre son fiancé et l'étrangère. Elle vint à ses côtés, lui entoura les épaules de son bras, se fit tendre afin de bien marquer son territoire. Ce qui agaça Valentine.

Le nom de Degraeve avait suscité l'attention d'Edmonde et du géant des moulins. Ils s'approchèrent à leur tour de la table de Sylvain.

— Ainsi, vous vous appelez Degraeve, comme nous ? demanda Edmonde.

— Non, pas exactement, bredouilla Valentine. Mon nom est Valentine de Montfleury.

— Elle est de la haute, murmura Cathelyne à Sylvain.

Esmérance se présenta à son tour.

— Je suis la grand-mère de Valentine. Mon nom de jeune fille est Esmérance de La Grève. Mais nous avons tout lieu de croire qu'en réalité il s'agit de « Degraeve ». Nous possédons un tableau représentant une certaine Blondine Degraeve, qui serait la mère de mon grand-père…

— C'est compliqué, votre histoire, remarqua Sylvain.

Il jouait nerveusement avec son crayon.

Esmérance ne se départit point de sa bonne humeur.

— Sur le tableau sont représentés un mont et un moulin. Peut-être est-ce Cassel.

— Les Degraeve – la famille de mon mari –, déclara Edmonde, ne sont pas d'ici. Mon homme est aux champs, sinon, il vous le dirait. Son père est venu du mont des Cats.

— J'en étais sûre, murmura Esmérance. Un ancêtre des Degraeve serait-il parti vers la Bourgogne ?

— Aucune idée, dit Edmonde.

— Votre mari le sait peut-être ?

— Cela m'étonnerait. Nous n'en avons jamais parlé.

Sylvain restait muet. Jan, le géant, le fixait d'une curieuse façon. Il prit la parole.

— Mais, Sylvain, cette histoire…

— Il n'y a aucune histoire, et cela ne regarde que nous.

La conversation semblait devoir s'achever de façon inhospitalière.

— Accepteriez-vous de voir ce tableau ? demanda Esmérance.

— Je ne fais pas de portrait, répondit-il sèchement.

— Non, mais vous pourriez nous aider pour le mont et le moulin, dit Valentine d'une voix vive et agacée.

Ses yeux lançaient des étincelles. Cathelyne resserra son étreinte.

— Alors, tu viens, Sylvain ?

— Accepteriez-vous de voir ce tableau ? réitéra Esmérance.

— Peut-être, mais pas aujourd'hui, répondit-il, de fort méchante humeur, je pars à Lille. Je serai de retour après-demain.

En sortant de l'estaminet, elles étaient très perplexes. Valentine se sentait courroucée. Sa voix était tendue.

— Ce Sylvain m'agace !...

— Allons, calme-toi. Il était occupé, nous l'avons dérangé...

— Avait-il besoin d'être si désagréable ? demanda-t-elle, irritée. Je ne lui ai rien fait. Et cette fille...

— Sa fiancée, sans doute.

— Oui, peut-être. Mais on aurait dit que j'allais le lui prendre. C'est ridicule !

Elles approchaient de l'hôtel lorsqu'elles entendirent un pas puissant les rejoindre et s'arrêter à leur hauteur. Jan le géant les fit sursauter une seconde fois.

— Décidément, je vous fais peur, je suis désolé...

— Non, non... protesta Esmérance.

A côté de lui, elle paraissait toute petite.

— Sylvain a omis des faits.

— Il n'était pas très bavard, constata Valentine.

— Son attitude m'a étonné. Il n'est pas comme

cela d'habitude. Ecoutez, je crois utile de vous apprendre quelque chose. Je le tiens d'ailleurs de sa bouche. Jadis, un Degraeve, plus exactement le frère de leur ancêtre Benjamin, se serait enfui, et son moulin serait devenu le « moulin de la Dérobade ».

— Où est ce moulin ?

— Il a disparu, comme son propriétaire. C'est tout ce qu'ils savent dans la famille.

— Le prénom de cet homme n'est-il pas Alexandre ?

— Ils l'ignorent, semble-t-il.

— C'est étrange.

— Il reste bien une petite-cousine, Gabrielle, dont la grand-mère aurait hérité du moulin. Mais elle ne sait rien non plus, et je dois dire qu'elle est un peu dérangée, la cousine. Aussi le moulin de la Dérobade est-il connu davantage comme une légende. Les Degraeve ne sont même pas certains de la véracité de cette histoire.

Pendant ce temps, à l'estaminet, Sylvain et Cathelyne se disputaient à voix basse.

— Tu pars à Lille ? Tu ne me l'avais pas dit !

— J'y vais pour mon inscription aux concours.

— Tu m'emmènes ?

— Non, Cathelyne.

— Et pourquoi ?

— Ce n'est pas une promenade. Et puis n'insiste pas.

— C'est cette étrangère, hein ? Tu l'emmènerais bien, elle !

— Tu dis n'importe quoi !

— Elle est de la haute, Sylvain. C'est pas des gens comme nous.

— Je le sais. Laisse-moi maintenant.

— Quelle tête de mule !

Elle sortit en claquant la porte de l'estaminet.

— Eh ! doucement ! cria Edmonde. C'est pas un moulin ici !

Elle les observait depuis un moment. Elle s'approcha de Sylvain, prit une chaise et s'installa face à lui. D'une manière franche, elle attaqua, droit dans les yeux de son fils :

— Ecoute, mon garçon, si tu regrettes tes fiançailles, il faut te désister, et au plus vite !

Ce soir-là, à l'hôtel, Valentine revécut les différents événements survenus depuis leur départ du Brionnais. Elle songea surtout au regard étrangement hostile du jeune Sylvain.

Esmérance, elle, se coucha en pensant à son grand-père Alexandre, qui la faisait sauter sur ses genoux. Ce grand-père facétieux et mystérieux à la fois. Cet Alexandre, transplanté pour une raison inconnue en terre de Bourgogne, fondant une nouvelle famille. N'était-il pas le frère d'un certain Benjamin, ancêtre des Degraeve du Violon d'or ? N'était-il pas le propriétaire du moulin de la Dérobade ?

18

L'air emprunté, Valentine et Sylvain se tenaient de part et d'autre de la porte de la chambre d'hôtel. Après quelques instants d'une confrontation silencieuse et troublée, elle le fit entrer. Mais elle ne parla pas. Elle lui tenait rancune de son attitude peu conviviale à l'estaminet du *Violon d'or*.

— Je viens pour le tableau, annonça-t-il d'une voix mal assurée.

Il esquissa enfin un délicieux sourire à fossettes, que Valentine découvrit avec surprise et bonheur. Elle songea qu'il avait laissé sa carapace d'ours à l'estaminet, à moins que l'absence de sa fiancée ne l'eût transformé.

Esmérance ôta le tissu qui protégeait la toile, et le portrait lumineux de Blondine apparut aux yeux du jeune Degraeve. Sylvain contempla le tableau, silencieux, remua la tête en signe de dénégation et marqua son impuissance en haussant les épaules.

— Il est impossible d'identifier le moulin. Il est trop petit, et ils sont si nombreux dans la région. Je suis désolé, je ne peux vous être utile.

— Et le portrait ? demanda Valentine. Il ne vous rappelle rien ?

— Qui est le modèle ?

— Blondine Degraeve, peut-être la mère de mon grand-père Alexandre, répondit Esmérance.

Elle scrutait le regard du jeune homme, avec l'espoir d'y découvrir une lueur particulière.

— D'après vous, elle serait aussi de mes ancêtres ? demanda Sylvain.

— Oui, affirma Valentine d'une voix forte, la mère de Benjamin Degraeve.

— Qui vous a parlé de Benjamin ?

— Votre ami, le charpentier de moulins. Il a évoqué une légende concernant un moulin… le moulin de la Dérobade.

— Jan est bavard.

— Ne lui en tenez pas rigueur, s'il vous plaît.

Sylvain regarda Valentine. Il se troubla à nouveau, envahi par l'irrésistible désir de la serrer contre lui, de l'entourer de ses bras, de l'embrasser. Valentine ressentait la même attirance. Ils détournèrent le visage en même temps pour s'apaiser dans la contemplation du portrait serein de Blondine.

Un sourire espiègle éclaira les traits d'Esmérance.

— Ce ne sont que des suppositions, dit le jeune homme. Elles sont plausibles, certes, mais il manque le plus important : la preuve que votre Alexandre est le frère de notre Benjamin.

— Votre père en sait peut-être davantage ? suggéra la grand-mère.

Elle avait décelé l'attirance subite de ses jeunes compagnons et s'amusait de leur gaucherie.

— Je l'ai interrogé, répliqua Sylvain.

Il s'empourpra en prenant conscience de dévoiler l'intérêt qu'il portait à cette énigme.

— Mon père ignore le prénom des frères et sœurs éventuels de Benjamin. Dans la famille, on était fier de l'ancêtre aux moulins. Enfant, mon père eut vent d'une triste histoire enterrée. Mais on ne divulgue pas le nom d'un banni. Il ne fallait surtout pas en savoir davantage. Je suis vraiment désolé.

Sa sincérité était évidente. La colère de Valentine à son égard s'était envolée. Il n'avait plus rien de l'être grossier et ombrageux entrevu à l'estaminet.

— Ecoutez, Sylvain – permettez que je vous appelle Sylvain, dit Esmérance avec vivacité. Ne partez pas sans examiner encore notre Blondine, observez-la bien, c'est notre dernier espoir.

Tandis qu'il tournait un dernier regard vers le portrait, Valentine osa le détailler. Grand, les épaules larges, blond, la mèche rebelle ; ses yeux bleu-vert la désarmaient autant que son sourire. Comment avait-il pu être si désagréable à l'estaminet ? Sans doute la présence de cette Cathelyne.

Il obéit à l'injonction de la Bourguignonne envers laquelle il éprouvait une vive sympathie. Il étudia donc le tableau, mais il était distrait par la présence de Valentine. La colombe lui rappela brusquement qu'il était porteur d'un message pour la grand-mère. Son ami le géant lui avait parlé de l'étrangère avec une ardeur étonnante.

— Jan vous fait dire, madame, que si vous souhaitez visiter son colombier, il vous attend ce matin à l'estaminet.

Esmérance était stupéfaite.

— Il pratique l'élevage et le dressage de pigeons voyageurs, expliqua-t-il. Il est l'un des membres actifs de la société colombophile de Cassel, « Le Messager ».

— Comment a-t-il deviné que je m'y intéresse ? Je m'occupe des colombes de notre propriété !

Valentine et Sylvain sourirent et partagèrent l'instant de bien-être ressenti par Esmérance. Leurs regards clairs se mêlèrent à nouveau et, d'un même mouvement dicté par l'émotion, ils dévièrent vers le tableau. C'est alors que Sylvain pointa son index vers la main de Blondine et s'écria :

— La bague !

— Oui ?... murmura la grand-mère.

— C'est juste une impression...

— Oui ?... répéta Valentine.

— Une impression de déjà-vu... Mais où ?

— Cherchez, je vous en prie, Sylvain... implora Esmérance.

— C'était le lundi de Pâques...

— Cherchez bien, supplia à son tour Valentine.

Les deux femmes étaient suspendues au souffle de Sylvain.

— Ce n'est pas dans le cortège, non… L'incendie du moulin !… Oui, c'est ça : Gabrielle !… C'est elle !

— Gabrielle ? demanda Esmérance.

— Ma cousine. Il faisait nuit. Seul son visage était éclairé par les flammes. Elle était étrange ce soir-là. Elle me parla d'une soi-disant malédiction concernant les moulins. Et juste avant qu'elle se retourne et se confonde avec la nuit, j'ai vu briller à son doigt une bague comme je n'en avais jamais vu. Je me rappelle avoir pensé, l'espace d'une seconde, que c'était une bague trop somptueuse pour une simple petite bonne… Elle ressemblait à celle-ci, mais je ne pourrais jurer, bien sûr, qu'il s'agisse de la même.

Esmérance poussa un soupir de satisfaction.

— Peu importe, nous sommes enfin sur une piste !

— Est-il possible de rencontrer votre cousine ? demanda Valentine.

— Ce ne sera pas facile, elle est un peu sauvage, et ses patrons sont très stricts. Mais essayons.

Ils quittèrent l'hôtel en direction de la maison bourgeoise où travaillait la cousine de Sylvain. Au bout de quelques mètres, Esmérance s'immobilisa.

— Tu es fatiguée, grand-mère ?

— Fatiguée ? Moi ? Non ! Mais nous risquons d'effrayer ces gens si nous débarquons à trois. Je vais vous attendre au *Violon d'or*…

— Tu vas t'ennuyer, dit Valentine d'un air facétieux.

Elle avait parfaitement saisi le désir d'Esmérance.

— J'accepterai peut-être l'invitation de Jan le géant…

Sa petite voix pointue était celle d'une enfant prise en défaut.

— Tu as raison, grand-mère. A tout à l'heure.

Esmérance leur tourna le dos et se dirigea promptement vers l'estaminet. En observant son pas alerte, Valentine sourit. Sylvain devina ses sentiments.

— Elle est charmante, votre grand-mère.

— Oui ! répondit Valentine. Je l'aime infiniment.

Ils empruntèrent la rue qui prolongeait la grand-place. Ils longèrent des maisons aux murs de briques, serrées les unes contre les autres, sans doute pour affronter l'hiver. Silencieuse aux côtés de Sylvain, Valentine tentait en vain de réprimer le frémissement qui l'habitait tout entière. Eût-elle recueilli les confidences de sa grand-mère, se demandait-elle, sans le bal de l'Epiphanie ? Esmérance ne se serait peut-être pas transformée en cette magnifique vieille dame, enjouée, charmante et téméraire. Elles ne seraient jamais venues dans le nord de la France…

Esmérance s'arrêta pour reprendre son souffle. Les palpitations de son cœur lui paraissaient impudiques. « Je suis folle ! » Elle rit intérieurement. « Je suis vraiment folle ! »

Elle se passa la main dans les cheveux, apprêta

sa coiffure, rajusta sa jupe et songea à sa petite-fille.

Quoi qu'il puisse arriver, Valentine était en train d'oublier ses fiançailles en compagnie d'un jeune et séduisant homme des Flandres. Esmérance n'était pas dupe. Dès leur première rencontre, elle avait senti les prémices d'un amour. Elle-même était la proie d'un tumulte bien singulier.

C'était une de ces vastes demeures de caractère, un peu austère au premier abord.

Très droite et très digne, Gabrielle leur ouvrit la porte. Elle jeta un coup d'œil méfiant à l'inconnue qui se tenait près de son cousin. Valentine lui tendit la main. Elle ne répondit pas à son geste. Aucun sourire ne vint illuminer son visage triste et sombre. Son regard était hostile, ses cheveux ternes. L'ensemble de son être était dépourvu de charme et de vie, sans couleur. Elle glaça Valentine.

Elle leur demanda sèchement le motif de leur visite.

— Nous aimerions t'emmener voir un tableau que possède Valentine, dit Sylvain en désignant la jeune fille. Il pourrait bien être le portrait de la mère de notre ancêtre, Benjamin Degraeve.

Pour toute réponse, elle tenta de leur claquer la porte au nez. Mais Sylvain eut aussitôt le réflexe de la retenir.

— Attends, Gabrielle, c'est important !

— Il m'est impossible de m'absenter sans la permission de ma patronne, dit-elle d'une voix caverneuse. Le temps m'est compté. J'ai beaucoup trop de travail…

Elle allait refermer à nouveau la porte lorsqu'une puissante voix féminine se fit entendre :

— Qui est-ce, Gabrielle ?

— Madame, c'est mon cousin…

— Que désire-t-il ?…

La voix était impatiente :

— Fais-le entrer.

Le salon les surprit. En dépit de ses boiseries et de ses lourdes tentures, la pièce était plus gaie qu'ils ne l'avaient imaginé en entrant côté rue. Elle donnait à l'arrière sur une campagne rayonnante et le soleil y pénétrait largement.

Gabrielle s'effaça devant les visiteurs et disparut dans la cuisine. La femme qui les accueillit se distinguait par un subtil mélange de délicatesse, d'élégance, de goût raffiné et de rigueur. Corsetée, habillée de noir, elle était de ces Flamandes qui ont toujours les mains occupées. Le ménage était effectué par Gabrielle, mais elle supervisait avec soin le programme du nettoyage, les menus et les livres de comptes. Elle tenait une broderie en cours.

Lorsque Sylvain eut présenté Valentine de Montfleury, elle les fit s'asseoir, leur proposa un gâteau de son invention, cuisiné par elle-même. Visiblement très intéressée par la haute naissance et l'origine bourguignonne de la jeune fille, elle lui posa de nombreuses questions.

Leur conversation était ponctuée par le carillon mural. Avec fierté, l'hôtesse leur montra son parc.

Elle aimait y travailler avec son jardinier. Valentine songea alors à sa propre mère. Elles se ressemblaient, et pourtant… Elle s'aperçut très vite de la différence existant entre les deux femmes : Hubertine de Montfleury s'occupait de ses bonnes œuvres, mais ne mettait jamais « la main à la pâte ». Cette Flamande ne permettait pas à son époux de diriger l'aménagement de l'intérieur et le cours des rituels. Elle était la maîtresse de maison, gardienne du foyer, régnant sur un univers bien ordonné et méthodique.

Pour emmener Gabrielle, il fallut en passer par un interrogatoire en règle. La bourgeoise ne laissait pas sortir sa domestique sans un motif valable. Il y allait de sa réputation et de celle de son époux, l'un des notables les plus en vue de Cassel. Et tout ce qui était au-dehors de la maison était hostile à cette femme d'intérieur. Le monde était susceptible d'entraîner sa bonne vers des pentes dangereuses.

Gabrielle avait beau vivre dans leur foyer depuis des années, elle n'en était pas moins le seul élément extérieur à la famille.

Elle obtint l'autorisation de s'absenter.

— Mais n'oublie pas le dîner, surtout !

Gabrielle enveloppa ses épaules dans un châle et les suivit docilement.

Immobile devant le portrait, elle ne dit mot. C'est à peine si Valentine distingua un léger clignement des yeux, un faible froncement de sourcils. Gabrielle était pâle, très pâle. Son visage était un masque couleur de cendre. La jeune Bourguignonne se demanda si ce teint blafard était naturel ou s'il ne provenait pas de la découverte du tableau. Face à elle, elle aurait sans doute vu une expression apeurée traverser son regard.

— Observe la bague, dit Sylvain, n'est-ce pas la tienne ?

— Non, répliqua-t-elle aussitôt.

— Ne possèdes-tu pas une bague identique, avec deux colombes entrelacées ?

— Tu fais erreur, Sylvain. Celle-ci est nettement plus riche que la mienne. Non, cela ne me dit rien. Absolument rien, répéta-t-elle.

Elle se tourna vers Valentine.

— Il est temps que je retourne à mon travail. Ne me dérangez plus pour un motif si dérisoire.

Lorsqu'elle eut disparu avec la vivacité d'un fantôme, Valentine accompagna Sylvain à l'estaminet. Elle devait y rejoindre Esmérance.

— Votre cousine ne semble pas me porter dans son cœur.

— Ne le prenez pas pour vous, Valentine. Elle procure ce malaise à tous ceux qu'elle côtoie pour la première fois. C'est son aspect habituel.

— Il est étonnant que ses employeurs l'aient gardée dans ces conditions. Elle doit effrayer les visiteurs.

— Je crois qu'ils se sont habitués à son caractère taciturne. Elle a perdu ses parents assez tôt. Ils l'ont eue très jeune à leur service, elle est discrète, honnête, leur est très dévouée et restera sans doute toute sa vie dans leur maison. Elle les soignera lorsqu'ils seront âgés.

— Sans se marier ? demanda Valentine, en pensant à la jeune Guyette qui n'attendait pour convoler que le retour de son fiancé du service militaire.

— Sans se marier, répéta Sylvain. Cela ne lui est pas interdit, bien sûr, mais elle n'abandonnera jamais ses patrons. Elle leur est liée corps et âme.

Valentine se sentit confuse. Un sentiment de pitié et de culpabilité envers cette malheureuse Gabrielle, peu gâtée par l'existence, venait de l'envahir. Au même instant, son pied dérapa sur un pavé luisant, arrondi par le temps. Sylvain eut le réflexe de la retenir. Elle ne tomba pas. Le contact de la main de Sylvain lui procura une sensation curieuse et chaude qui se répercuta sur son visage. Tremblante, la gorge sèche, elle parvint toutefois à murmurer :

— Merci, Sylvain.

Gabrielle rentra précipitamment chez ses employeurs. Elle se lança avec célérité dans les travaux abandonnés. Elle fit cuire le repas, le servit, mangea elle-même sur le coin de la table de la cuisine, fit de nombreux allers et retours au moindre coup de sonnette, s'attela tout l'après-midi au lavage, au repassage et au nettoyage des pièces surchargées de meubles et de bibelots. Naguère elle s'occupait des enfants. Aujourd'hui, ils étaient tous mariés et avaient déserté le logis familial.

Le soir, après avoir débarrassé le souper et effectué la dernière vaisselle, elle regagna, épuisée, sa petite chambre de bonne mansardée située au dernier étage de la maison. Elle dirigea immédiatement ses pas vers le tiroir de la table de nuit. Elle l'ouvrit, sortit un coffret et le mit sur son étroit lit de fer. Elle se déshabilla alors lentement, plia ses vêtements et les posa avec soin sur la chaise placée à cet effet. Sur sa gorge dénudée, une clef minuscule pendait à l'extrémité d'une chaîne. Elle l'ôta. Ouvrit le coffret. Au-dedans se trouvait une bague composée d'une pierre précieuse et de deux colombes entrelacées. Elle la prit, la glissa à son doigt et la contempla longuement. Ses yeux étincelaient d'une lueur inquiétante.

« Il faut qu'elle parte, la Bourguignonne. Il le faut… »

19

Le visage de Cathelyne était pâle, son esprit assailli de sombres pensées. Un poids lui comprimait la poitrine. Elle relut, une fois, deux fois, trois fois, le billet déposé chez elle à son attention : « *Méfie-toi de la Bourguignonne. Elle est en train de te voler ton Sylvain.* »

La courte lettre n'était pas signée. Quelle obligeante main avait rédigé cette mise en garde ? L'une de ses connaissances, sans doute, cherchait à la prévenir d'une menace. Ses soupçons n'étaient donc pas vains. Elle pressentait le danger depuis le début. Elle devait en avoir le cœur net. Elle parlerait à Sylvain.

Motivée par une sourde colère, elle se hâta dans les rues de Cassel, vers le *Violon d'or*. Elle aperçut au loin deux silhouettes venant dans sa direction. Il s'agissait d'un homme de haute stature accompagné, semblait-il, d'un enfant. Elle reconnut très vite l'immense carrure de Jan. Lorsqu'ils parvinrent à sa hauteur, elle identifia la personne à ses côtés. Il s'agissait d'une petite femme, « l'autre » Bourguignonne. La plus âgée.

— Bonjour, Cathelyne, lui lança cordialement Jan.

— Bonjour, Jan.

— Bonjour, mademoiselle, dit à son tour Esmérance, encore empourprée des facéties de son compagnon.

Cathelyne ne lui répondit pas. Elle s'adressa à Jan, ignorant l'étrangère.

— Jan, Sylvain est-il chez lui ?

— Je ne sais pas.

Elle se tourna alors avec vivacité vers Esmérance, trahissant son émoi.

— Votre petite-fille n'est pas avec vous ?

— Vous le voyez… Elle est occupée de son côté.

Esmérance omit volontairement d'ajouter que Valentine se promenait avec Sylvain. Ils quittèrent Cathelyne et reprirent leur discussion animée. Tandis qu'ils s'éloignaient, Cathelyne les entendit plaisanter avec familiarité. Elle haussa les épaules et se renfrogna davantage.

Cathelyne arriva à l'estaminet, très agitée. Les discussions allaient bon train. Un petit groupe trinquait avec Jérôme, le garde champêtre, pour fêter l'arrestation de la « bande d'Hazebrouck » qui terrorisait la région.

— On est tous soulagés !

— T'avais raison, Jérôme, c'était bien la bande de Pollet !

— Oui, *De bende van Hazebroek.* Figurez-vous que Pollet a commencé par recruter sa famille et, croyez-moi, les femmes n'étaient pas à la traîne !

— Toute la bande est arrêtée ?

— Non, mais on peut s'attendre à de sacrées révélations ! Pollet se met à table. Il raconte ses exploits comme un héros des guerres napoléoniennes.

D'autres habitués s'exerçaient au jeu des marteaux et riaient de bon cœur.

— Où est Sylvain ? demanda Cathelyne d'une voix sèche, sans autres civilités.

— Il est sorti, lui répondit Edmonde sur le même ton.

— Où ?

— Je ne surveille pas ses allées et venues.

Edmonde était agacée par la présence agressive de Cathelyne. Son affection envers la jeune fille s'était envolée en même temps que celle de son fils. « A croire, pensait-elle, qu'elle n'était pas bien accrochée. »

Elle découvrait de jour en jour l'autre facette de Cathelyne. L'emprise que la jeune fille désirait exercer sur Sylvain. Son intolérance envers le jeune homme. Sous une gentillesse apparente se cachait un tempérament possessif. Et cela, Edmonde ne l'admettait pas. L'orgueil de la mère était atteint. Son amour aussi. Celle qui lui prendrait son fils devrait le faire avec tact. Depuis quelques jours, Cathelyne perdait toute grâce.

Et maintenant que Sylvain lui avait avoué s'être trompé sur ses sentiments, Edmonde ne la ménageait plus. Plus tôt elle comprendrait, mieux ce serait pour elle.

Cathelyne se radoucit en voyant le visage fermé de la Flamande.

— Il peint des moulins dans la campagne ?

— Peut-être…

— Il est avec la Bourguignonne ? lâcha-t-elle enfin, avec un ton amer.

— Je n'en sais rien, Cathelyne.

— Mais il est à Cassel ?

— Je te dis que j'ignore où il est, Cathelyne, n'insiste pas, dit Edmonde d'un ton excédé. A présent, laisse-moi travailler.

Pourtant, lorsque la jeune fille claqua une fois de plus avec violence la porte de l'estaminet, un sentiment de pitié envahit Edmonde et remplaça sa défiance. Autoritaire et maîtresse femme, elle n'en était pas moins compatissante. Elle percevait les affres par lesquelles Cathelyne devait passer. Elle plaignit la malheureuse qui s'enfermait dans une geôle de ressentiment et d'hostilité.

« Il est peut-être préférable, conclut-elle en rangeant les verres derrière son comptoir, que la jalousie qui l'empoisonne se manifeste au grand jour. Pauvre petite fille… Et la Bourguignonne ? C'est vrai qu'elle a du charme, cette demoiselle. Sylvain y est-il sensible ?… »

Sylvain avait emmené Valentine dans la campagne flamande, à la recherche de ses origines. Le père du jeune homme était bien trop occupé dans les champs pour se soucier de l'existence de ses ancêtres.

C'était une matinée bénie et ensoleillée. Valentine en jouissait avec un plaisir neuf et naïf. Un rien l'amusait. La présence de Sylvain la comblait. Elle fut intriguée par des inscriptions étranges gravées sur les pignons de nombreuses maisons et églises. Passionné d'architecture, Sylvain ne se fit pas prier pour la renseigner.

— Ce sont des signes dits « runiques ».

— Est-ce décoratif ?

— Non. Leur signification se perd dans la nuit des temps. Ils furent transmis de génération en génération. Ce sont des signes divins, magiques ou porte-bonheur. C'est selon. Toujours symboliques. Nous savons que le losange est le signe de la fécondité. Il y a aussi la porte de vie, le signe de l'homme libre.

— Que de moulins aussi ! J'aime leur allure magistrale.

— Celui-ci est un tordoir… Un moulin à huile, précisa-t-il.

— Je croyais que c'était un moulin à blé. Ils sont identiques ?

— Les tordoirs sont plus effilés. L'un d'entre eux a brûlé cette année, à Pâques. Il s'agissait de l'un des trois moulins de notre ancêtre Benjamin.

— Il a brûlé entièrement ?

— Oui. Il est irrécupérable. Il a rendu l'âme, le malheureux. Il ne subsiste presque plus rien de la carcasse, sinon quelques poteaux de bois noircis.

Le fameux moulin de la Dérobade ayant disparu, il ne reste plus qu'un seul moulin dans la famille, en ruine depuis des années. Tel qu'il est, il ne vaut pas le détour. Mais cela vous plairait-il d'en visiter un autre ?

— C'est possible ?

Avec complaisance, un meunier vêtu de blanc leur ouvrit son moulin. Il connaissait bien Sylvain. Il leur conseilla toutefois la prudence.

— Les accidents sont vite arrivés… Vos chaussures ne glissent pas ?

Il parlait de son moulin comme un capitaine de navire, tandis qu'il les faisait monter à sa suite dans la chambre des meules. Il leur fit admirer le rouet, entraînant les meules par l'intermédiaire de la lanterne.

— La plus belle pièce ! s'exclama-t-il avec fierté.

Il exposa son travail.

— J'incline le sac de grain et le renverse, fit-il en joignant le geste à la parole, il tombe dans la trémie. Une petite clochette tinte lorsque la trémie ne contient presque plus de grain.

— C'est très astucieux, observa la jeune Bourguignonne.

— Le grain est écrasé sous la meule et devient farine, expliqua-t-il à Valentine, très attentive. Celle-ci est évacuée dans un sac. La mouture obtenue passe ensuite dans le tamis. Ainsi, la fine fleur de farine est séparée du son et du gruau. Notre art consiste tout simplement à séparer les différents éléments. Tenez, prenez cette farine dans la main, mademoiselle, dit-il lorsqu'ils furent descendus à l'étage inférieur. Sentez comme elle est tiède et fine. Elle respire !

Ce moulin avait été restauré par Jan. Valentine fut surprise par la petite musique des différents engrenages, par le volume de la cage, véritable chef-d'œuvre de charpenterie. Elle admira l'ouvrage effectué par le géant. Il avait inscrit en flamand son nom et la date de la restauration sur une des poutres de chêne. Sylvain lui expliqua que c'était la coutume.

Le meunier montra les positions à tenir face au vent, l'importance de la voilure, les éclaira sur les conditions atmosphériques qu'il ne perdait jamais de vue.

— Lorsque le vent est calme, trop calme, nous devons déployer les voiles. Lorsqu'il est fort, nous laissons les ailes nues, et il nous faut travailler de jour comme de nuit, arrêter les ailes si la tempête menace, car le grain passerait trop vite.

— Qu'arriverait-il dans ce cas ?

— Une vitesse excessive engendre des dégâts considérables dans les engrenages.

— Comment l'arrêtez-vous ?

— On se sert du frein… Ah ! tout cela me change du charbon !

— Du charbon ?

— Le métier de meunier ne suffit plus de nos jours. Les moulins comme le mien disparaissent à vue d'œil.

— Pourquoi ?

Il émit un profond soupir.

— On est perdant face aux minoteries industrielles et à la vapeur. J'ai pourtant perfectionné mes meules, et les ailes sont en fer… Alors, voilà pourquoi je passe sans cesse du blanc au noir, mademoiselle ! conclut-il en riant. Attention en sortant, descendez l'échelle à reculons !

Après avoir remercié le meunier, ils se dirigèrent, en carriole, jusqu'au mont des Cats, afin d'enquêter sur les Degraeve. Sylvain montra à Valentine l'emplacement présumé du moulin de la Dérobade. Il n'en restait aucune trace.

— Comment savez-vous qu'il était érigé en cet endroit ?

— En relatant son existence lors d'une veillée, mon grand-père nous indiqua son emplacement. Nous l'imaginions alors immense, avec des ailes comme des bras de géant. Un spectre effrayant revenant hanter nos rêves d'enfants…

— Votre grand-père ne nommait pas ses aïeux ?

— Uniquement Benjamin. On tait le nom d'un banni. Et mon grand-père n'avait plus toute sa tête… Il perdait la mémoire et inventait des faits. Nous en étions venus à croire que cette histoire sortait de son esprit embrumé.

Ils questionnèrent, sans succès, le prêtre de Berthen. La grande Révolution avait détruit les papiers. Ils ne désespérèrent pas.

Avec ses moulins et ses nombreuses parcelles aux alentours, Benjamin devait être un bourgeois. Famille terrienne, les Degraeve avaient dû jouer un rôle important dans la paroisse et les environs. Ils consultèrent alors successivement plusieurs notaires de la région susceptibles de posséder les archives de leurs prédécesseurs.

Chez le troisième, ils ne tardèrent pas à découvrir un certain Benjamin, fils de Jacques et de Blondine Degraeve… « Blondine ! » Ils poussèrent un cri de joie. Les Degraeve de Cassel étaient bien les descendants de la Belle Meunière !

Impatients, excités, ils compulsèrent fébrilement le reste des archives, mais ils furent moins chanceux pour Alexandre. Aucun acte le concernant. Peut-être avait-il disparu dans la tourmente de 1793. Peut-être cet homme n'existait-il pas… L'enterrement du père, Jacques, avait été une cérémonie de première classe commandée par son fils Benjamin. Les papiers de succession ne mentionnaient que ce fils comme héritier. Aucun partage de biens. Le testament faisait acte de trois moulins, sans autre précision.

Ils firent une pause tardive à l'auberge de la Montagne. Les fermiers furent très heureux de revoir « leur » Bourguignonne. Ils demandèrent des nouvelles de la grand-mère. Sylvain ne leur était pas inconnu. Il était déjà venu se restaurer chez eux lorsqu'il peignait ses moulins.

— Alors, vous avez déniché votre famille flamande, mademoiselle Valentine ?

— Probablement, répondit-elle en souriant. Je vous présente le descendant du modèle de notre tableau, ajouta-t-elle en se tournant vers Sylvain.

— Je suis convaincu de notre parenté, affirma ce dernier. Néanmoins, nous sommes dans une impasse. D'après mon grand-père, il y eut bien un frère, banni. Il n'est nulle part. Toute trace de son existence a été effacée. Nous avons découvert un certain Antoine, tué pendant les guerres révolutionnaires, et une sœur, Isabelle, apparemment morte assez jeune. C'est tout. Pas d'Alexandre. J'ai pourtant la certitude que ce frère existe.

Comment le retrouver ? Comment prouver la filiation ?

Ils passèrent un agréable moment à l'auberge et se régalèrent d'une succulente tarte à la rhubarbe. Les fermiers refusèrent de les laisser payer et les quittèrent en amis.

Tout au long de la route du retour, Sylvain et Valentine dressèrent des hypothèses concernant Blondine, ses enfants et le bannissement d'un frère, mais ils se heurtaient irrémédiablement à un mur. Epuisés par leurs vaines suppositions, ils changèrent de sujet de conversation.

Ils ne cessèrent de bavarder. L'un comme l'autre avait à cœur de dévoiler sa façon de vivre, ses espoirs, ses rêves. Sylvain posa à Valentine des questions sur sa famille. Elle omit de mentionner ses fiançailles. Elle rayait aisément Emile de son existence en ces délicieux instants. Une odeur de foin montait des champs. Le vent s'était levé et dirigeait un incessant et attrayant ballet de petits nuages cotonneux. Sylvain lui parla longuement d'architecture. L'enthousiasme de la jeune fille l'incitait à s'ouvrir sans gêne. Des articles sur l'Art nouveau à l'Exposition universelle de 1900, les créations d'Hector Guimard, les balustrades aux éléments entrelacés l'avaient conforté dans son envie de poursuivre des études dans ce sens. Il allait passer les concours en septembre.

— Et qu'en pense votre famille ?

— Il n'est pas toujours apprécié de ne pas exercer le métier du père. Mais je ne rencontre pas d'hostilité de la part de mes parents. Mon frère cadet, lui, souhaite ardemment devenir chef de gare. Ma mère aurait toutefois préféré que je sois instituteur. Autour de moi et de notre famille, on prend cela pour une fuite.

— S'échapper de sa condition…

— Oui. Ce n'est pourtant pas mon but. Je désire avant tout construire les maisons de l'avenir. C'est peut-être trop ambitieux, mais le progrès est en marche. Nos petits-enfants ne vivront pas le passage du prochain siècle à la bougie. L'électricité, le téléphone seront entrés dans tous les foyers, et l'on pourra prévoir le temps longtemps à l'avance.

Elle sourit.

— Les meuniers seront heureux !

Valentine comprenait enfin le caractère original et particulier qu'elle avait pressenti en Sylvain. Une lueur perspicace magnifiait son regard. Ses paroles lui rappelaient parfois celles de Louis, l'instituteur. Tous deux étaient soulevés par le même élan créateur.

Lui se sentait en confiance. Son côté rebelle se retrouvait en elle. Elle lui parla volontairement du mouvement féministe, très actif en Angleterre. Il n'esquissa aucun mouvement de recul. Bien au contraire. Elle lui confia alors son désir de reprendre ses études et de devenir avocate. Cette folie plut au jeune Flamand. Il jugea Valentine très audacieuse et songea qu'elle était tout à fait capable de s'entêter au point de réussir.

Ils rentrèrent à Cassel en fin d'après-midi. Lorsqu'ils aperçurent les nombreux moulins parsemant le mont, les lumières du jour commençaient à se patiner.

Désertant l'exploitation familiale où elle aidait sa mère, Cathelyne les avait guettés toute la journée. Peu lui importaient les remontrances parentales. Sylvain lui échappait. Elle était folle de rage.

Le jeune homme attrapa la main de Valentine, l'aida à descendre de la voiture. Ils restèrent de longues secondes sans se lâcher. Cathelyne était tapie au coin de l'estaminet. Pétrifiée, elle les observait. Elle les écoutait. Elle comprenait. Sa lèvre tremblait de colère.

Valentine se tapota les joues.

— Je suis toute rouge, c'est la chaleur, se justifia-t-elle pour excuser son trouble.

Sur le visage empreint de douceur de Sylvain passa le voile grisâtre de l'inquiétude.

— Vous ne repartez pas tout de suite chez vous, Valentine ?

— Je ne pense pas…

— Nous avons accompli un grand pas aujourd'hui. Blondine est bien notre ancêtre… Il ne faut pas vous décourager pour Alexandre. Nous n'avons peut-être pas épuisé nos recherches.

— Je ne me décourage pas vite, s'empressa-t-elle de répondre. Quoi qu'il advienne, j'ai retrouvé la famille du portrait.

Sa voix était faussement enjouée. Elle craignait à présent de devoir plier bagage.

— Valentine… Je suis sûr que si nous retrouvions la trace du moulin de la Dérobade…

— Je le crois aussi. Au revoir, Sylvain, dit-elle.

Elle dégagea sa main à contrecœur, mais un fil invisible, vibrant comme une corde sous l'archet, les réunissait désormais.

— A bientôt, petite-cousine, murmura-t-il d'une voix très douce.

Cathelyne renonça à son projet. Elle ne suivit pas Sylvain à l'intérieur de l'estaminet. Elle attendit quelques instants, mit ses pas dans ceux de Valentine et la suivit jusqu'à la porte de la ville.

Valentine eut à peine le temps de s'apercevoir qu'on la rattrapait à grandes enjambées qu'on lui agrippait déjà le bras. Elle sursauta. Elle se tourna vers Cathelyne, prête à la saluer, mais l'expression malveillante de son visage l'en dissuada.

— Que me voulez-vous ? demanda-t-elle.

— Vous ne devez pas rester, vous devez repartir chez vous.

Cathelyne la regardait fixement. Une aversion manifeste filtrait de ses propos.

— En quoi cela vous concerne-t-il ?

— Sylvain est mon fiancé, vous entendez ? Vous ne l'aurez pas. Il m'appartient.

— Sylvain n'appartient à personne, mademoiselle. Il est libre.

— Vous vous croyez tout permis parce que vous êtes mademoiselle de Quelque Chose !

Son ton était blessant.

— De Montfleury, rectifia la jeune Bourguignonne.

— Vous n'êtes rien malgré votre particule. La monarchie, c'est fini. Vous n'avez pas le privilège de prendre le bien d'autrui. Sylvain est à moi !

Cathelyne la dévisagea froidement. Un silence pesant et agressif prit place avant que Valentine déclare, le visage empourpré :

— Ecoutez, s'il vous a choisie, je n'ai rien à dire.

Et sans réfléchir à l'amour qui fleurissait en elle, Valentine ajouta :

— Dans le cas contraire, je suis désolée pour vous.

Cathelyne l'empoigna, perdit le contrôle d'elle-même. Ses doigts se crispèrent sur le bras de Valentine et la pincèrent méchamment.

— Assez ! Vous me faites mal !

Cathelyne la lâcha, mais son regard avait l'intensité d'un soufflet.

— Partez, vous m'entendez ? dit-elle d'une voix étranglée. Vous n'êtes pas la bienvenue ici. Vous dérangez tout le monde.

— Tout le monde ?

— Partez, et vite ! souffla-t-elle.

L'expression de son visage était menaçante. Incapable de répondre, Valentine reçut comme un déferlement de haine en plein cœur. Elle tressaillit.

Brusquement, Cathelyne lui tourna le dos, courut loin d'elle et disparut dans les ruelles étagées de la cité flamande.

Pendant de longues secondes, immobile, suffoquant, Valentine ferma les yeux. Elle reprit enfin une forte inspiration, mit la main sur sa poitrine afin de retrouver son calme. L'intervention brutale de Cathelyne l'avait glacée. Elle comprenait l'antipathie de Cathelyne à son égard, mais l'animosité de la jeune fille venait de lui gâcher le souvenir d'une merveilleuse journée.

En se dirigeant vers son hôtel, Valentine tenta de reprendre confiance, d'évacuer une peur irraisonnée qui était restée au stade d'un pressentiment. L'avait-elle blessée à ce point ? Etait-elle coupable ? Une fulgurante vérité lui traversa l'esprit. Une évidence, dont elle percevait enfin avec netteté les contours. Elle était amoureuse de Sylvain.

Le malaise persista toute la soirée. Elle ne s'en ouvrit pas à sa grand-mère, qui semblait planer dans des sphères célestes. Un léger sourire, des pommettes roses embellissaient les traits d'Esmérance. Les rides parsemant son visage semblaient s'être effacées. Elle était rayonnante mais distraite, elle aussi.

Cette nuit-là, Valentine fit un rêve oppressant. Les visages crispés et figés de Cathelyne et de Gabrielle se juxtaposaient à ceux de ses parents mécontents. La canne de son père tourbillonnait dans les airs. Il la braqua soudain sur elle. Elle supplia à haute voix, mais sa grand-mère, réveillée et inquiète, ne put distinguer la moindre parole. Au matin, Esmérance sonda les grands yeux bleus de sa petite-fille. Valentine éprouvait un sentiment nouveau. Il lui fut impossible de cacher à sa grand-mère la découverte de son amour. Elles n'avaient plus de secrets l'une pour l'autre… Ou presque plus.

Esmérance garda pour elle l'attirance qu'elle ressentait envers Jan. Son passé de souffrance, de silence et d'enfermement était devenu presque irréel. Jan était immense, elle était petite, il était flamand, elle bourguignonne, et il semblait si différent d'elle. Elle n'était pas allée chercher le plus simple des amours. Mais comme elle s'amusait en sa compagnie ! Cela lui paraissait si étrange à son âge avancé, si inconvenant et incroyable. Ce qu'elle n'attendait plus était arrivé. Grâce à Jan, qui possédait le don de l'apaiser, elle se réconciliait avec les hommes. Mais ce n'était déjà plus un secret pour Valentine.

20

Lorsque Esmérance et Valentine eurent déserté le domaine familial pour se lancer à la recherche du passé d'Alexandre, le château de La Grève fut l'objet d'un vaste désordre, et la famille la proie d'un douloureux désarroi. Passé le moment de surprise provoqué par la lecture du billet de Valentine, Hector fut enfin capable de réagir. Derrière la porte de la salle à manger où leurs maîtres achevaient leur petit déjeuner, le valet et les femmes de chambre, pétrifiés, entendirent la terrible colère d'Hector de Montfleury. A leur soulagement, elle se manifesta essentiellement à l'égard de son épouse et des bibelots.

Ils sursautèrent au bruit de casse et reculèrent d'un même mouvement lorsque la porte s'ouvrit en grand, laissant apparaître une silhouette massive, hirsute et fulminante.

— Qui était au courant ? demanda-t-il d'une voix tonitruante.

Un silence gêné s'installa.

— Moi, monsieur, avoua Florimond, puisque je les ai emmenées à la gare. Madame Esmérance me l'avait demandé, je ne pensais pas…

Hector l'interrompit :

— Suivez-moi dans mon bureau.

L'accusé n'en menait pas large. Certes, il était aussi le cocher de la grand-mère et, de ce fait, n'avait transgressé aucun interdit.

— Vous auriez dû me prévenir, Florimond.

Le serviteur ne répondit rien, il se contenta de baisser la tête.

— Quel train ont-elles pris ? Je suppose que vous connaissez leur destination exacte ?

— Le train de Paris, maître, ensuite, je l'ignore.

Hector se radoucit vis-à-vis de son fidèle serviteur. Il pensa d'abord joindre son fils, lequel possédait depuis peu le téléphone. Il soupçonnait Maurice d'avoir influencé sa petite sœur. Le jeune Parisien ne voulait à aucun prix « s'enterrer au domaine » – telle était son expression –, il cherchait sans aucun doute à débaucher Valentine.

S'abandonnant à son courroux, Hector s'apprêtait à décrocher le combiné, lorsque sa femme lui retint le bras et l'en dissuada sagement.

— Avez-vous pensé aux commérages, mon ami ?

— Vous avez raison, Hubertine, l'opératrice se ferait une joie de propager la nouvelle. Nous risquons d'être la risée de toute la région. Votre mère peut faire toutes les excentricités qu'elle désire, peu m'importe, mais, dans le cas présent, il s'agit de Valentine. L'escapade de notre fille doit rester à l'intérieur de ces murs. Je vous prie de vous en assurer auprès de notre personnel. Pour nos connaissances, Valentine sera partie rendre visite à son frère, avec notre autorisation bien sûr.

Ainsi, Hector cacha sans difficulté la vérité aux habitants de la commune, à savoir que sa fille s'était enfuie de la maison. Toutefois, il lui fut malaisé de l'annoncer à la famille d'Emile. Il était plus furieux de l'embarras qu'elle engendrait que de son escapade. Il reconnaissait à Valentine un caractère obstiné et aventureux, et ne l'en aimait que davantage. Mais cela, il n'eût jamais osé l'avouer.

Il convoqua Louis, le harcela de questions, obtint le fin mot de l'histoire et piqua une nouvelle colère. Le jeune instituteur crut être renvoyé. Mais Hector de Montfleury n'était pas un homme dur. Implacable dans les affaires, le baron était tolérant envers les hommes. Le maire de Saint-Paul-en-Brionnais était aimé de ses concitoyens. De plus, il estimait grandement Louis et ne cessait de louer son travail et son intelligence.

Il le garda donc, et en profita pour s'instruire. Il se fit apporter le livre où figurait le portrait, l'étudia avec attention, resta perplexe. Sa Valentine possédait le regard pétillant de Blondine. C'était bien son ancêtre. Afin de rassurer et sa femme et lui-même, il se fit expliquer l'itinéraire de ces deux écervelées. Il put les suivre dans le train, à Paris, puis les perdit dans le Nord. A partir de là, il fut très ennuyé. Devait-il alerter les autorités et créer un scandale, peu conseillé dans sa position de notable et d'aristocrate ?

Hubertine choisit ce moment-là pour tomber dans un mal qui la guettait depuis longtemps. On eût dit qu'elle n'attendait que ce prétexte pour sombrer, comme sa mère jadis, dans un état d'extrême mélancolie. Elle décida de s'y plonger tant qu'elle n'aurait pas de nouvelles de sa fille et de sa mère.

Au tréfonds, elle les enviait de vivre cette aventure sans elle. Ce fut donc avec un sentiment d'abandon qu'elle se referma sur elle-même. Peut-être aussi avec le désir inconscient de prendre la place de sa mère, de devenir comme elle la « folle » qu'on avait enfermée.

Hector était en peine, quoique peu surpris de la santé mentale de sa femme. Il la savait fragile. Il continua de vaquer à ses occupations : élevage et marchés, mairie et affaires de la commune. Mais pour la première fois de son existence, son esprit était ailleurs. Il guetta le courrier tous les jours. Lui, le fier exploitant agricole, l'important châtelain du Brionnais, perdit de son orgueil et de sa superbe. Il commença à réfléchir à l'avenir de sa fille, au mariage arrangé avec Emile. Si Valentine n'en voulait pas, il ne la contraindrait pas. Néanmoins, à son retour, elle n'échapperait pas à la correction qu'elle méritait.

C'est alors que la lettre tant attendue arriva.

Hector rentrait de la mairie et portait encore son chapeau haut de forme des réunions officielles et son complet-veston avec gilet qui démarquait le maire de l'éleveur. Il s'empressa de la remettre à Hubertine. Tous deux se sentirent immédiatement apaisés, même si Hector laissa encore échapper quelques interjections atrabilaires. Hubertine savait bien qu'au fond de lui il était très heureux.

Dans sa lettre, Valentine leur expliquait leurs recherches et leur installation à Cassel où certains « Degraeve » pouvaient bien être de la famille. Hector hochait la tête avec incrédulité. Il persistait à croire que cette théorie était pure divagation, et que « Degraeve » et « de La Grève » ne faisaient qu'un. Il ne s'agissait que d'une déformation, d'une contraction de leur nom à particule pendant les journées dangereuses de la Terreur.

L'absence de sa fille l'ayant fait réfléchir, il convoqua Emile au château, afin de sonder les sentiments du jeune homme. Emile ne se fit pas prier. Il avait craint que Valentine ne le quitte pour ce jeune instituteur à lunettes, un rouge à n'en pas douter. Jamais il ne songea que sa propre conduite pût l'éloigner de lui. Ce bellâtre était aussi sot que prétentieux. Il fut donc très satisfait d'apprendre le voyage de la jeune fille avec sa grand-mère. Même s'il se méfiait du regard profond d'Esmérance, qui n'avait cessé de le dévisager pendant le bal de l'Epiphanie.

Son esprit borné ne se posait qu'une question : Paris n'allait-il pas lui tourner la tête ? Dans ce cas, il lui serait plus difficile de la soumettre à sa volonté après les noces.

— Vous avez de ses nouvelles ? demanda-t-il au maître de maison.

— Oui, Emile. Elle va bien.

— Elle est toujours à Paris ?

— Non.

— Elle est sur la route du retour ?

— Non. Elle est dans les Flandres françaises, avec ma belle-mère, bien entendu.

Emile montra sa surprise.

— Mais que fait-elle là-bas ?

— Elle accompagne sa grand-mère, répondit Hector, ne souhaitant pas lui donner davantage d'explications.

— Quand revient-elle ?

— Elle ne le dit pas dans sa lettre.

— Mais… Vous allez l'obliger à revenir ?

— Je ne vois pas comment…

Il faillit ajouter : « … contraindre ma fille à quoi que ce soit ». Il se tut, estimant en avoir trop dit.

— Comment, vous ne voyez pas ?… Mais vous êtes son père !

— Ma fille a de nombreuses qualités, Emile.

Il le scruta avant d'ajouter :

— J'espère que vous vous en rendez compte. Je vous offre là mon trésor le plus cher. Elle n'a qu'un défaut : l'obstination. Cela vaut la peine de patienter un peu.

— Mais elle va devenir ma femme… Cette conduite est insensée.

Il oublia la prudence et ajouta avec fatuité :

— Elle marchera droit après le mariage, je vous le jure.

Hector fronça les sourcils.

— Doucement, mon ami, vous n'êtes pas encore son époux. Et lorsque vous le serez, je vous demande de la traiter comme une reine, non comme votre servante, sinon… Je ne vous accorderai pas sa main.

— Elle est déjà ma femme, lança-t-il, l'air bravache.

Un long silence s'ensuivit. Estomaqué, Hector était sans voix. Hubertine pâlit et chercha de la main le fauteuil pour s'y affaler, déjà résignée. Valentine l'insoumise s'était conduite avec désinvolture, comme une fille des rues. Elle avait failli à son devoir de chasteté et s'était offerte à son fiancé avant le mariage. Pas une fois Hector ne songea à remettre en cause les dires d'Emile. Excepté en matière de commerce et d'élevage, une certaine naïveté le portait à croire en la sincérité de ses interlocuteurs, surtout quand il s'agissait de sa fille.

Seule Hubertine émit quelques sons, parmi lesquels on entendit :

— Impossible, c'est impossible.

Elle oubliait que « la chose » s'était produite entre eux vingt ans auparavant. C'était peut-être courant, mais on se taisait. On n'allait certainement pas le crier sur les toits et ameuter l'ensemble de la maisonnée, comme ce sot d'Emile.

Hector recouvra enfin sa voix. Celle-ci s'éleva, forte et contrariée.

— Vous avez osé !

— Votre fille était consentante.

— Vous avez profité de… de son impétuosité !

— Elle a un sacré tempérament, votre fille.

Emile continuait de mentir effrontément et trouvait là une certaine délectation à se venger du refus de Valentine.

Hector verdit, Hubertine sortit son petit flacon de sels.

— Vous mériteriez, Emile, que je vous chasse de chez moi. Mais vous ne me laissez guère le choix, n'est-ce pas ? Je vous demanderai donc réparation. La date du mariage doit être avancée.

— Vous me voyez ravi, mon cher… beau-père.

— Bon… répliqua-t-il, agacé.

Il se tourna vers Hubertine :

— Soyez rassurée, mon amie, sa réputation et… la nôtre seront gardées à l'abri des commérages.

Il pensa : « notre nom ne doit en aucun cas être traîné dans la boue », et il poursuivit, à haute voix :

— J'écris immédiatement à Valentine.

— Non, attendez…

Emile paniquait. Sa fiancée serait châtiée, elle se défendrait, et son mensonge serait dévoilé.

— Je suis le mari, permettez donc que je lui écrive.

— Ecoutez, Emile…

Hector l'entraîna loin de sa femme. Calmé, il posa une main sur l'épaule de son futur gendre.

— Emile, je peux comprendre votre impatience… Moi-même, il y a vingt ans… enfin… Néanmoins, j'exige de vous une chose : agissez comme bon vous semble, mais faites-la revenir au plus vite, vous m'entendez ? Vous me devez bien ça : au plus vite !

21

Le doute s'immisça dans l'esprit d'Esmérance et de Valentine. Alexandre ne s'était-il pas inventé une mère ? La Belle Meunière et ses descendants n'avaient peut-être aucun lien avec le grand-père bourguignon, aucun lien sinon l'appropriation du tableau après l'usurpation du château de La Grève. Ne s'étaient-elles pas laissé confondre par des mensonges, entraîner jusqu'en Flandre par crédulité, guider par un espoir fallacieux ? Etaient-elles en contact étroit avec de réels étrangers, des Degraeve n'ayant strictement aucune parenté avec les de La Grève ?

Mais il y avait cette histoire de banni, ce moulin de la Dérobade... S'il n'était pas pure illusion, lui aussi, quel était donc le nom de son propriétaire ? N'était-ce pas Alexandre ? Comment le relier à ces Flamands ? La réponse à ces questions paraissait irrémédiablement hors d'atteinte. Esmérance ne possédait que ses souvenirs d'enfance et le tableau du grand-père. Ce dernier n'avait laissé aucune trace d'un passé hypothétique en Flandre, pas même un moulin. Les recherches avaient échoué et, pourtant… Ni Valentine ni Esmérance ne tenaient à rentrer en Bourgogne.

La grand-mère n'en finissait pas de surprendre et d'amuser sa petite-fille par son allant, sa fraîcheur, son aptitude à l'émerveillement.

— Tu étais tellement silencieuse !

— Je dormais depuis des lustres. Grâce au Ciel, tu m'as réveillée, ma chérie.

Valentine se demandait fréquemment comment elle avait supporté des années d'incarcération, alors qu'en elle la vie coulait avec tant de vigueur et de foi. Elle aspirait à ce voyage pour soulager une insatiable curiosité avant de mourir, pour aller au-devant de la lumière et de la vérité avant la longue nuit. Aujourd'hui, Valentine se doutait que son but était autre : Esmérance désirait vivre un amour, une passion peut-être, étonnante certes, mais la plus pure sans doute en dépit de son âge avancé.

Juillet avait pointé son nez et promettait d'être ensoleillé. Elles poursuivaient, dans les Flandres, les balades commencées en Bourgogne. Elles visitèrent Hazebrouck, qui avait vu naître Nicolas-Joseph Ruyssen. Selon les archives retrouvées, la ville avait assisté aux noces de Blondine, native, elle aussi, de cette cité flamande.

Valentine questionnait souvent sa grand-mère sur son enfance, sa jeunesse, et, très intriguée,

Esmérance l'interrogeait sur le mouvement féministe.

Elle montrait une bienveillance et une curiosité qui ravissaient la jeune fille.

— Elles ont raison de se battre, ma chérie… Qu'en pensent tes parents ?

— Maman exhale un profond soupir et hausse les épaules. Papa me rabroue avec un semblant de sévérité, mais je sais bien qu'au fond de lui il est amusé par mes « excentricités », comme il appelle mes centres d'intérêt.

En rentrant d'une de ces promenades très matinales, Valentine reçut un télégramme alarmant. En lisant le nom de l'expéditeur, elle fit la grimace. Le message venait d'Emile. Il était bref. Sa mère, Hubertine de Montfleury, était souffrante. Il lui fallait rentrer au plus vite.

C'était tout ce que le jeune sot avait inventé. Une fois sur place, il lui serait plus facile de la récupérer et de lui imposer sa loi avant que le père ne s'en mêle. Il était à présent confiant pour le mariage. Il mettait sa conduite brutale et lâche sur le compte du désarroi et de la confusion. Il avait obtenu ce qu'il désirait d'Hector de Montfleury, et oubliait qu'il le devait à un odieux mensonge.

Valentine lut et relut les quelques lignes envoyées par le fiancé. Elle était catastrophée. Elle ne mettait pas en doute les affirmations du jeune homme. C'était tellement plausible. Elle savait sa mère fragile.

— Mon Dieu, pourquoi n'ai-je pas pensé à maman ?

Elle oublia Sylvain, sa quête, son bien-être. Elle n'avait plus qu'une idée en tête : repartir au plus vite pour rassurer sa mère et se faire pardonner.

— Attends, ma fille, lui conseilla Esmérance avec prudence. Quelque chose dans ce message est incongru, et j'entrevois un piège.

— Un piège ?

— Pourquoi est-ce Emile qui te prévient ? Pourquoi n'est-ce pas ton père ?

— Tu as raison, grand-mère, c'est étrange... Mais il n'aurait tout de même pas l'aplomb de mentir sur un sujet aussi grave ?

— Je vois que tu n'as pas encore saisi l'hypocrisie et le manque de scrupule de cet individu, ma chérie. Dis-toi qu'il est capable de tout.

— Peut-être... Pourtant, que maman soit malade ne m'étonnerait pas... j'ai dû follement l'inquiéter.

— Tu leur as écrit, ils sont rassurés.

— Tu suspectes vraiment un piège d'Emile pour me faire revenir au pays ?

— Je le pressens...

Valentine savait à quel point sa grand-mère était intuitive. Pourtant, une sensation de malaise l'avait envahie. Elle tournait en rond dans la chambre, marchait de long en large, se mordait les doigts.

— Arrête-toi un peu, tu vas te rendre malade, supplia Esmérance.

— De toute façon, si maman n'est pas souffrante, elle l'a sûrement été... Oh ! je m'en veux !

— Il y a un moyen pour le savoir très vite, allons de ce pas à la poste, téléphonons au château.

— Tu as raison, grand-mère.

Valentine était effrayée à l'idée de parler à un père irascible, dont elle craignait la désapprobation et la colère, malgré l'affection qu'il lui témoignait. Le décevoir, l'attrister était un poids difficile à supporter. Mais la santé de sa mère avait pris le dessus. Valentine devait faire face aux probables remontrances. Elle était loin de se douter qu'il la croyait coupable, certes, mais d'une faute plus grave que sa soif de liberté : coupable de s'être comportée avec une désinvolture peu digne d'une Montfleury.

Elles passèrent le restant de la matinée au bureau de poste, y attendirent patiemment de longues heures. La communication ne s'établissait pas. Elles réussirent enfin à joindre le numéro du château. Une petite voix pointue se fit entendre au téléphone. Elle venait de très loin.

Valentine reconnut Guyette et poussa un soupir de soulagement.

— Mademoiselle Valentine ! Vous allez bien ?

— Oui, oui, Guyette. Comment se porte ma mère ?

— Bien, mademoiselle…

Guyette semblait étonnée.

— Mais… Elle est malade, n'est-ce pas ?

— Non, mademoiselle. Votre mère a traversé une mauvaise période après votre départ, mais elle va bien, aujourd'hui, très bien. Surtout depuis votre lettre, d'ailleurs.

— Elle n'est pas alitée ?

— Oh non, mademoiselle. Plus maintenant en tout cas.

— Peux-tu me passer maman… ou papa ?

— Non, mademoiselle, ils sont sortis. Il fait un temps splendide. Ils sont invités, je crois, chez leur ami, monsieur Morel, le député-maire de Charlieu.

— Lorsqu'ils rentreront, tu leur diras que nous allons bien, très bien, que nous les embrassons très fort. Tu n'oublieras pas, Guyette ?

— Non, mademoiselle… Vous revenez bientôt ?

— Oui… bientôt.

En rentrant à l'hôtel, Valentine était transformée. Elle avait retrouvé son entrain habituel.

— Tu vois, constata Esmérance, c'était bien un piège d'Emile pour te faire revenir.

— Quel aplomb !…

— Regrettes-tu toujours notre voyage ?

— Oh non !… Tout de même, maman a été souffrante, et je m'en veux de l'avoir bouleversée.

— Je ne crois pas Hubertine si fragile qu'elle en a l'air. Pourtant…

— Oui ?

— Non, rien. Ne t'inquiète pas.

« Pourtant, avait-elle failli avouer, pourtant, je déplore mon comportement à son égard. Je ne fus pas une bonne mère. Ma pauvre fille fut aussi solitaire que moi… » Mais elle réprima cet aveu. Plus tard, peut-être…

Au tréfonds, la grand-mère soupçonnait Hubertine, lorsqu'elle était souffrante, de lui lancer un appel au secours. C'était au tour d'Esmérance de se sentir mal à l'aise. Elle se mordit la lèvre. Elle se reprochait de lui avoir accordé si peu d'attention. Elles étaient passées l'une à côté de l'autre sans se voir. Y aurait-il moyen de se racheter à leur retour ? Il fallait bien envisager un retour, et Esmérance voyait cette échéance arriver avec appréhension. Comme en écho à son désarroi, Valentine lui demanda :

— Ne devrions-nous pas rentrer ?

— Tu en as envie ?

— Non, et je doute que toi, tu en aies envie, grand-mère, mais il le faudra… Je pense aussi à…

— Oui ?

— Eh bien, l'argent peut nous manquer, et deux femmes seules sans argent…

— Ne crains rien, chérie.

— Nous vivons sur ta bourse depuis des jours et des jours…

— C'est gentil à toi d'y penser, mais tu n'as aucun souci à te faire. De l'argent, j'en ai, et beaucoup plus que tu ne crois.

— Comment cela se fait-il ?

Valentine était très surprise.

— J'ai une petite fortune personnelle.

— Tu étais enfermée…

— Oui, mais pas assez folle pour laisser l'entourage s'en emparer. Avant mon incarcération, j'ai pris mes dispositions pour le mettre en lieu sûr… En tout cas, pas chez le notaire ! ajouta-t-elle en riant. Ne fais pas cette tête-là, j'ai tout récupéré en sortant. Et pour notre voyage, j'en ai emmené suffisamment.

— Mais où le gardes-tu ?

— Sur moi, mon ange !

— Sur toi ?

Elle souleva sa jupe. Entre ses deux jupons étaient cousues de petites poches renfermant des billets.

— Je t'avais caché ce trésor pour ne pas te troubler pendant notre voyage. Mais c'est beaucoup mieux que tu le saches, au cas où il m'arriverait quelque chose…

— Grand-mère !…

— Rassure-toi, ma chérie, j'ai une soif de vivre à décourager le diable et le Bon Dieu ! Je souhaite simplement que le Seigneur m'accorde encore quelques années…

— Tu es incroyable !

Elles éclatèrent de rire. Le bonheur de la vieille dame était contagieux.

« Le rire te va si bien, ma petite fille », se dit-elle, les prunelles lumineuses.

En fin d'après-midi, Jan vint chercher Esmérance. Il désirait lui montrer son dernier ouvrage en passe d'être achevé.

— Veux-tu te joindre à nous ? proposa Esmérance à sa petite-fille.

— Non merci, je suis un peu fatiguée, je me repose un moment.

Esmérance flaira le mensonge, l'embrassa et suivit le grand Jan avec la vivacité d'une enfant pressée de découvrir son dernier jouet. Valentine sourit en la voyant s'éloigner. Elles avaient remis à plus tard la discussion concernant leur départ.

Seule, Valentine savoura le plaisir de songer à Sylvain. Elle ne l'avait pas revu depuis leur randonnée au mont des Cats. Il passait beaucoup de temps à travailler pour ses examens et elle se refusait à l'importuner. Elle décida de parcourir les vieilles ruelles flamandes. Elle aimait se perdre dans le dédale des chemins, découvrir des façades inattendues, des gens en plein travail. Les vestiges anciens de Cassel lui rappelaient la petite ville de Charlieu, non loin de chez elle. C'était une cité aux maisons moyenâgeuses, avec des tours datant de Philippe Auguste. Certes différente avec ses hôtels des XVIe et XVIIe siècles, Cassel possédait, elle aussi, l'héritage d'un passé historique et mouvementé. Valentine rentra au bout d'une heure.

Le jeune employé de la réception l'arrêta au moment où elle franchissait la première marche vers l'étage supérieur :

— Mademoiselle de Montfleury, vous avez un paquet !

— Un paquet ? répéta-t-elle, surprise. Vous êtes certain qu'il m'est adressé ?

— Oui, votre nom est marqué sur le dessus.

Elle l'emporta dans sa chambre, le posa sur son lit, l'examina avec curiosité, le soupesa, puis l'ouvrit. Ses doigts se raidirent. Son estomac se contracta. Dans le paquet un miroir, bien protégé mais brisé en trois morceaux. En rouge était inscrit ce mot : « *Partez.* »

On avait cassé volontairement le miroir, avant

de le mettre dans la boîte à son intention. Valentine ne pouvait en détacher ses yeux. Son visage s'y reflétait, morcelé. C'était un signe, un avertissement.

Sans réfléchir, elle dévala l'escalier sous l'œil stupéfait du personnel de l'étage, arriva en trombe à la réception, interrompit le jeune employé plongé dans ses comptes.

— Excusez-moi, mais qui vous a apporté ce paquet ?

— Je l'ignore, mademoiselle.

— Mais s'agit-il d'une femme ou d'un homme ?

— Je ne sais pas du tout, mademoiselle. Je suis monté dans une chambre avec de nouveaux clients et, lorsque je suis revenu, le paquet était posé, là…

Vers six heures du soir, le *Violon d'or* était très animé et bruissait de mille conversations et conciliabules. Fidèle au poste, Edmonde était derrière son comptoir. Les nombreux habitués revenaient de leur travail et s'arrêtaient à l'estaminet. C'était la pause nécessaire avant de regagner leur foyer. Autour de quelques chopes de bière légère, ils se débarrassaient de la fatigue accumulée durant leur journée de labeur, se changeaient les idées, écoutaient les dernières rumeurs ou plaisanteries en flamand qu'ils se feraient ensuite une joie de colporter à la maison.

Valentine avait couru, hors d'elle, effrayée par une indicible menace. Elle n'était pas particulièrement superstitieuse, mais savait pertinemment que la personne ayant brisé le miroir avant de le lui offrir lui vouait l'âme au diable.

Sa grand-mère était dans la campagne, en compagnie de Jan. Elle ne la chercha pas. Dans son esprit, un seul nom résonnait, celui de Sylvain. Elle devait le voir, lui demander conseil.

A peine rassurée sur le sort de sa mère, encore contrariée par le mensonge d'Emile, voilà qu'ici, en Flandre, « quelqu'un » forçait son départ. Elle pensait évidemment à Cathelyne. La jeune fille lui en voulait-elle à ce point ? Jusqu'où irait-elle la prochaine fois ?... Et si ce n'était pas elle ?

Elle arriva essoufflée, ébranlée, à la porte de l'estaminet. Elle aperçut immédiatement Sylvain. Assis au fond de la grande salle, il n'était pas seul. Un jeune paysan lui tenait compagnie. Elle hésita, se tourna vers Edmonde qui l'avait vue entrer, le visage défait. La cabaretière la fixait.

— Que se passe-t-il, mademoiselle Valentine, vous me paraissez bouleversée ?

— Sylvain est occupé, madame ?

— Il achève une lettre qu'on lui demande d'écrire. Voulez-vous boire quelque chose en attendant ?

— Non merci, madame.

— Vous n'avez pas l'air d'aller bien... Je me trompe ?

— Ce n'est rien... Je me suis inquiétée pour la santé de ma mère, mais elle est guérie.

— Tant mieux. Ah ! Sylvain a terminé, il vous fait signe.

— Merci, madame.

Edmonde suivit du regard la jeune Bourguignonne qui s'installait en face de son fils. Elle n'avait plus aucun doute sur les sentiments des jeunes gens. Elle se demandait, comme toute mère aimante, si leur histoire allait naître, vivre et perdurer. Elle éprouvait une sympathie très vive pour la jeune fille, qu'elle connaissait à peine. Elle s'étonnait de ce sentiment si fort qui la liait à l'étrangère. Une étrangère qui n'en était peut-être pas une. Elle lui paraissait être de la famille. C'était étrange, mais réel.

Lorsque Valentine eut informé Sylvain du cadeau hostile qu'elle venait de recevoir, il s'avança sur la chaise et lui prit la main.

— C'est un acte malveillant, Sylvain, dit-elle. Cela me rappelle des histoires de mauvais sort racontées par Guyette, ma femme de chambre... Je croyais pourtant qu'il n'existait de sorcellerie qu'autour de Lyon !...

— On ne brûle plus les sorcières, heureusement. Chez nous, la croyance a disparu en théorie, mais pas en pratique.

— Dans le Brionnais, il persiste quelques superstitions.

— En Flandre aussi. Dans les veillées, les vieux racontent encore des histoires de sorcellerie. Dans certains hameaux, les villageois y croient très fort.

— Il en existe à Cassel ?

— Je connais un guérisseur, il est efficace pour les verrues et les brûlures, mais pas de sorcier.

— Et dans la campagne ?

— Une veuve, mal attifée, qui vit seule. Les enfants la traitent de sorcière.

— Pourquoi ?

— Elle réunit les trois qualités propres à la sorcellerie : elle est pauvre, vieille et laide ; et je crois que bon nombre de paysans vont la consulter à la nuit tombée. En tout cas, dans certaines familles, on se transmet des secrets, des remèdes magiques, et cela de génération en génération. Il existe encore des conjureurs de sorts, des exorcistes.

— Des exorcistes ?

— Oui, des religieux. Ils viennent d'Ypres. Ils exorcisent essentiellement dans les étables et les écuries, car les soi-disant sorciers se manifestent surtout sur le bétail. En fait, il s'agit le plus souvent d'affaires de vengeance.

— Quelqu'un cherche donc à se venger de moi ?

— Votre présence lui fait peur.

— Pourquoi, Sylvain ?

Le jeune homme lui pressa la main, incapable de s'expliquer.

Ses yeux se noyèrent dans ceux de Valentine. Ils lui confièrent, dans un silence ému : « Pour l'irrésistible penchant qui m'attire vers toi, Valentine… »

— Cathelyne ? répondit-elle à voix haute à son aveu muet.

— Je ne la vois pas mener seule ce genre d'offensive. Ses mots dépassent souvent sa pensée, elle est très possessive, mais j'ai du mal à la croire capable…

Valentine tut la désagréable altercation dont elle avait été l'objet. Elle restait persuadée que le miroir brisé était l'œuvre de Cathelyne.

— N'aurait-elle requis l'aide d'une tierce personne… d'une « sorcière » ?

— Tout est possible. Ne vous effrayez pas, Valentine. Certes, on cherche à vous faire peur, cela s'est déjà produit en ce qui me concerne parce que je vivais autrement, mais il ne faut pas laisser d'emprise à ces esprits malins.

— Je n'ai aucune envie de consulter un exorciste, même si l'on m'a jeté un sort, lança-t-elle, comme un défi.

— Crois-tu à la sorcellerie ? lui demanda-t-il en la tutoyant subitement.

— Non, Sylvain, mais je n'aime guère être l'objet de malveillance. C'est la première fois, j'en frissonne.

— Je ne crois pas qu'il faille aller « servir » dans un couvent d'Ypres… Je plaisante, mais je vais en avoir le cœur net. J'aurai une explication avec Cathelyne, il est d'ailleurs plus que temps… Je lui dois la vérité sur mes sentiments à son égard, et…

Il se tut, n'osant poursuivre. Il plongea à nouveau son regard bleu-vert dans celui de la jeune fille. Jamais un visage n'avait suscité en lui pareille émotion. Elle comprit son silence, se troubla à son tour et lui sourit.

Le temps changea brusquement. Le tonnerre gronda et, presque aussitôt, la pluie se mit à tomber violemment.

La main de Valentine ne lâchait pas celle de Sylvain. Ils poursuivaient leur dialogue en silence. Sylvain sut alors qu'il ne désirait qu'une chose : effleurer ses lèvres douces et roses, respirer son parfum, sentir son corps contre le sien. Il profita de la diversion créée par le violent orage, le premier de l'été, et du fait qu'Edmonde et les clients s'étaient approchés des fenêtres pour contempler le spectacle des éléments déchaînés.

Des masses noires traversaient le ciel obscurci. Sylvain se leva, saisit Valentine par les épaules et l'entraîna rapidement à l'extérieur de la salle, par la petite porte du fond.

Au-dehors, les éclairs jouaient avec la foudre, hurlant, vibrant, claironnant. Dans la salle, les conversations reprirent, plus fortes que le tonnerre, plus animées encore pour exorciser l'électricité ambiante.

Derrière la petite porte du fond, le monde entier disparaissait pour ne laisser place qu'à leur bonheur d'être ensemble. Eût-elle voulu résister, elle ne l'aurait pu. Elle ne désirait qu'être près de lui, avec lui, contre lui.

Il avança une main d'abord hésitante, frôla de ses doigts le visage ovale et lui caressa les cheveux. De grands yeux bleus ourlés de cils noirs lui souriaient. Avec une ardeur juvénile, il lui couvrit les joues, le front, le bout du nez, puis les lèvres de doux baisers. Il l'attira contre lui d'un mouvement impulsif. Ils restèrent de longues minutes serrés l'un contre l'autre. Valentine sentit les battements de son cœur s'accélérer. Des sensations inconnues montaient en elle. Leurs yeux, leurs mains, leur bouche n'obéissaient plus qu'à leur passion.

Elle eut peur. C'était fort, trop fort, et trop tôt. Il comprit, refréna son impatience.

— Je dois partir, Sylvain. Ma grand-mère va s'inquiéter.

— La tempête fait rage…

La bouche entrouverte, elle quémanda un nouveau baiser.

— Embrasse-moi une dernière fois.

Il s'exécuta avec fougue.

— Je te raccompagne.

Sylvain s'empara du grand parapluie noir posé dans l'entrée. Ils retraversèrent la salle rapidement, sous l'œil indulgent d'Edmonde, et affrontèrent d'un pas allègre, blottis l'un contre l'autre, les éléments déchaînés. Ils riaient sur les pavés luisants, sautaient lestement pour éviter les flaques d'eau.

Sylvain retenait avec peine le parapluie déployé qui menaçait à tout moment de se retourner. Celui-ci faillit s'envoler, et ils arrivèrent, trempés jusqu'aux os, à proximité de l'hôtel. Sans un mot, ils se camouflèrent sous la coupole du parapluie pour s'embrasser. Empourprée, des gouttes d'eau s'écoulant de ses cheveux mouillés, Valentine plongea ses yeux dans ceux de Sylvain. L'amour rehaussait l'éclat de son regard pétillant. Elle lui offrit son sourire le plus radieux.

En repartant vers l'estaminet, Sylvain oublia de se protéger de la pluie. Il éprouvait une totale allégresse à recevoir des trombes d'eau sur la tête. Il lui semblait que chacun des rares passants qu'il croisait lui adressait un salut. L'avenir était plein de promesses. Il emportait avec lui le sourire enfantin d'une merveilleuse jeune fille. Il leva les yeux vers le ciel, laissa la pluie inonder son visage. Il était heureux. Valentine l'aimait. Et il adorait Valentine.

22

Le séjour touchait à sa fin, Esmérance et Valentine faisaient mine de l'oublier. D'un accord tacite, leur retour fut encore repoussé de quelques jours. L'espoir de retrouver un Alexandre Degraeve s'était amenuisé, mais, à la vague de déception avait succédé une griserie à laquelle elles ne s'attendaient pas : celle de l'amour. Elles étaient aussi enthousiastes sur les sentiments puissants qui les animaient que terrorisées à la pensée de quitter ces deux hommes des Flandres.

— Alors, tu n'es plus en guerre contre le sexe fort ? demandait Valentine avec facétie.

— Pas plus que toi, ma fille !

Sylvain ou Jan les aurait priées de rester, elles eussent été prêtes à cette folie, mais ni l'un ni l'autre n'osait formuler ce genre de demande. Qu'elles fussent étrangères à la région ne les gênait pas. On avait beau jaser autour d'eux, ils étaient suffisamment libres pour se moquer des allusions et médisances. Mais tous deux gardaient en l'esprit leur modeste origine. Ces deux femmes qui les comblaient étaient des aristocrates.

Après la réception du cadeau maléfique, Valentine restait sur ses gardes, mais il émanait à présent de sa personne un nouvel éclat. Sa vie avait tellement changé en si peu de temps. Comme Esmérance, elle resplendissait de bonheur pendant un instant et, celui d'après, elle sombrait dans d'amères réflexions concernant son avenir. Depuis l'appel téléphonique à Saint-Paul-en-Brionnais, sa famille ne s'était pas manifestée. Emile semblait avoir enfin compris qu'elle ne serait jamais sienne.

Il ne subsistait aucune trace du légendaire moulin de la Dérobade, aucune trace d'Alexandre, et pourtant l'ombre de Blondine les hantait. S'il n'était pas originaire du Nord, d'où venait Alexandre ? Esmérance s'obstinait à croire que la réponse à leurs questions se dissimulait dans le tableau ; pour Valentine, elle était ensevelie dans le moulin de la Dérobade.

Leurs hommes étant au travail, elles décidèrent d'élargir leur découverte de la région. Elles prirent, comme les touristes anglais, la direction de la mer. Esmérance n'y était jamais allée. Valentine avait accompagné ses parents à Deauville. La mer ne lui était pas inconnue, mais elle n'avait pas eu le droit d'y tremper les pieds. Hubertine était trop craintive. A peine avait-elle touché le sable du bout des orteils. L'expérience s'avéra très intéressante, mais bien trop courte pour la petite fille qui rêvait de s'ébattre dans les dunes avec les autres enfants.

En ce mercredi 4 juillet 1906, nombreux étaient les spectateurs qui assistaient à Lille à la première étape du tour de France cycliste. Moins nombreux, pensaient-elles, seraient les flâneurs sur la plage. La réalité les détrompa. Une foule bigarrée et réjouissante s'y côtoyait. L'affluence était grande sur le littoral.

Sur la digue, des couples très dignes, femmes en robe longue, hommes au chapeau haut de forme ou chapeau de paille, canne à la main, se croisaient en se saluant, sous l'œil curieux de badauds assis sur les bancs. Un petit orchestre installé sur une estrade de bois jouait des airs de polka.

Sur le sable, des tentes rayées abritaient vêtements et nourriture. Des parasols, des ombrelles protégeaient les femmes du soleil. Des enfants en costume marin poussaient leur filet devant eux et profitaient de la marée basse pour pêcher la crevette dans les innombrables bâches, ces mares qui subsistent une fois la mer retirée. D'autres, plus loin, se sauvaient devant un crabe aux vilaines pinces.

Des chevaux de trait boulonnais tractaient des cabines de bain roulantes. Esmérance et Valentine se dirigèrent, main dans la main comme deux écolières, vers la zone réservée aux femmes, et elles louèrent une de ces cabines hippomobiles.

Vêtues de costumes bouffants, elles furent prises d'un irrépressible fou rire devant leur ridicule déguisement, faisant fi des regards désapprobateurs d'une baigneuse trouvant l'âge d'Esmérance indécent pour ce genre d'exhibition. Dans l'eau, des baigneurs en maillots rayés goûtaient au plaisir nouveau de prendre la lame[1].

Elles éprouvèrent des sensations inconnues et merveilleuses. Valentine avait conscience de la liberté dont elle disposait grâce à sa grand-mère. Esmérance ne s'était jamais autant amusée. La présence de Valentine la stimulait. Le visage d'Hubertine lui apparut. Pourquoi était-elle toujours si craintive et si triste ? Au même instant, Valentine songeait à sa mère. Leurs pensées fusionnaient. La jeune fille déclara :

— Il faut absolument emmener maman à la plage, n'est-ce pas, grand-mère ?

Après cette journée mémorable, elles revinrent en sifflotant tout au long de la route et rentrèrent très tard à leur hôtel, enchantées de cette expérience.

Un message les attendait à la réception. Il provenait de Sylvain et de Jan. Ils étaient passés en soirée et les invitaient à les rejoindre, à l'heure de midi, partager la tartine. Ils étaient impatients de leur faire part d'une idée concernant le moulin de la Dérobade.

Le lendemain, elles se rendirent au rendez-vous fixé. Les clients se bousculaient au *Violon d'or*. Ce jeudi était jour de marché. Elles étaient atten-

1. La tasse.

dues à la petite table du fond. Les mains chargées de succulentes tartines à la rhubarbe, Edmonde profita d'une accalmie dans le service, laissa son fils Pierrot au comptoir et se permit de s'asseoir quelques instants en leur compagnie. Elle appréciait les deux Bourguignonnes, et ce sentiment était partagé. Tenue informée de leurs pérégrinations, la Flamande était aussi curieuse que Valentine et Esmérance d'en apprendre davantage sur le mystérieux moulin.

Jan prit la parole :

— Toute trace du moulin de la Dérobade semble effacée. Il n'y a même aucun lieu-dit portant ce nom. Je crois que nous avons mal cherché. Si ce moulin a réellement existé, il peut en subsister des vestiges. S'il n'est pas à la place envisagée, c'est peut-être tout simplement qu'on l'a mis ailleurs.

— Comment cela ? demanda Esmérance, très intriguée.

— J'ai repensé aux différentes ordonnances royales et impériales. Les moulins se situant trop près des routes devaient être déplacés, afin d'éviter que leurs ailes en mouvement et leurs ombres n'effrayent les chevaux trottant sur le chemin.

Valentine écarquilla les yeux.

— C'était possible ?

— Oui, et il y eut de nombreux accidents.

Sylvain enchaîna :

— Evidemment, nous ne risquons pas de découvrir le moulin en entier. Nous connaissons tous ceux de la région, Jan pour les aménager, les soigner, les reconstruire, et moi, pour les peindre…

— Mais… poursuivit Jan, il est possible qu'il reste quelques traces de son emplacement. Auquel cas, nous saurons déjà que cette histoire est réelle…

— Et non le fruit de l'imagination de ton grand-père, acheva Edmonde en souriant à Sylvain.

— Faut-il chercher très loin ? demanda Esmérance, avec son esprit pratique.

— Non, à environ cent mètres de l'ancien emplacement, c'était l'écart exigé.

— Comment déplaçait-on des moulins ? Cela me semble tellement incroyable ! s'étonna Valentine.

— On enlevait les ailes. On démontait chaque moulin pièce par pièce pour le remonter ailleurs. La cage, elle, était emmenée entière. Elle était installée sur des rondins de bois. Il fallait plusieurs jours pour la tracter, on ne progressait que de dix mètres au maximum par jour, dit Jan, en connaisseur.

— Et que se produisait-il pour les meuniers qui refusaient de le déplacer ?

— Une forte amende et la démolition dudit moulin.

— Ce fut peut-être le cas…

— Peut-être que non ! répliqua Esmérance avec sa foi habituelle.

— Mais s'il fut démonté pièce par pièce, non pour l'emmener plus loin mais pour servir à la réfection d'autres moulins, les chances de trouver un indice sont alors infimes, déclara Edmonde, sceptique.

— Pourquoi servirait-il à d'autres ? demanda encore Valentine. Excusez-moi, je suis totalement ignorante en matière de moulins.

— Parce que lui-même aurait été vétuste et inutilisable, lui répondit Sylvain, à cause d'une tornade, d'un violent orage, du feu, de la guerre…

— Aujourd'hui, dit Jan d'un air triste, on en abat volontairement pour faire place à la vapeur… Ceux des villes disparaissent. Dans nos campagnes, ils résistent plus longtemps… Si c'est pas malheureux !

— Et que fera l'électricité ?… songea Valentine, à voix haute.

Ses yeux croisèrent ceux de Sylvain, ils échangèrent un tendre sourire.

— Je propose que nous allions à la quête du moulin de la Dérobade dimanche prochain. Nous ne travaillons pas et, le matin, nous serons tranquilles pour nos recherches, dit Sylvain.

Il ajouta, le regard plongé dans celui de Valentine :

— Vous ne repartez pas d'ici là, n'est-ce pas ?

La jeune fille rougit, la grand-mère répondit avec vivacité :

— Nous serons là dimanche !

Tandis que les honnêtes gens se rendaient à la messe, les deux hommes emmenaient les Bourguignonnes vers le mont des Cats.

Ils avaient conscience tous les quatre d'être la cible des rumeurs. La réputation d'Esmérance et de Valentine était entachée, elles n'en doutaient pas. Mais elles ne vivaient pas dans la paroisse et se moquaient un peu du qu'en-dira-t-on.

Ils se rendirent immédiatement sur la butte considérée comme étant l'emplacement officiel du moulin. Il était effectivement situé trop près d'une route sinueuse.

— Si on l'a déplacé, jugea Jan, il ne faut pas chercher très loin. Nous pourrions nous séparer, et avancer de cent mètres environ des quatre côtés, nord, est, ouest et sud.

Il réfléchit et ajouta :

— Non, c'est inutile, de ce côté, c'est en contrebas. On ne placerait pas un moulin dans une cavité.

— Allons deux par deux, suggéra Sylvain, par là et par là, désigna-t-il de la main, mais avançons lentement, la moindre marque sur le sol peut être importante.

Valentine décida de précéder Sylvain, elle le dépassa en riant et lui prit la main. Elle surprenait Sylvain par sa modernité, sa liberté. Elle était son égale. Cathelyne, elle, cachait son caractère possessif sous des dehors doux et passifs. La nature de Valentine ne renfermait pas l'ombre d'une hypocrisie.

Très vite, elle dut se frayer un chemin à travers les broussailles. Des orties lui piquaient les bras, des ronces accrochaient ses vêtements, mais, stoïque, elle ne se plaignit pas.

— C'est assez difficile par ici, constata Sylvain,

mais c'est bon signe. Ce terrain n'a pas été exploité ni aménagé depuis des années…

Ils marchèrent prudemment. Pourtant, au bout d'un moment, Sylvain la retint.

— Nous avons fait plus de cent mètres. Rebroussons chemin. Nous ne découvrirons rien par là.

— Non, Sylvain, continuons encore.

— Tu ne renonces jamais.

Il admirait son opiniâtreté.

— Jamais !

Ils firent cent mètres de plus. Et, soudain, Valentine s'arrêta brutalement. Sylvain scrutait le sol. Il faillit la renverser.

— Regarde ! s'exclama-t-elle, on dirait une vieille masure enfouie sous la végétation.

Figé, le jeune Flamand se taisait.

— Cette remise semble là depuis des siècles… Que se passe-t-il, Sylvain ? On dirait que tu as vu un fantôme.

— Tu ne crois pas si bien dire. Ce n'est pas une masure ordinaire. Le toit est en bois, le mur en brique, la construction est octogonale, c'est une cavette !…

— Une cavette ?

— La base d'un moulin, si tu préfères. C'est la partie inférieure du piédestal, qui est fixe. La cavette sert de magasin pour les sacs de blé qui attendent au sec.

— Et au-dessus, il devrait y avoir la cage pivotante, n'est-ce pas ?

— Exactement. La porte est obstruée, il faut la dégager.

— Appelons les autres.

Jan arriva en courant, suivi par Esmérance, qui lui avait judicieusement laissé tracer le chemin. Ils restèrent d'abord silencieux devant le choc de la trouvaille, puis leur joie éclata.

Les deux hommes déblayèrent rapidement l'amoncellement de branches. Une grosse chaîne rouillée tenait la porte fermée. Jan la força d'un coup d'épaule. Elle s'ouvrit avec un bruit d'enfer.

Ils regardèrent chacun leur tour à l'intérieur. Il y faisait très sombre. Le plafond était relativement bas. Un rai de lumière filtra du dehors, pénétra dans la pièce obscure et alla se poser sur un amas de bois. Ils discernèrent quelques vieilles poutres.

— On dirait un mât de navire, s'exclama Esmérance, encore radieuse de sa journée à la mer.

— Il s'agit effectivement d'un mât de navire, bravo !… dit Jan. Il servait de pivot au moulin.

— Un poids énorme reposait sur ce simple bout de bois ? demanda Valentine, très étonnée.

— Il faut posséder un sacré sens de l'équilibre pour construire des moulins, observa Esmérance, adressant à Jan un regard admiratif.

Ils attendirent que leurs yeux s'habituent à l'obscurité.

— Il faut dégager les petites fenêtres, on y verra plus clair, conseilla Jan.

Une grande bâche de toile prenait toute la longueur de la cavette. Que pouvait-il y avoir en dessous ? Soudain, un objet scintilla. C'était une grande clef dorée, en laiton et fer forgé. Les yeux de Sylvain brillèrent eux aussi d'un éclat particulier quand il s'en emparait.

Il la leva comme un trophée.

— La clef du moulin !

Un halo de lumière envahit la petite pièce par les fenêtres ouvertes. Dans un coin, de vieux sacs traînaient encore.

— Qu'est devenue la cage, elle a disparu ? demanda Valentine.

— Fracassée lors d'une tempête, ou démolie pour être utilisée à la reconstruction d'une grange, lui répondit Jan.

A quatre, ils eurent tôt fait d'enlever la bâche. Ils découvrirent, non sans une certaine excitation, des morceaux d'ailes brisées.

— Elles devaient être immenses, d'une envergure de vingt-six mètres, admira Jan. Les plus longues jamais vues en Flandre !

— Cela me rappelle la légende familiale, dit Sylvain : « Le géant fantastique vibrant de ses ailes gigantesques face au vent. »

Jan les examina avec attention.

— C'est étrange. Ce sont les ailes qui souffrent le plus du temps. J'en ai vu, des ailes brisées par des orages. Mais ici, les cassures sont toutes identiques. Elles sont faites au même endroit. On dirait qu'on a brisé les ailes volontairement. Pourtant, qui voudrait détruire un moulin ?

— Vous nous aviez dit, Jan, se rappela Valentine, que la tempête, le feu avaient raison de ces géants de bois et qu'on les abattait pour cause de vétusté.

— Ces ailes-ci sont brisées, mais non vermoulues. Et les poutres, ici, sont en bon état. Le chêne est bien conservé, nullement attaqué par les vers... On aurait dû les réutiliser pour un autre moulin et non les briser... Il y a autre chose, mes amis : une raison mystérieuse pour laquelle on a cassé les ailes, une raison impérieuse à la démolition de ce moulin...

— La peur ?... Un moulin maudit ? chercha Valentine.

— Le moulin de la Dérobade ? acheva Esmérance, exprimant tout haut les pensées du groupe.

Sylvain effleurait les ailes de ses doigts, l'air perplexe.

— Oui. On est peut-être en présence des restes du moulin de la Dérobade, mais comment en être certain ?

— Attendez, on n'a pas fini ! dit Jan, d'une voix tonitruante. Ces morceaux de bois-là me gênent. Je suis sûr...

Il n'acheva pas sa phrase. Mobilisant une énergie considérable, il agrippa une poutre de toutes ses forces, la souleva, la déplaça et la reposa plus loin. Il répéta les mêmes gestes pour deux autres poutres et poussa un cri de victoire.

— Regardez en dessous : voilà le rouet et la lanterne qui actionnaient la meule.

Ces termes techniques étaient dorénavant connus de Valentine depuis sa visite au meunier.

Quant à Esmérance, Jan se fit un plaisir de les lui expliquer.

— Tout est en bois, constata-t-elle.

— Et la machinerie est complexe.

Jan parlait en expert.

— La différence entre Jan et moi, expliqua Sylvain, c'est que pour Jan tout est dans la tête. Il n'a nul besoin de croquis ni de calcul, il suit son intuition et obéit à ses mains, à ses yeux.

Chacun se mit à examiner plus minutieusement les vestiges du moulin. Sur une vieille poutre était gravée une date : *1791*.

— Cela concorde. A partir de 1791, chaque particulier a pu ériger son propre moulin. C'est aussi la date à laquelle des moulins furent vendus comme biens nationaux. 1791 doit être la date d'acquisition de ce moulin par le père de Benjamin.

— S'il s'agit du bon moulin, rétorqua Sylvain.

— Oui, s'il s'agit du bon moulin, répéta Jan. Il devait être trop près de la route, plus tard, il fut déplacé.

Sur la poutre figuraient d'autres inscriptions.

— Depuis des siècles, on grave les noms ou les initiales du charpentier et du propriétaire.

— *Diesen meulen is gemaeckt door P.F.D.S.* C'est du flamand, n'est-ce pas ? Je n'y comprends rien, remarqua Valentine.

— Oui, répondit Jan. Cela signifie : « Ce moulin est fabriqué par Philippe François De Smyttère. » C'était le fils d'un célèbre charpentier du XVIIIe siècle.

— Et les initiales *J. D.* ?

— Jacques Degraeve sans doute, le propriétaire et père de Benjamin, annonça Sylvain, visiblement heureux. C'était donc bien un moulin appartenant à la famille.

— Le moulin de… commença Valentine, tout aussi enthousiaste.

— Ne nous emballons pas… coupa Jan.

— Si ! regardez sur le rouet, à l'arrière ! s'exclama Esmérance.

En français cette fois, était gravé en toutes lettres : « le moulin de la Dérobade » et, à côté, les initiales *A. D.*

— Le moulin de la Dérobade ! s'écria Sylvain.

— Le maître des vents ! ajouta Jan, en prenant Esmérance dans ses bras.

— Ce n'est pas une légende. Il a bel et bien existé, nous le tenons ! dit-elle, émue.

— Et *A. D.* peut signifier Antoine Degraeve, le frère mort à la guerre, ou alors…

— Alexandre… Alexandre Degraeve…

23

Le *Violon d'or* fermait ses volets lorsqu'ils rentrèrent de leur expédition, fourbus, heureux. Peu de monde fréquentait les estaminets le dimanche soir. Les ouvriers et les paysans commençaient tôt la journée du lundi.

Leur retour fut festif. Edmonde invita ses derniers clients à rester en leur compagnie pour trinquer à la découverte du moulin de la Dérobade. La bière coula à flots. Les Bourguignonnes furent raisonnables. Elles s'étaient trop bien habituées à cette tonique boisson du Nord et connaissaient les limites à ne pas dépasser sous peine d'ivresse.

Une heure plus tard, Sylvain et Jan raccompagnaient Esmérance et Valentine à leur hôtel, sur la grand-place.

Une surprise de taille les y attendait : Emile en personne les guettait sur le perron. Les deux femmes s'immobilisèrent, stupéfaites. Valentine bredouilla, confuse :

— Emile… Comment… mais… Que faites-vous ici ?

Elle sentit la main de Sylvain se figer dans la sienne. Emile toisa le jeune homme qui était aux côtés de Valentine. Il réprima une certaine velléité de lui envoyer son poing dans la figure, mais il craignait les représailles éventuelles.

C'est donc d'un ton froid et autoritaire qu'il déclara :

— Je suis venu te chercher, Valentine, avec la bénédiction de ton père.

— Cela m'étonnerait, lança la jeune fille en le défiant.

Esmérance intervint :

— Retournez d'où vous venez, Emile.

— Je suis à cet hôtel, et j'y resterai aussi longtemps que vous.

— Il est tard, allez vous coucher, insista-t-elle, nous reparlerons de tout cela demain, après une bonne nuit.

— Je vous prie, madame, de ne pas vous mêler des affaires…

Il appuya volontairement sur la fin de sa phrase :

— …concernant Valentine et moi-même.

Esmérance se tourna vers leurs deux compagnons, interdits.

— Au revoir, mes amis. Je monte. Tu viens, Valentine ?

— J'arrive, grand-mère.

— Je ne sais pas si tu te rends compte, mon

ange, proféra Emile, d'une voix faussement protectrice, ton fiancé en personne est venu te chercher dans ces coins reculés.

— C'était inutile, répondit Valentine, très gênée.

Elle n'osait regarder Sylvain. Elle sentit qu'il lui lâchait la main.

Emile lui assena un dernier coup :

— Nos noces n'attendent plus que toi pour être célébrées.

Valentine se tourna, rougissante, vers Sylvain. Le jeune Flamand semblait pétrifié, frappé de stupeur devant l'inconcevable.

Leurs yeux se croisèrent. Valentine était désemparée, Sylvain, cramoisi. Son regard brûlant et réprobateur bouleversa Valentine. Transpercée de honte, elle détourna son visage. Puis elle se ravisa, mais avant qu'elle n'ait eu la force de riposter à Emile et de retenir Sylvain, ce dernier avait tourné le dos et disparaissait à longues enjambées vers l'estaminet, en compagnie de Jan.

Le salon de l'hôtel était désert en cette heure tardive. Emile poussa Valentine vers le vaste sofa grenat et s'y installa à son tour. Elle s'éloigna jusqu'au bras du canapé, mais ne put lui échapper davantage. Il était content de l'effet produit à la porte de l'établissement, content de son apparition majestueuse – ainsi la qualifiait-il –, content de sa présence indignée. Ah ! elle n'avait pas perdu de temps, la garce, et la grand-mère non plus d'ailleurs. Mais la vieille, il s'en fichait. Seule comptait Valentine.

La tête très droite, le menton levé, la jeune fille cachait une angoisse grandissante face au souvenir de la silhouette de Sylvain disparaissant dans l'obscurité. Le reverrait-elle ?

Emile se rappela à elle en lui prenant une main qu'elle retira vivement.

L'animosité de Valentine se réveilla. Ses yeux bleus le fusillèrent, sa bouche était prête à lui jeter un flot d'injures. Il devint nerveux à son tour. L'affaire ne se présentait pas comme il l'avait espéré. Il ne l'aimait pas. Il s'était décidé à accomplir ce long chemin parce que l'attrait du domaine était supérieur à ses appréhensions et à sa paresse. Le château de la Grève ne pouvait lui échapper ainsi, comme ça, pour rien, pour une lubie de jeune folle.

Certes, en la revoyant devant lui, belle et insoumise, son désir réapparut. Et il la voulait d'autant plus qu'elle lui résistait. Il rêvait de la dompter une bonne fois pour toutes. La chose accomplie, ce dont il ne doutait pas, il savait pertinemment qu'il se tournerait vers une autre proie. Sous couvert du mariage avec Valentine, bien sûr. Il ne s'attachait à rien, si ce n'était à sa propre personne. L'appétence qui s'éveillait en lui n'était que le fait d'un homme jeune en pleine possession de ses moyens.

Elle le fixa, lut la convoitise dans son regard. L'entêtement d'Emile devenait effrayant. Elle lui jeta, sur un ton provocateur :

— Je ne vous aime pas, Emile.

— Tu aimes ce…

Et tandis qu'il cherchait un adjectif qualifiant son mépris envers ce roturier, elle répliqua :

— Oui, c'est ce jeune homme que j'aime. Mais vous, Emile, vous ne m'aimez pas. Vous aimez la propriété de mes parents.

Elle était totalement consciente qu'il ne lui vouait aucun amour. Elle ne serait qu'un objet dans les bras de ce prétentieux. Il n'envisageait pas de la « protéger », comme le prétendait sa mère. Il comptait uniquement en faire sa femme, puis l'anéantir, répétant ainsi l'histoire d'Esmérance.

— Je suis trop fatigué par le voyage, mais demain, dès le réveil, je frapperai à ta porte.

Puis, dans l'espoir de l'impressionner :

— Ton père s'attend à ton retour immédiat.

Le tutoiement qu'il osait à son égard lui était aussi désagréable à l'oreille que celui de Sylvain était tendre. Il marquait une intimité qu'elle était loin de vouloir avec Emile.

— Lorsque je raconterai à mon père la brutalité dont vous avez fait preuve à mon égard, il annulera aussitôt le mariage.

— Je lui ai raconté, moi, comme tu es audacieuse et impétueuse. Il a jugé le mariage indispensable. Ceci dit, entre nous, tu es une sacrée pouliche.

Il ajouta, avec une pointe d'admiration :

— Tu as du répondant, je ne vais pas m'ennuyer en ta compagnie.

Elle se leva, les yeux furibonds.

— Que lui avez-vous dit, Emile ? Quel mensonge avez-vous proféré ?… Vous n'avez quand même pas osé !…

Il se leva à son tour, lui saisit le poignet.

— Doucement, ma belle, calme-toi. Je lui ai juste fait comprendre que tu étais déjà mienne, alors…

Il n'eut pas le temps de terminer sa phrase. Il reçut une gifle retentissante.

— Pauvre malade ! lança-t-elle.

Elle pivota sur ses talons tandis qu'il se frottait la joue, abasourdi. Furieuse, elle grimpa rapidement les marches. Il monta derrière elle, la suivit à l'étage.

— Allez au diable !

— Chut ! moins fort, tu vas réveiller les clients de l'hôtel, signifia-t-il, un pas derrière elle.

— Arrêtez de me suivre. Allez dans votre chambre.

— Mais elle est là, ma chambre, chuchota-t-il en lui montrant la porte face à la sienne. Je veux bien oublier ton geste, Valentine.

Il lui prit le bras et la retourna face à lui. Les yeux de Valentine lançaient des flammes. Emile cesserait-il un jour de la harceler ?

Son sourire était mielleux.

— Nous pourrions achever cet entretien de façon plus agréable, qu'en dis-tu ?

Pour toute réponse, elle ouvrit sa porte et la lui claqua violemment au nez.

Le coup assené au jeune Flamand était cruel. Appuyé contre le mur de l'estaminet, il essayait de maîtriser les désordres de son âme. Valentine était fiancée. Elle allait se marier et le lui avait caché. La nuit, elle aussi, le trahissait. Belle, douce, étoilée, elle invitait à l'amour. Cet homme logeait dans le même hôtel que la jeune fille. Demain, ils repartiraient vers la Bourgogne. La tristesse le submergea. Il lui avait fait partager ses plaisirs, ses rêves, ses émotions. Valentine l'avait abusé. Il réprima un sanglot et se tourna face au mur, sans voir la silhouette tapie dans l'obscurité. Une fille comme Valentine n'était pas pour lui. Il l'avait pressenti dès le premier regard, et s'en était écarté pour cette raison. Pourtant, il y avait cru. Son ambition, sans doute. Il s'était senti aimé. Son cœur s'était emballé. Trop vite.

Il se cogna délibérément le front, désireux de se faire mal physiquement, tant sa blessure saignait au plus profond de son être. Cathelyne avança à petits pas furtifs, lui toucha le bras, le fit sursauter. Sylvain lui offrit un visage rempli de larmes. Elle ne compatit point. Elle était trop heureuse. Elle tenait sa revanche. Elle attaqua :

— Alors, tu t'es fait avoir ?

— Que veux-tu dire ? répondit-il, d'une voix nerveuse.

— Pas de chance, Sylvain, tu ne l'auras pas, l'aristocrate.

— Laisse-moi, veux-tu ?

— Non, Sylvain, je suis là, moi, je reste avec toi, et tu peux…

Sylvain la coupa :

— C'est toi qui as envoyé ce paquet à Valentine ?

— J'ignore de quoi tu parles, mais cette fille est déjà fiancée.

— Tu étais là ?

— Je t'attendais… Tu ne l'auras pas, Sylvain.

— Laisse-moi, je te dis.

— Tu ne l'auras jamais, répéta-t-elle, elle s'est moquée de toi, c'est clair !

— Assez !

Alors il se décida à lui annoncer l'irrémédiable :

— Je ne t'aime pas, Cathelyne, je suis désolé.

Elle se tut, heurtée par sa franchise. Emu, il lui toucha délicatement l'épaule. Elle saisit aussitôt sa main, la mit sur sa joue, la baisa, la pressa contre sa poitrine. Elle la fit glisser le long de son ventre et, alors qu'il tentait de la retirer, que ses lèvres s'ouvraient pour protester, elle plaqua son corps contre le sien dans une attitude lascive et l'embrassa à pleine bouche. Il ne l'enlaça pas. Elle comprit aussitôt qu'il ne répondrait ni à son baiser ni à son invite charnelle. Tout l'être de Sylvain n'exprimait que la pitié et l'embarras.

Il la repoussa. Elle perdit l'équilibre, vacilla, essaya de se rattraper et s'effondra sur le sol. Elle se frotta un genou. Confus, il tenta de la relever mais, hors d'elle, elle lui décocha un violent coup de pied dans la cheville et se mit à hurler :

— Va au diable !

Il tressaillit de douleur et de surprise. Cathelyne n'était plus la jeune fille douce et effacée qu'il avait cru connaître. Plein d'amertume, il tenta pourtant de la calmer. Il ne voulait pas l'abandonner en pleine détresse.

Cathelyne s'était trompée. Le cœur de Sylvain ne pouvait appartenir à deux femmes.

Des prunelles glaciales le fixaient. Cathelyne était en proie à un violent désir de le blesser, de l'anéantir. Ses yeux n'imploraient plus. Elle le regarda avec une fureur telle qu'il recula, les muscles tendus, puis s'éloigna en murmurant :

— Pardon, Cathelyne.

La jeune fille essuya ses larmes avec rage, se redressa fièrement et courut sur les pavés vers le centre de la ville, mue par le besoin impérieux de partager son humiliation.

La petite chambre de Gabrielle, située tout en haut de la demeure bourgeoise, donnait sur la rue, contrairement à la chambre de ses patrons. Cathelyne héla la jeune bonne, les mains en porte-voix. De la maison d'à côté s'ouvrit une fenêtre.

Une femme apparut et s'écria :

— Taisez-vous, voyons, laissez les gens dormir !

La croisée se referma avec un bruit d'enfer.

Cathelyne patienta quelques instants puis elle recommença à appeler, s'attendant à une nouvelle manifestation furieuse de la voisine. Enfin, la petite fenêtre de Gabrielle s'ouvrit doucement.

Cette nuit-là, au bord des larmes, la peur au ventre, Valentine tremblait dans les bras d'Esmérance.

Son ciel s'était obscurci, son bonheur se dérobait. Seule demeurait la présence réconfortante de sa délicieuse grand-mère. La vieille dame cherchait à l'apaiser et, d'un geste affectueux, elle lui effleurait la joue.

— Pour une « féministe », je suis bien trop romantique, n'est-ce pas ? dit-elle en levant des yeux embués vers sa grand-mère.

— Tu es amoureuse, ma chérie, c'est tout.

— Si tu avais vu le regard qu'il m'a jeté… Il est parti sans se retourner… J'ai perdu Sylvain, conclut-elle, désemparée.

Esmérance la berçait tendrement pour effacer le chagrin immense qui s'était abattu sur sa chère petite-fille.

— Quand je pense qu'Emile a osé mentir à mes parents, qu'il a transformé son agression à son avantage !

— Tu l'as remis à sa place, si je ne me trompe.

— Oui, mais que doit penser mon père aujourd'hui ?

— Ne t'inquiète pas. J'en fais mon affaire, et il m'écoutera, cette fois-ci.

— Je hais Emile !… Je le hais !

— Ah ! ça, c'est mieux ! jugea Esmérance. La colère est bénéfique. Tant que tu ne hais pas tous les mâles, ma chérie, comme je l'ai fait.

Elle se tut un instant.

— Parle-moi de toi, grand-mère, cela me fait du bien.

— Eh bien… Lorsque Henri de Chanteline s'est joué de ma naïveté, j'ai haï tous les hommes.

J'aurais mieux fait de m'en prendre à lui seul. Pour moi, ils étaient tous dominateurs et esclavagistes, et je me complaisais dans cette souffrance. J'ai oublié longtemps qu'il existait des hommes dignes de confiance, comme Jan, avoua-t-elle, ou comme ton Sylvain. Rien n'est perdu, crois-moi. Et accroche-toi. S'il t'aime sincèrement, il te reviendra.

Valentine leva des yeux rougis par les larmes. Elle essuya son visage et se moucha, mit sa main dans celle de sa grand-mère, en pensant toutefois qu'Esmérance oubliait un point important : l'avenir en compagnie de ces deux Flamands était nettement compromis. Mais elle préféra oublier, elle aussi, et elle s'endormit ce soir-là dans les bras de sa grand-mère, comme une toute petite fille.

24

Une vive clarté baignait la chambre. Valentine se leva sans bruit. Esmérance semblait encore plongée dans un profond sommeil. La jeune fille laissa sa grand-mère se reposer car elle avait veillé tard dans la nuit.

Valentine s'apprêtait à sortir à pas feutrés lorsque la voix d'Esmérance résonna dans son dos.

— Vas-y, ma fille, tu as raison.

— Je vais voir Sylvain.

Esmérance hocha la tête.

— Je sais.

— Si Emile se présente…

— Il n'apparaîtra pas de sitôt.

— Il est déjà neuf heures.

— Oui, mais entre la fatigue du voyage et sa paresse naturelle !…

Au-dehors, le ciel était gris. Comme son chagrin.

Une brise fraîche lui fouetta le visage. Les mots d'Esmérance affluaient en elle : « S'il t'aime sincèrement, il te reviendra… » Elle devait voir Sylvain au plus vite. Il fallait qu'elle lui dise… Lui dire quoi au juste ? Qu'elle n'aimait pas Emile. Elle ne l'avait jamais aimé. Elle refusait ce mariage arrangé entre les deux familles. Elle lui dirait… Absorbée dans ses réflexions, elle parvint à l'estaminet sans s'en apercevoir. Peu de clients étaient attablés en cette heure du jour. Sylvain n'était pas dans la salle. Mais Jan prenait un café en compagnie d'Edmonde.

— Ah ! Mademoiselle Valentine, s'exclama la cabaretière avec un sourire chaleureux.

— Bonjour, madame Edmonde. Bonjour, Jan.

— Comment allez-vous, mademoiselle Valentine, depuis hier soir ? Notre assemblée était joyeuse, n'est-ce pas ?

— Oui… balbutia Valentine.

— Voulez-vous des tartines ?

— Merci. Je n'ai pas très faim, mais je prendrai volontiers du café.

Tandis qu'Edmonde versait le breuvage brûlant dans une tasse, Jan regarda attentivement la jeune fille.

— Sylvain n'est pas là, Valentine, affirma-t-il.

— Où est-il ?

— Je n'en sais rien, déclara à son tour Edmonde en lui offrant sa tasse de café, il est parti tôt ce matin. J'ai là un fils qui aime les mystères.

Jan jeta un regard de connivence à Edmonde et emmena la jeune fille vers la petite table du fond.

— Venez donc vous asseoir un moment.

Il alla droit au but :

— Pardonnez-moi si je suis indiscret, Valentine. Mais cet homme, hier soir, c'était votre fiancé ?

— Il le prétend. En vérité, je ne désire plus me marier avec lui. Il le sait, mais il passe outre.

— Vous ne l'aimez pas ?

— Oh non ! Et lui non plus d'ailleurs. Il a simplement l'audace de vouloir posséder ma dot… l'immense domaine de mon père.

— Dites-le à Sylvain.

— C'est la raison qui m'a amenée ici ce matin, Jan…

Elle baissa la voix pour lui avouer :

— J'ignore ce que nous réserve l'avenir, mais je ne conçois plus la vie sans Sylvain…

Sa voix s'étrangla. Elle baissa les yeux et se tut.

— Je ne sais où il est allé, mais je peux vous aider à le chercher si vous voulez… D'autant que ce ciel chaotique et moutonné annonce un bel orage.

— Et votre travail ?

Avant qu'il n'ait eu le loisir de répondre, Jan vit le visage de Valentine se crisper en direction d'une fenêtre.

— Que se passe-t-il ?

— Il est là… Il me cherche, dit-elle d'une voix altérée.

Nul besoin de lui demander de qui il s'agissait. Jan avait compris. Il la sentait respirer avec difficulté. Elle s'était reculée dans l'ombre, les lèvres serrées, livide.

— Voulez-vous que je m'en charge ?

— Que pourriez-vous faire, Jan ?

— J'ai ma petite idée. Vous voulez qu'il s'en aille et vous laisse tranquille, définitivement ?

— Vous n'allez pas…

— Non, répondit-il en souriant, je ne vais pas le tuer.

— Alors, je veux bien.

Jan se leva, s'éloigna d'un pas large et assuré et sortit à l'instant précis où Emile ouvrait la porte. Le charpentier se dressa, immense, impressionnant, face à Emile, le fit reculer à l'extérieur et ferma soigneusement la porte derrière lui.

Valentine était figée sur sa chaise. Edmonde observait la manœuvre de Jan et le désarroi de la jeune fille. Elle avait entrevu l'inconnu, sa vaine tentative pour pénétrer à l'intérieur de l'estaminet. La Flamande était bien décidée à comprendre le sens de ce manège. Elle n'était pas femme à rester en dehors des secrets ou des complots.

Elle s'assura que ses clients étaient servis et ne désiraient rien de plus. Elle se dirigea vers la table de Valentine.

— Puis-je ?…

— Avec plaisir, madame, asseyez-vous.

— Ainsi, si votre aïeul est le frère de celui de mon mari, mes enfants et vous-même êtes les deux branches d'une même souche familiale. Vous êtes liés par le passé.

Elle sourit.

— Et j'ai comme l'impression que votre avenir, Valentine, veut être lié à celui de Sylvain. Je me trompe ?

— Non, madame, vous ne vous trompez pas, lui répondit-elle, des larmes dans la voix.

Edmonde la regarda d'un air sérieux.

— Qui était cet homme à la porte ?

Valentine se sentait parfaitement en confiance en sa compagnie. Elle lui raconta tout, par le détail. Elle n'omit rien, ni la prétention d'Emile, ni sa tentative de la posséder, ni le voyage en Flandre entrepris sans l'accord de ses parents. Elles conversèrent comme deux amies. Une intimité s'était créée. En ces instants privilégiés, elles oublièrent Jan et Emile.

Au bout d'une heure, Valentine dévoila une légère inquiétude :

— Mais que font-ils ?

— Ne vous en faites pas. Jan possède de sacrés arguments.

— Sa taille et sa force ?... Cela m'effraie un peu.

— Sa poigne, certes, mais il a aussi de l'autorité et du courage.

— Le courage n'est pas le fait d'Emile.

Elles patientèrent encore. Edmonde acheva de faire connaissance avec la jeune fille. Elle apprit ainsi ses dons musicaux et l'influence de *La Belle Meunière* sur le choix de son instrument.

— Il faut absolument nous jouer quelques airs. Les Flamands en sont de grands amateurs.

— Je n'ai pas apporté ma viole.

— Peu importe.

Elle se mordit la langue pour ne pas la tutoyer.

— Je vais vous en trouver une pour demain, Valentine, dit-elle en omettant le « mademoiselle ». Je connais très bien les musiciens de l'Union musicale. Ils viennent fréquemment au *Violon d'or* pour leurs réunions.

— Avec une enseigne pareille, je comprends.

Valentine lui sourit. Elle aimait cette femme. Elles se parlèrent avec une simplicité et une facilité déconcertantes. La jeune fille se confia comme elle ne l'avait jamais fait qu'avec Esmérance.

Des clients entrèrent et s'installèrent. Des voix s'élevèrent, voletant d'une table à l'autre, s'échangeant civilités et banalités.

— Je dois vous quitter, Valentine.

— Je vais voir où ils en sont… A bientôt, madame Edmonde.

Valentine sortit. Le vent s'était accru.

« Décidément, pensa-t-elle, cette journée n'est guère prometteuse. »

Elle tourna la tête de tous côtés mais les deux hommes avaient disparu. Il était près de midi. Sylvain n'était pas rentré chez lui. Elle décida de rejoindre sa grand-mère, mais elle ressentait une légère appréhension à l'idée de rencontrer Emile.

Que lui avait dit Jan ? Etait-il possible qu'il l'ait convaincu de repartir sans elle ? Elle essaya de ne pas trop s'attarder sur les fameux « arguments » du géant de Cassel.

En approchant de l'hôtel, son malaise s'amplifia. Elle tenta de se raisonner, fâchée de se sentir à ce point tourmentée en présence d'Emile. Elle n'éprouvait pas de peur. Non. Mais un sentiment confus, mélange de répulsion, de honte et de colère.

Elle allait passer le perron lorsqu'elle se sentit touchée à l'épaule. Elle sursauta et se retourna. Ce n'était pas Emile. Ce n'était pas non plus Sylvain. C'était Gabrielle.

— Gabrielle ?

— Bonjour, mademoiselle Valentine.

— Bonjour... répondit-elle, désarmée.

La cousine de Sylvain la dévisageait d'un air revêche. Sa froideur comportait quelque chose d'insensible, de fatal.

La pensée qu'elle fût folle effleura l'esprit de Valentine, mais la jeune fille se raisonna et se débarrassa de cette déplaisante sensation. Elle avait trop tendance à la suspicion ces jours-ci. Elle soutint le regard de Gabrielle, passa outre au caractère ombrageux de la jeune bonne.

— Vous vous promenez dans Cassel ?

— J'avais des courses à effectuer.

— Dites-moi, Gabrielle... N'auriez-vous pas vu votre cousin Sylvain ?

Une imperceptible lueur éclaira les prunelles de Gabrielle. Elle hésita une seconde. Un sourire parut sur ses lèvres et vint effacer l'impression désagréable ressentie par Valentine l'instant d'avant.

— Si, bien sûr que je l'ai vu !

— Ah ! très bien... fit-elle en poussant un soupir de soulagement. Savez-vous où il est allé ?

— Mais oui.

— Où ? insista-t-elle, perplexe devant la mine figée de Gabrielle.

« Cette fille est vraiment surprenante », songea-t-elle.

— Vous n'avez qu'à me suivre, mademoiselle Valentine. Vous ne le trouveriez pas toute seule.

— Je ne veux pas vous faire perdre votre temps.

— Je me bien suis avancée dans mon travail, et mes patrons sont absents pour la journée.

— Ah… Bien.

— Vous n'avez pas peur de marcher ? C'est assez loin.

Valentine émit un sourire embarrassé.

— Où voulez-vous donc m'emmener ?

Gabrielle ne lui répondit rien. Elle continuait de la fixer d'un air étrange.

— Ne vous inquiétez pas, poursuivit Valentine. J'ai l'habitude de marcher dans ma campagne.

— Bien, bien…

Valentine jeta un œil vers le ciel. La masse des nuages s'était alourdie. La voûte céleste s'assombrissait et annonçait un orage ou une ondée, Jan avait raison. Elle se sentit oppressée. Elle croisa le regard de Gabrielle.

— Nous serons arrivées avant la pluie, mademoiselle.

Sa voix la rassurait. Ses yeux l'inquiétaient.

Gabrielle lui fit signe de la suivre, lui tourna le dos et se dirigea vers un petit sentier escarpé. Valentine lui emboîta le pas, sans un mot. Gabrielle n'était pas bavarde. Après tout, c'était son droit.

Elles s'éloignèrent au moment où Sylvain revenait à pas lents, animé de pensées moroses, le visage tendu, le cœur engourdi. Il avait déambulé pendant quatre heures sans répit, sans but. Il s'était inlassablement répété les paroles de Valentine, avait revécu leur dernière rencontre, s'était remémoré ses gestes tendres. A présent, il était las. Un voile recouvrait sa vision.

Il avait agi avec l'impulsivité de la jeunesse. Il craignait son retour à l'estaminet. Il n'avait que faire des paroles de consolation et repoussait toute pitié. Il pensait qu'au jour le plus grisant pouvait succéder une nuit impitoyable et hostile. Il avait acquis la certitude qu'il devait oublier Valentine. Ce serait difficile, son image le hantait. Dès le lendemain, il prendrait son sac et la route de Lille. Il demanderait asile à un cousin installé là-bas depuis deux ans. Il achèverait dans l'anonymat de la grande cité les révisions pour ses examens. Avec le temps, peut-être reviendrait-il à de meilleurs sentiments envers la pauvre Cathelyne. Mais au fond de lui, il espérait bien qu'elle ne l'attendrait pas. Il n'avait ni l'envie ni le droit de l'abandonner dans une attente improbable.

Il leva les yeux vers l'immensité du ciel. Il perçut le souffle lourd du vent. Un mantelet de nuages noirs enveloppait la ville. Cela ne présageait rien de bon. La tempête menaçait.

Il regarda les deux silhouettes sans les voir. Son esprit seul enregistra une impression de déjà-vu. Il ne les vit pas disparaître dans la poussière d'un chemin terreux.

25

Il semblait à Valentine qu'elles marchaient depuis des heures. Elles s'enfonçaient à présent dans des sentiers boueux. Dès leur départ, de sombres nuages avaient plané au-dessus d'elles. Le ciel s'était obscurci rapidement. La pluie les surprit en cours de route.

— Ne devrions-nous pas rebrousser chemin ? s'enquit Valentine.

— Non, répondit brutalement Gabrielle.

Elle se reprit aussitôt, d'une voix plus douce :

— Nous ne sommes plus très loin.

— Plus loin de quoi ?

— De Sylvain.

Mais le temps s'écoula et Sylvain n'était pas en vue. Les arbres oscillaient fortement. Un vent furieux mugissait, secouait sans pitié les feuilles et balayait les pâtures. Un frisson de froid et d'angoisse saisit Valentine. L'humidité lui collait au corps. Les alentours étaient sinistres. Elle regrettait d'avoir suivi la cousine, mais elle était incapable de se repérer dans de telles conditions atmosphériques. Elle était donc obligée de lui faire confiance.

Gabrielle était devant, Valentine sur ses talons. Cette dernière vint à la hauteur de la Flamande.

— N'y a-t-il aucun risque avec ces bandes de malfaiteurs qui écument la région ?

— Ils sont arrêtés.

— L'orage menace, allons plus vite, voulez-vous ?

Gabrielle se hâta davantage.

— Où allons-nous ? demanda à nouveau Valentine, de plus en plus excédée. Sylvain a pris ce chemin ?

Gabrielle s'obstinait à ne pas répondre. Valentine se tournait constamment vers elle, mais, avare de paroles, Gabrielle la regardait à peine et affichait une inquiétante froideur.

— Vous l'avez vu ?...

Elle lui répondit enfin :

— Tu veux voir Sylvain, suis-moi.

Le ton et la soudaine familiarité de Gabrielle l'étonnèrent. Une crainte indicible lui glaça le sang. Sa longue jupe s'accrocha à des ronces et la fit trébucher. Valentine remarqua, non sans dépit, que Gabrielle ne tentait aucun geste pour l'aider. Inexorable, elle poursuivait sa route, ignorant les bruissements dans les taillis, la pluie dégoulinant sur son visage, les coups de tonnerre qui faisaient sursauter Valentine.

Au détour d'un sentier, elles découvrirent le vieux moulin désaffecté de la famille Degraeve. C'était un spectacle saisissant. Il se découpait à travers les ténèbres précoces, tel un titanesque fantôme.

— Nous y sommes, dit Gabrielle.

Valentine se tourna vers elle, le regard interrogateur. Mais déjà l'orage redoublait d'intensité. Elles n'eurent que le temps de se réfugier dans le moulin en ruine. Le vent soufflait en rafales. L'averse tombait dru. Elles gravirent les marches de l'escalier extérieur, pliées en deux par la force de la tempête.

Valentine rata une marche, trébucha à nouveau et se rattrapa à la main courante.

L'obscurité régnait à l'intérieur. Elles allèrent à tâtons, trempées, frissonnantes.

— Sylvain ? appela Valentine.

— Montons dans le grenier aux meules.

— Près de l'arbre moteur ? N'est-ce pas dangereux par un temps pareil ?

— Allez, montez, ordonna Gabrielle en la poussant devant elle.

— Doucement ! riposta Valentine.

— Excusez-moi, mademoiselle.

En haut, Valentine réitéra son appel.

— Sylvain, tu es là ?

Un éclair illumina la cage du moulin. Elles étaient seules. La voix de Gabrielle s'éleva, étonnamment neutre.

— Il va venir.

— Qu'en savez-vous ? Il vous l'a dit ?

En prononçant ces paroles, Valentine se tourna vers la cousine, mais elle ne la distinguait plus.

— Gabrielle ?…

Le mécanisme qui l'entourait était impressionnant. Le rouet, la grande roue montée sur l'arbre moteur et qui transmettait jadis le mouvement à la lanterne et à la meule, lui paraissait démesuré.

— Enfin, Gabrielle, répondez-moi !

Quelques secondes interminables s'écoulèrent. Gabrielle répondit enfin :

— Je suis là.

— Où ?

— En bas.

Valentine redescendit à l'étage de réception de la farine, les mains bien accrochées aux petites marches de l'escalier intérieur.

— Vous jouez à me faire peur ? demanda-t-elle, très mécontente.

Gabrielle était debout contre la porte d'entrée dont elle tenait fermement le loquet.

— Ne vous mettez pas là, Gabrielle, Sylvain ne pourra entrer.

— Il appellera. Je garde la porte pour l'empêcher de s'ouvrir toute seule, avec la tempête.

— Oui, bien sûr. Excusez-moi. Je n'y avais pas pensé.

Valentine lui sourit, rassérénée. « Elle a raison, se dit-elle, elle nous préserve des éléments déchaînés, et moi, je la soupçonne à tort de malveillance… »

Le moulin vibrait avec la force du vent. Elle songea à la mer, au balancement des vagues. Elle compris les paroles du meunier concernant le pied marin nécessaire à la vie dans les moulins. Sous elle, le bois tremblait, la vieille carcasse frissonnait. Elle ferma les yeux. Un sentiment singulier et désagréable s'emparait d'elle. Il lui semblait que le mécanisme endormi depuis des années allait brusquement s'ébranler, que la cage elle-même allait tournoyer sur son axe.

Elle fut prise d'un haut-le-cœur et dut s'asseoir pour contrecarrer cette sensation nauséeuse. La charpente craquait, les poutres grinçaient. Le moulin tanguait comme un voilier. L'intérieur s'était éclairci. Elle en distinguait mieux les formes et les contours. Certaines parties étaient très abîmées. L'humidité s'était infiltrée partout. Le bois était attaqué par les vers.

Le malaise de Valentine se dissipa.

— Est-ce vraiment prudent de se réfugier ici ? Le plancher est pourri, il pourrait s'effondrer.

— Nous sommes à l'abri, mademoiselle, répondit Gabrielle, imperturbable.

— Qu'est-ce que c'est ?

Valentine sentait sous ses doigts une matière spongieuse et gluante par endroits.

— Des champignons.

— Vénéneux ?

— Certains, comme les mérules, sont redoutables.

Valentine se leva avec précipitation.

— Vous cherchez à me faire peur ?

Elle poussa un profond soupir.

— Sylvain n'est pas là, vous vous êtes trompée.

Soudain, la cage s'ébranla sérieusement. Valentine songea aux vieux moulins qui se renversaient sous l'effet de tornades. Elles glissèrent toutes deux, s'agrippèrent à une poutre. Mais la cage se redressa comme par miracle.

— Nous l'avons échappé belle. Il faut sortir, Gabrielle.

— Vous êtes bien craintive. Regardez, le pivot a tenu bon. Sylvain ne va plus tarder, il faut rester.

Une longue attente commença. Elles étaient à nouveau assises face à face, s'observant l'une l'autre en une espèce de combat muet. Au bout d'un moment, Valentine s'impatienta. Elle se releva et se mit à marcher en rond dans l'étroit espace.

— Pourquoi viendrait-il ici ? demanda-t-elle avec méfiance.

— Parce qu'il y vient depuis l'enfance. C'est mon cousin, je le connais bien. Il aime s'y réfugier.

— Mais il n'est pas là, Gabrielle, et il ne va plus y venir par ce temps déplorable.

— De toute façon, on ne peut sortir avec la tempête qui fait rage.

Le ton de Valentine s'affermit.

— Je ne suis pas très craintive, quoi que vous en pensiez, Gabrielle. Mais ce moulin est très endommagé. Il risque de ne pas résister à ce déferlement d'intempéries. A tout instant, il peut se renverser. C'est de la folie.

Gabrielle ne répondit pas. Elle se contenta de la fixer.

— Faites ce que vous voulez, mais je pense

qu'il est plus dangereux de rester dans ce moulin en ruine que d'affronter l'orage. Je vais sortir.

— Je vous l'interdis ! dit Gabrielle en se relevant brusquement, figée devant la porte.

— Vous me l'interdisez ?

— Oui ! répondit-elle avec une froide jouissance.

Face au visage empourpré de colère de Valentine, Gabrielle leva la main en signe de menace. Une superbe bague ancienne ornait son annulaire droit. Valentine lui saisit le poignet, les yeux rivés sur le bijou de valeur. Deux colombes étaient entrelacées autour d'une pierre précieuse.

— Je la reconnais ! C'est la bague de Blondine ! s'exclama Valentine, déconcertée.

— Lâchez-moi ! hurla Gabrielle, perdant son sang-froid.

Valentine la libéra.

— Vous nous avez menti, Gabrielle. Vous savez quelque chose, n'est-ce pas ?

— Vous êtes trop curieuse. Restez tranquille et laissez-moi réfléchir.

— Réfléchir ?

— A ce que je vais faire de vous.

— Sylvain n'a jamais voulu se réfugier ici, n'est-ce pas ? Vous m'avez piégée !

— Puisque vous le dites.

Gabrielle partit d'un petit rire hystérique.

— Assez ! Que savez-vous ?

— Taisez-vous. Vous êtes trop curieuse, répéta-t-elle.

Valentine devinait que de lourdes pensées torturaient l'esprit de Gabrielle.

— C'était vous, le miroir brisé…

— Il était encore temps de partir, vous auriez dû le faire… A présent…

— A présent, quoi ? Vous ne me retiendrez pas de force. Il suffit que je vous bouscule, je passe et je sors.

Mais un énorme craquement retentit au même instant. Elles se retinrent au pivot central.

— Une aile a dû se briser, dit Gabrielle sans émotion, le visage impassible.

C'était étrange. Seuls ses yeux laissaient apercevoir une once de folie. Valentine en frémit.

— Je ne vous ai rien fait. Pourquoi me séquestrer ?

— Vous ne saurez rien. Vous ne devez rien savoir, sinon la malédiction frappera une fois encore.

Son visage se décomposa. Gabrielle prit une physionomie de petite fille apeurée et sa voix devint fluette.

— Maman me l'a ordonné : « Il ne faudra jamais transgresser la loi du silence, tu m'entends, Gabrielle ? Jamais ! »

Valentine comprit, elle changea de ton.

— Voyons, ma petite Gabrielle, que gardes-tu en toi ? Tu peux me le dire… Tu peux avoir confiance en moi.

— Non, je n'ai pas confiance. Le moulin est maudit, Alexandre est maudit, ses descendants le sont, et toi tu es une de ses descendantes. Maman m'a donné la bague, elle m'a transmis le secret, elle est morte le lendemain, comme grand-mère.

« Alexandre ! songea Valentine. Alexandre est bien le frère de Benjamin ! »

Gabrielle était comme hallucinée. Un sourire en forme de grimace se dessinait sur ses lèvres. Une pâleur cadavérique couvrait son visage égaré. Un mal consumait son esprit.

— Si je mets le feu, la malédiction s'envolera avec vous dans les flammes de l'enfer... Avez-vous déjà vu un moulin transformé en torche ? Moi, oui. Les ombres et les lueurs se battaient de façon féerique, traçant des silhouettes fantasques autour du tordoir. Une aile enflammée s'envola et embrasa le ciel.

— Je vais appeler au secours, Gabrielle.

— Cela ne sert à rien, personne ne vous entendra.

Valentine poussa pourtant un long cri, mais sa voix, étouffée, se perdit dans la bourrasque. Quelle heure pouvait-il être ? La nuit était-elle déjà venue ou était-ce l'effet de l'orage ? Au-dehors le ciel était noir. La faim commençait à se faire sentir. La jeune fille tendit l'oreille, mais n'entendit que les hurlements de la tempête.

— J'ai deux solutions pour que le secret ne soit pas divulgué, reprit Gabrielle avec agressivité : ou je te broie dans la meule et je mets le feu, ou je me tue... oui, je vais me tuer, tu ne sauras jamais...

— Non, attendez, Gabrielle, je vous en prie. Quel est ce secret qui vous tourmente ?

— Non...

Soudain le corps de Gabrielle s'agita, ses épaules tremblèrent. Sa fragilité se devinait dans son regard éperdu.

Valentine déglutit difficilement, refoula son appréhension, lui saisit le bras pour l'éloigner de la porte. Mais Gabrielle possédait une force étonnante. Elle la repoussa avec une telle violence que Valentine perdit l'équilibre et chancela. Son front heurta la huche, le bac recevant la mouture. Elle s'écroula parmi un petit amas de déblais.

— Mon Dieu ! qu'ai-je fait ? murmura Gabrielle en sortant de sa demi-torpeur.

Valentine était inanimée, le front ensanglanté. La jeune bonne s'approcha, s'agenouilla devant elle, prit un mouchoir de poche, essuya la blessure. Elle lui tapota les joues, mais Valentine gisait, inerte, les yeux clos.

Gabrielle se releva, recula et s'écria, horrifiée :

— Je l'ai tuée… !

26

Cette brusque tempête n'incitait pas Esmérance à s'aventurer au-dehors. Les bruits de la ville s'étaient évanouis devant l'ampleur des éléments déchaînés. La place était désertée. Aucun passant ne s'y hasardait. Pas le moindre roulement de fiacre ni le plus léger claquement de sabots.

Esmérance sortit de sa contemplation, quitta la fenêtre, décida de rester au calme et de s'accorder une journée de repos, déjà bien entamée. L'après-midi passa donc au rythme du coucou accroché sur le mur de la cheminée. Le temps s'écoula avec paresse. A quatre heures, elle commanda un thé et tenta de se replonger dans son livre. Mais une angoisse l'avait saisie. Valentine ne revenait pas. « Sans doute, se dit Esmérance pour se rassurer, sans doute a-t-elle retrouvé Sylvain. » Cette idée lui ôta momentanément toute crainte. Elle réprima l'envie de la rejoindre. Elle devait les laisser seuls.

Ces heures leur appartenaient. Qu'en serait-il des suivantes ?

Ni l'une ni l'autre n'était arrivée à une décision raisonnable concernant leur retour. Et pourtant… se disait-elle, c'était à elle, Esmérance, d'agir avec fermeté, à elle de refréner son désir de rester en Flandre, près de Jan. Elle aurait préféré repartir avec la certitude qu'Alexandre était le frère de Benjamin, et avec son secret dévoilé. Les vestiges du moulin de la Dérobade n'en apportaient aucune preuve, si ce n'était ce *A. D.* gravé dans la poutre.

Elle posa son livre, but son thé et ferma les yeux pour réfléchir. Très vite, elle éluda la question du départ. La pluie martelait les vitres. Des éclairs venaient illuminer la chambre par intermittence. Elles approchaient du but. Elle en était convaincue. Et si elle, Esmérance, avait effectivement raison ? Si la clef du mystère se tenait non dans le moulin mais dans le tableau de Blondine ? Pourquoi le grand-père l'avait-il emporté avec lui ?

Elle rouvrit les yeux et les leva en direction du portrait. Il était là, magnifique. La toile était placée sur l'étagère de la chambre, adossée au mur. Autant qu'elle s'en souvienne, elle avait toujours exercé sur elle une étrange fascination. La vision de l'œuvre la réconforta. Blondine la regardait avec ses yeux clairs et son tendre sourire. Blondine lui parlait-elle ?

Esmérance se mit à converser avec le modèle. « Le moulin, le banni… En sais-tu quelque chose, belle Blondine ? Es-tu mon aïeule ? Valentine possède la même expression mutine dans le visage.

Nous serions-nous trompées ? Alexandre est-il bien l'un de tes fils ? Qu'a-t-il fait, dans ce cas, pour être contraint à te fuir, toi si jolie, si douce ? Il a fallu que son acte soit très grave pour qu'il quitte une aussi tendre maman… »

Longtemps, elle fixa le portrait, comme envoûtée. Le temps passa sans qu'elle s'en aperçoive… Une heure s'écoula, puis une autre… Soudain, elle décida de se lancer dans un examen plus approfondi. Une petite voix intérieure lui susurrait qu'Alexandre cherchait à lui parler. Un fol espoir vibrait en elle. A présent, elle s'en souvenait, le grand-père lui avait confié : « Ce tableau sera pour toi, petite Esmérance, garde-le précieusement, *il renferme tout mon passé.* »

Quand lui avait-il dit cela ? Peu avant sa mort sans doute. Que signifiaient ces mots ? Elle n'y avait pas prêté attention. Recelaient-ils un sens caché ? Elle essaya de se remémorer les paroles, les gestes, les attitudes du grand-père. C'était difficile. Elle était si petite.

Esmérance déploya des efforts de mémoire surhumains. Puis elle s'obligea à se détendre, à baisser les paupières et à laisser sa pensée se diriger doucement, inexorablement, vers son enfance. La plupart de ses souvenirs étaient confus. Elle était trop jeune à l'époque, ou trop vieille aujourd'hui. Un engourdissement s'empara d'elle tandis qu'elle évoquait l'image tendre de son grand-père. Peu à peu, des visions de plus en plus précises commencèrent à défiler. Jamais elles ne lui étaient apparues si nettement.

Il la faisait sauter sur ses genoux. Elle lui agrippait le cou de ses petites mains et déposait un baiser collant de bonbons sur sa joue amaigrie par les ans. Elle passait ses doigts sur sa chevelure blanchie. Puis, ils marchaient tous deux dans le parc. Il lui parlait… De quoi l'entretenait-il au juste ? Des oiseaux, des colombes peut-être.

N'avait-il pas évoqué sa vie de jeune garçon ? Soudain, il lui sembla l'entendre : « Ma petite fille, il ne faut jamais tuer ces oiseaux, jamais. *Je faisais du tir à l'arc jadis*, mais la cible était un faux perroquet… »

Elle ouvrit les yeux, troublée, son cœur battait plus vite. Un étrange frisson parcourut son corps. Avait-il prononcé ces mots ? Pourquoi le tir à l'arc résonnait-il ainsi dans sa tête ? On le pratique ici, en Flandre, pas à Saint-Paul-en-Brionnais…

Elle repartit dans son passé avec l'impression d'approcher la vérité, de la toucher de près, de plus en plus près.

Il lui tenait fermement la main. Elle sentait la chaleur de son grand-père pénétrer son être. Elle le regardait avec une admiration et une tendresse sans bornes. Elle était sa préférée. Elle s'en souvenait à présent. Elle l'avait senti malgré son jeune âge.

Après s'être remémoré ces merveilleux souvenirs en compagnie d'Alexandre, Esmérance se rappela les paroles du notaire, sa réaction violente à la découverte de l'usurpation, du mensonge. La honte éprouvée, pour le grand-père, pour sa famille, pour elle…

Tandis que surgissait un autre pan de son histoire, elle ressentit un souffle léger, comme une présence, et, en elle, une émotion inattendue. Il se produisait quelque chose de singulier. Elle rouvrit brusquement les yeux, frémit, incapable du moindre mouvement. Entouré d'une auréole de lumière blanche, Alexandre était là, devant elle, tel qu'il était jadis, comme sous l'effet d'une hallucination. Un léger sourire flottait sur ses lèvres.

Elle tressauta de frayeur, eut l'impression que son corps entier se liquéfiait, et se ressaisit très vite. Elle tendit les bras vers lui mais ne put l'atteindre. Il avança à son tour sa longue main ridée, ouvrit la bouche. Mais à l'instant précis où sa voix allait s'élever, la vision disparut comme elle était venue.

Elle tourna la tête de droite et de gauche. La porte entrouverte la déconcerta. La femme de chambre l'avait refermée derrière elle. Esmérance en était persuadée. Elle murmura : « grand-père » et se tut, la gorge serrée, pétrifiée. Elle écouta le silence de sa chambre, interrompu par le tic-tac de l'horloge et le bruit assourdi de la tempête. Au-dehors le ciel était sombre. Les becs de gaz, allumés plus tôt qu'à l'accoutumée, envoyaient des lueurs opalines et nacrées, traversaient les ténèbres précoces et inhabituelles en ce début de soirée estivale.

Elle s'épongea le front avec son grand mouchoir brodé. Avait-elle perdu la raison, devenait-elle folle ? Subissait-elle un ébranlement du cerveau, était-elle le jouet de son imagination, des effets étincelants de l'orage, ou Alexandre lui était-il vraiment apparu dans le dessein de lui dire quelque chose d'important ? Ce rêve était si net.

Elle reprit ses esprits et se dirigea vers la commode. L'apparition avait aiguisé sa curiosité. Elle souleva la toile et la mit sur ses genoux pour mieux la contempler. Elle la connaissait parfaitement. Pourtant, elle était sûre qu'un détail lui échappait. Ce quelque chose qu'Alexandre désirait lui montrer.

Elle effleura le visage de Blondine, la longue main baguée, d'une beauté rare, si joliment posée sur l'archet, la colombe qui avait déclenché en elle cet amour des oiseaux. Elle s'absorba entièrement dans sa tâche. Elle était résolue à percer le mystère d'Alexandre.

Elle examina la toile avec soin, détaillant chaque parcelle. Elle l'avait enveloppée, soupesée, prise sous le bras, emportée à travers la France. Blondine, c'était un peu Alexandre qui l'accompagnait dans ce périple. Avait-elle suffisamment cherché ? Elle s'acharna, refusa de se laisser gagner par l'exaspération et la déception, et tenta de réfléchir autrement. Et si ce n'était pas Blondine mais le tableau lui-même qui recelait le secret ? Elle passa le doigt sur les bords de la toile et la retourna. Sur l'envers, elle était consolidée par plusieurs couches de papier. Rien, ne trouverait-elle rien ?

Dans sa précipitation, elle lâcha le portrait, qui tomba sur le tapis. « Pourvu que… » Blondine était intacte, mais à l'arrière le papier s'était déchiré. Elle poussa un soupir de mécontentement et tenta d'abord de le réparer. Sans colle, c'était impossible.

Soudain, ses doigts sentirent une boursouflure. Fébrilement, elle chercha un couteau dans la chambre. En vain. Elle dénicha enfin une paire de petits ciseaux dans la mallette en cuir de Valentine. Elle découpa lentement le papier en prenant garde à ne pas entamer la toile.

Entre plusieurs couches de papier, deux lettres étaient soigneusement camouflées. Elle chancela. La clef du mystère était cachée au dos du tableau. Et, pendant toutes ces années, Blondine leur avait souri sans jamais livrer son secret.

Un nom figurait sur l'une des lettres, ce nom était le sien : *« Esmérance »*.

Elle lui était destinée ! Avant même d'en découvrir la signature, elle comprit qu'il s'agissait d'Alexandre. Il lui semblait que l'âme de son grand-père planait sur elle tandis qu'elle se penchait pour déchiffrer son écriture. Il avait dissimulé ces lettres, en espérant qu'un jour elle les trouverait.

Un plaisir mêlé d'appréhension l'envahit en prononçant : *« Ma chère petite Esmérance »*. Elle referma les yeux. Elle l'imagina assis, sa longue main fine et blanche tenant la plume, penché sur ses feuillets. Il allait lui parler…

Alors, lentement, elle leva les paupières et, avec précaution, elle lut à voix haute :

Je suis un vieil homme. Lorsque tu liras ces lignes, si Dieu nous l'accorde, tu seras peut-être à ton tour une vénérable vieille dame. Pour moi, tu seras toujours ma petite Esmérance, ma petite-fille chérie. Je pars avec la conviction que tu découvriras ces lettres, toi et personne d'autre... Ce que je vais t'avouer, je ne l'ai encore jamais confié. Je n'ai pas eu le courage d'en parler à mon fils. Nous n'échangeons guère tous les deux. Je crois qu'il ne comprendrait pas. Je ne peux raconter les circonstances qui m'ont amené à agir comme je l'ai fait qu'à toi seule, ma petite Esmérance. Je suis certain que tu en feras bon usage. Tu es déjà une enfant pleine de vie et de clarté. Sais-tu que tu ressembles à ma sœur, Isabelle ? Peut-être sauras-tu pardonner à ton grand-père...

« Mon Dieu, pensa Esmérance, je suis en présence de sa confession. »

Ebranlée, elle tourna fébrilement la page.

Je joins la lettre-testament de mon frère Benjamin...

Esmérance poussa une exclamation de joie. Une intense excitation s'empara d'elle. Elle ne s'était pas sentie si légère depuis bien longtemps. Elle se leva, marcha de long en large, fit deux fois le tour de la pièce en embrassant la lettre, comme une petite fille.

« Benjamin ! s'écria-t-elle de plaisir. Benjamin est bien son frère ! »

Elle poussa un soupir de soulagement, regretta toutefois l'absence de Valentine, se jugea puérile et se força à s'asseoir sagement pour lire la suite :

Tu comprendras pourquoi je ne suis pas retourné vivre dans ma famille après les guerres napoléoniennes. Mais commençons par le début.

Je m'appelle en réalité Alexandre Degraeve. Je suis flamand, et non bourguignon. Toute l'histoire remonte en ces temps de Révolution...

Un frisson parcourut le corps d'Esmérance, une larme coula le long de sa joue tandis qu'elle se lançait, avec une crainte fiévreuse et passionnée, dans le récit du grand-père...

27

Lorsque Jan se fit annoncer à la réception de l'hôtel, Esmérance sortit immédiatement de sa chambre. Elle était encore bouleversée par les lettres des frères Degraeve, mais heureuse d'annoncer sa découverte. Elle faillit être renversée par un individu qui se pressait dans l'escalier. Elle recula, se retint de justesse à la rampe et réalisa enfin qu'il s'agissait d'Emile.

Elle se retourna, interdite, mais il avait déjà regagné sa chambre.

— Jan, vous avez vu Emile ?…

— Je l'ai raccompagné moi-même. Ma chère Esmérance, je peux vous affirmer qu'il aura quitté Cassel et la Flandre dans moins d'une heure ! déclara-t-il, la mine réjouie.

— Que lui avez-vous donc raconté ?

— Oh ! j'ai simplement usé de raisons convaincantes. Voyez-vous, cet homme a un gros défaut : c'est un lâche.

Esmérance émit un sourire complice. Jan, avec sa taille inhabituelle et sa force surhumaine, présentait certes quelques arguments de poids.

— Effectivement. Emile ne connaît pas le courage. Merci, Jan. Merci pour Valentine.

— Elle n'est pas avec vous ?

— Non…

Le visage d'Esmérance rosit de plaisir.

— Si vous saviez ce que j'ai trouvé ! C'est extraordinaire ! Je tiens la preuve qu'Alexandre est bien le frère de Benjamin, et je connais enfin leur histoire ! Venez vous asseoir dans le salon, je vais tout vous raconter, ou plutôt, non, allons rejoindre Valentine et Sylvain, j'ai hâte qu'ils entendent ça. Ils vont être si heureux !

— Mais Valentine n'est pas avec Sylvain, Esmérance.

— Elle n'est pas chez Edmonde, avec lui ? demanda-t-elle, surprise.

— Non, lorsque je l'ai laissée devant l'estaminet, elle désirait le retrouver, mais je viens de voir rentrer Sylvain. Il est seul.

— Sous cette tempête, où est-elle allée ?

— Elle s'est peut-être abritée dans Cassel…

— Je suis inquiète, Jan.

— Allons au *Violon d'or*.

La tempête s'était calmée. Un mantelet de brume recouvrait à présent les maisons et les êtres. Jan feignait la légèreté.

— La nuit est tombée tôt ce soir, elle a confondu les éclairs avec le rayon de lune.

Esmérance était trop tendue pour déguiser son inquiétude.

Le regard de Sylvain marquait sa fatigue. Un sentiment de malaise et d'appréhension l'oppressait depuis son retour. Lorsque Jan et Esmérance ouvrirent la porte de l'estaminet, il sut aussitôt qu'il était arrivé quelque chose à Valentine. Il avait essayé de fermer son cœur, de refouler son désir, mais Valentine l'habitait tout entier.

Edmonde proposa d'avertir le garde champêtre.

— Maman, j'ai mon idée, dit le jeune homme. Si je ne suis pas rentré avec elle dans une heure, préviens-le.

— Quelle idée ? demanda Jan.

— Cathelyne. Elle sait peut-être quelque chose.

Sylvain partit avec Jan. La grand-mère insista pour les suivre, en dépit du mauvais temps.

A l'intérieur de l'estaminet, la conversation se poursuivait au sujet de la disparition de Valentine.

— Je crains pour la demoiselle. Les meurtres de Violaines, c'était aussi un jour de tempête, dit un habitué.

— Pas de superstition, s'il te plaît, Albert. La bande Pollet est sous les verrous.

— Que tu crois, Edmonde ! On dit qu'ils étaient plus de vingt-cinq. Certains sont encore en liberté, prêts à venger leur chef.

— S'ils tardent, j'appelle les gendarmes.

Une pluie fine persistait, voilant le paysage. L'humidité imprégnait les murs et les vêtements. Le ciel était couleur d'encre, et le sol était boueux.

Cathelyne se trouvait chez elle, à la ferme familiale. Elle leur présenta un visage hostile.

— Où est Valentine ? demanda Sylvain de façon abrupte.

— Doucement ! Pourquoi je le saurais, moi ? Si ta colombe s'est envolée, tant pis pour toi, que veux-tu que j'y fasse ?

— Excuse-moi, Cathelyne, mais je suis sûr que tu sais quelque chose.

Un sourire moqueur se dessina sur les lèvres de la jeune fille.

— C'est possible, mais je ne vois pas pourquoi je te le dirais.

— S'il vous plaît, mademoiselle, insista Esmérance.

Cathelyne lui jeta un regard agressif. Elle ne lui répondit pas mais se tourna vers Sylvain et déchargea toute la haine qui s'était accumulée en elle. Sa voix était dure. Une étincelle de rage scintillait dans ses prunelles.

— Tu ne la retrouveras jamais !

Sur ces mots, elle tenta de repousser la porte, mais Jan, qui n'avait rien perdu du dialogue, retint celle-ci avec son pied. Il parvint facilement à maîtriser la jeune Flamande et la tira au-dehors.

— Laissez-moi ! dit-elle en se débattant.

— Cathelyne, tu en as trop dit, reprit Sylvain, tu vas parler maintenant !

Son ton glacial et autoritaire la rendit muette de stupeur. Elle le dévisagea longuement. Jan, Esmérance et Sylvain l'entouraient, attendant qu'elle avoue ce qu'elle savait.

— Je t'en prie, Cathelyne, je crois Valentine en danger. Tu n'es pas fille à faire le mal et à proférer des menaces. Tu agis sous l'effet de la colère… Je t'en prie ! répéta-t-il, les yeux plongés dans les siens.

Elle les regarda tous les trois, tour à tour. Elle semblait à bout de forces. Elle capitula enfin.

— Elle doit être avec Gabrielle.

— Chez elle ? demanda la grand-mère.

Cathelyne répondit par un simple signe de dénégation.

— Où ? insista Jan.

— Je l'ignore. Ça, je vous le jure !

— Merci, Cathelyne, dit Sylvain en lui octroyant un sourire. Je suis désolé pour tout…

Il fit un pas, se retourna vers elle.

— S'il te plaît, arrêtons de nous faire la guerre.

Elle le fixa sans un mot. Quelque chose mourait entre eux. Elle en faisait déjà son deuil.

— Sylvain ! appela-t-elle, tandis qu'il s'éloignait.

— Oui, Cathelyne ?

— Ton frère Pierrot est passé me voir…

— Pierrot ?

— Il a proposé de m'emmener au bal…

Sylvain hocha la tête d'un air entendu.

— Eh bien ! Il n'a pas perdu de temps, celui-là !

— Si nous deux, c'est fini…

— Vas-y, Cathelyne, il est meilleur archer que moi… Et c'est un vrai gars de village, lui.

Il songea un instant qu'elle se consolait bien

vite, refoula son amour-propre et rejoignit les autres sous le porche de la ferme.

— Où peuvent-elles être ?

Esmérance se mordait les lèvres, rongée par l'inquiétude.

— Ecoutez, il me semble que…

Les sourcils froncés, Sylvain faisait un effort pour se souvenir.

— Il me semble… Oui… les silhouettes que j'ai aperçues se dirigeant vers le petit chemin escarpé…

Il s'arrêta un instant.

— Je mettrais ma main au feu qu'il s'agissait de Valentine et de Gabrielle…

— Où conduit ce chemin ? demanda Esmérance.

Jan lui prit affectueusement le bras.

— En pleine campagne.

— C'est vaste.

— Oui, reprit Sylvain. Venez avec moi !

— Mais où ?

— Au vieux moulin !…

Gabrielle n'avait plus qu'un salut : l'étang, la mort. Elle priait pour un sommeil profond, définitif. Glacée, elle allait droit devant elle, vers l'eau purificatrice, l'eau qui la délivrerait de son cauchemar, de son secret. Les ombres lui semblaient autant de spectres tapis dans l'obscurité pour la happer vers les bas-fonds au moment propice.

La pluie cessa. Le ciel était encore couvert, mais la lueur diffuse de l'astre lunaire pointait entre les nuages. Le silence du crépuscule régnait sur la campagne, uniquement rompu par le coassement de quelques grenouilles.

Pour aller plus vite, ils coupèrent à travers les prairies. C'est ainsi que Sylvain et ses compagnons découvrirent Gabrielle, errant sur la route, trébuchant à chaque pas. Le regard empreint de démence, elle gémissait comme une toute petite fille et laissait entendre quelques paroles incohérentes. Avant que le jeune homme reconnaisse la maigre silhouette rôdant comme une somnambule qui s'avançait vers eux, il vit briller, dans l'éclat de lune, la bague au doigt de Gabrielle.

La jeune bonne réalisa qu'ils étaient trois, devant elle. Les reconnut-elle ? Rien de moins sûr en cet instant.

— Gabrielle… Où est Valentine ? demanda Sylvain.

Elle leva alors ses yeux embrumés et balbutia :

— Au moulin…

Soudain les larmes jaillirent, en un sanglot violent et convulsif trop longtemps maîtrisé. Ses jambes fléchirent sous elle, elle lâcha dans un souffle :

— Elle est morte… Je l'ai tuée…

L'horreur et la défiance prirent place instantanément dans le groupe. Un cri sauvage, presque inhumain, sortit de la gorge d'Esmérance. Elle s'affaissa dans les bras de Jan.

Livide, Sylvain secoua la jeune bonne par les épaules.

— Non ! c'est impossible !

Il se précipita vers le moulin et gravit quatre à quatre les marches de l'escalier de bois.

Valentine avait recouvré ses esprits. Elle se relevait lentement. Des pulsations martelaient sa tempe endolorie. Sylvain s'inclina. Un irrésistible sourire l'accueillit. Une joie enfantine se peignit sur le visage de Valentine, comme nimbé de lumière. Il lui ouvrit les bras et la reçut contre lui. Le bonheur brillait dans les yeux de Sylvain. La peur l'avait quitté. Elle se blottit contre lui. Il murmura tout bas, au creux de son oreille :

— Je t'aime.

Tandis que Jan soutenait Gabrielle, éteinte, entre ses bras, Esmérance embrassait et grondait sa Valentine.

— Bon Dieu, ne me fais plus peur comme cela, sinon je ne tiendrai plus longtemps, moi !

— Le secret d'Alexandre Degraeve est dévoilé, Valentine, lui annonça Sylvain.

— Comment ?

— Deux lettres que j'ai découvertes au dos du tableau, dit Esmérance. Il a tué sa sœur accidentellement et il a dû fuir son pays natal.

Valentine s'approcha de la cousine avec douceur.

— Gabrielle devait connaître ce secret. Regardez, elle a la bague de Blondine.

La jeune bonne leva vers elle des yeux égarés.

— Tu n'as tué personne. Mais pourquoi cette haine à mon égard, peux-tu me le dire ?

— Veux-tu répondre ? reprit Esmérance, plus autoritaire.

Gabrielle sortit enfin de sa torpeur.

— Je devais garder le secret pour moi, il a provoqué trop de malheurs !

— Lesquels ?

— Il est temps de dissiper les pressentiments et les terreurs. Parle-nous, Gabrielle, insista Sylvain.

Les lèvres frémissantes de la jeune femme s'ouvrirent sur un flux de souffrance accumulée.

— Un jour… Il y a longtemps… Ma mère me transmit cette superbe bague et me raconta la tragédie des Degraeve durant la Révolution. Elle me fit promettre le secret. Elle mourut le lendemain…

La voix d'Esmérance se fit apaisante :

— La mort de votre maman n'a certainement rien à voir avec ce drame…

— La malédiction… murmura Gabrielle.

Elle avala sa salive, reprit plus haut :

— Elle mourut le lendemain après m'avoir confié le grand malheur arrivé lors de son enfance. Ma grand-mère avait hérité du moulin de la Dérobade, de son histoire, ainsi que du bijou offert par un prince lors des fiançailles de Blondine et de Jacques. Elle en parla à sa fille, encore petite, en lui donnant à son tour la bague. Le soir même…

Elle s'arrêta, expulsa un sanglot, émit un profond soupir.

— …Le soir même, le vent de sud-est tombait. Mon grand-père était occupé dans la manœuvre délicate consistant à serrer le frein. Ma grand-mère voulut l'aider en retirant la voilure. Et ce fut la catastrophe. Brusquement, le vent tourna au sud-ouest, s'amplifia et prit les ailes par l'arrière. Cela desserra le frein. Elles se mirent à tourner follement à l'envers. Ma grand-mère mourut décapitée par une aile du moulin, sous les yeux de sa fille. C'était en 1866, il y a juste quarante ans. Elle avait vingt-cinq ans, comme moi. C'était un soir de tempête, comme aujourd'hui.

— Mon Dieu ! murmura Esmérance.

En cet instant, les lèvres de Gabrielle tremblèrent. Elle semblait de nouveau en lutte contre des forces intérieures. Ses yeux croisèrent ceux de la jeune Bourguignonne.

— Prends cette bague, Valentine. Elle t'appartient autant qu'à moi.

— Je ne peux accepter, Gabrielle.

— Si !... C'est Blondine qui te la donne.

Valentine et Esmérance échangèrent un bref regard inquiet. Que voulait dire Gabrielle ? Délirait-elle encore ?

— Et... la malédiction ? se surprit à demander Esmérance.

— Il n'y a plus de secret. La malédiction s'arrêtera avec moi... Prends-la ! supplia-t-elle.

— Eh bien... Merci, Gabrielle.

Valentine s'approcha d'elle, l'embrassa avec douceur. Un tremblement s'empara du corps de la jeune Flamande.

— Garde-la précieusement, veux-tu ? En souvenir de Blondine, et... de moi.

— Je te le promets.

Une larme coula le long des joues de Gabrielle,

et avant qu'aucun des membres présents n'ait eu le temps de réagir, tandis que Valentine avançait une main vers elle en signe d'amitié, elle se précipita vers la haute échelle du vieux moulin.

— Où vas-tu, Gabrielle ? Reviens !

Quelques secondes s'écoulèrent. Chacun se regardait, indécis sur la conduite à tenir.

— Regardez ! Les ailes tournent !

— Elle a desserré le frein...

— Non, les ailes s'arrêtent déjà !

— Trop brutalement... Elle va provoquer un accident.

« Elle avait vingt-cinq ans, comme moi. C'était un soir de tempête, comme aujourd'hui... »

— Mon Dieu ! hurla Valentine. Elle va se tuer !

Ils se précipitèrent aussitôt en haut des marches. Gabrielle avait tiré le loquet de la porte. Jan donna un violent coup d'épaule. La porte s'ouvrit avec fracas. L'étage inférieur était vide. Il grimpa par l'escalier intérieur, suivi de près par Sylvain.

C'était trop tard. La tête coincée contre le tambour d'enroulement, le visage grimaçant, Gabrielle s'était pendue à la corde de commande du frein.

28

Comme Isabelle Degraeve, jadis, il fut impossible de ramener Gabrielle à la vie. On l'enterra rapidement, pour éviter que ses funérailles ne coïncident avec la fête du 14 Juillet. Pendant les quarante-huit heures qui suivirent, il ne fut plus question que de la malheureuse victime, prisonnière d'un trop lourd secret. Son caractère taciturne l'avait tenue à l'écart des amitiés. Orpheline, il lui restait peu de famille. Les Degraeve, accompagnés de Valentine et d'Esmérance, la suivirent à sa dernière demeure. Ses employeurs semblaient aussi sincèrement émus qu'embarrassés de perdre leur efficace petite bonne.

Au retour du cimetière, ils se réunirent au *Violon d'or*. Les portes de l'estaminet étaient fermées en signe de deuil. La famille, elle, s'y éternisait, comme sur une planche de salut. Tous se reprochaient leur aveuglement, et aucun ne désirait quitter l'îlot douillet du *Violon d'or*. Ils s'étaient rapprochés les uns des autres, ils parlaient peu et se comprenaient d'un léger mouvement de cils.

— Si elle avait vécu, il aurait probablement fallu l'enfermer dans un asile, dit Edmonde.

— Au moins aura-t-elle échappé à l'incarcération, murmura Jan.

« Oh non ! songea Esmérance. Je serais intervenue auprès des gendarmes et du médecin. Elle n'aurait pas connu cet enfer. Nous l'aurions aidée, et un jour, peut-être, l'épine qu'elle portait au cœur se serait extraite d'elle-même. »

Edmonde l'entendit-elle ? Elle répondit à ses pensées secrètes :

— Esmérance, il ne sert à rien de vous faire du mal. Nous ne la ferons pas revenir.

La culpabilité labourait aussi la poitrine de Valentine.

— Nous n'avons apporté que le malheur.

— Non, Valentine !

Edmonde était catégorique :

— Il ne faut pas te sentir responsable. En t'emmenant vers le moulin, son état s'était déjà aggravé. Sa raison s'était obscurcie, et elle agissait sous l'emprise de la folie.

— Nous savons tout maintenant, conclut Valentine, mais à quel prix !

— Non, vous ne savez pas tout !

La voix d'Esmérance s'élevait, claire, vibrante, bravant l'atmosphère confinée :

— Il y a dans ces deux lettres découvertes au

dos du tableau de Blondine, dit-elle en les sortant de son sac, toute la vie résumée des deux frères, et leur repentir.

— Leur repentir ? s'étonna Sylvain. Benjamin aurait-il eu des torts, lui aussi ?

— Je vais en venir à Benjamin, mais apprenez d'abord qu'Alexandre a toujours éprouvé le désir de revenir dans le Nord. Après les effroyables guerres napoléoniennes, il s'y rendit effectivement. Il revit son frère, apprit de la bouche de celui-ci qu'on le croyait mort en brave pour la patrie. Alors, sans se montrer, il s'est approché de sa mère. Blondine était méconnaissable, vieillie, endeuillée, et ce depuis la mort d'Isabelle. Benjamin ordonna à son frère de disparaître de façon définitive. Et Benjamin avait raison. C'est du moins ce que pensa Alexandre en cet instant. Revenir serait rappeler quotidiennement à sa mère le meurtre qu'il avait commis. Il ne méritait plus de vivre à leurs côtés. Son acte était irréparable, contrairement à ce qu'il avait espéré en cumulant les actes héroïques aux côtés de Napoléon.

« Aussi tourna-t-il le dos à son moulin et à ses souvenirs d'enfance. Son passé s'effondrait. Il avait tout perdu. Il descendit vers le sud, sans savoir où il dirigeait ses pas. Mais peu à peu se forgea dans sa tête l'idée de rendre visite aux parents de Nicolas de La Grève, le jeune noble avec lequel il s'était lié d'amitié à la guerre. Il leur annoncerait que Nicolas était mort en héros. Peut-être servirait-il à amoindrir leur peine. Il devait cela à son ami.

« Chemin faisant, une autre idée jaillit en son esprit. Fut-elle dictée par Dieu ou le diable ? Les aristocrates l'accueilleraient sans doute avec l'indulgence que l'on réserve à un inférieur qui vient vous apporter une bonne nouvelle. Il n'avait rien de noble, si ce n'était la signification française de Degraeve : "le comte". Ensuite, il serait de nouveau à la rue, sans ami ni famille. Il décida alors de falsifier son nom. Nicolas et lui plaisantaient souvent à cause de la proximité de leurs patronymes. Leurs camarades de régiment les appelaient "les cousins". Il serait ce fameux cousin. Il se procura une canne pour se donner une belle prestance. Il l'avait vu faire par des nobles. Il avait une telle soif de ne plus être rejeté, d'être enfin accepté quelque part. Accepté et aimé. Cela valait tous les subterfuges.

« C'est ainsi qu'apparut à ses yeux, par un beau jour de printemps 1813, le château de La Grève – notre demeure, Valentine. Il fut très impressionné par l'allure de la propriété, inondée de lumière. Le soleil était ardent, l'air transparent, et la végétation luxuriante. Les tourments qui l'avaient accompagné tout au long de son voyage semblaient plier sous la promesse vibrante d'un nouveau bonheur.

« Au dernier moment, il fut saisi de crainte. Emu, il hésita avant de frapper à la porte du château. Il réprima l'envie de courber la tête devant le domestique qui vint lui ouvrir. Mais, faisant fi de son aspect quelque peu poussiéreux, cet homme le salua avec une certaine cordialité et le dirigea aussitôt vers ses maîtres.

« N'ayant plus rien à perdre et tout à gagner, il se présenta comme étant Alexandre de La Grève, fils de cousins éloignés. Les anciens titres étant prohibés, leur expliqua-t-il, l'armée le baptisa "Degrève", et leur fils Nicolas, "Lagrève". Ceci afin de les distinguer. Napoléon lui redonna un titre, le fit baron et lui offrit la Légion d'honneur. Cette dernière affirmation était exacte.

« Le marquis de La Grève et sa femme eurent-ils quelques doutes quant à la véracité de son récit et de sa parenté ? Ils ne côtoyaient pas ces cousins. Eux-mêmes étaient sans descendance. En l'adoptant comme un fils, ils ne sortaient pas de la noblesse et leur lignée allait se perpétuer avec les enfants d'Alexandre. Ils lui firent confiance immédiatement. Alexandre en fut le premier surpris. Ils l'installèrent dans la grande chambre de Nicolas, au premier étage. Ta chambre, Valentine. C'est ainsi qu'il devint leur héritier.

« Il n'était pas allé les rencontrer dans le dessein d'usurper leurs biens. La Révolution leur avait pris leur fils et des terres. Ils avaient assez connu de revers. Alexandre leur redonna l'espoir. Lui retrouva une raison de vivre. Il devint gentilhomme fermier, aida la famille, qui menait une vie très simple, à récupérer ses terres.

« Il s'intéressa aux affaires, ajusta leur train de vie aux revenus. Alexandre ignora jusqu'à sa mort qu'il ne pouvait "être" le fils de ces cousins. Je ne l'ai appris moi-même que par l'intervention d'un jeune notaire très curieux. Le marquis de La Grève fut-il réellement la dupe du jeune Flamand ? Nous ne le saurons jamais.

Esmérance fit une courte pause dans son récit. Tous étaient suspendus à ses lèvres. Elle reprit :

— Voici ce qu'écrit mon grand-père à la fin de ses aveux :

Ma petite Esmérance, je joins une lettre de mon frère Benjamin. Je lui pardonne et je l'aime. Tu vas comprendre à la lecture. Nous fûmes deux imbéciles. Deux êtres qui ne quémandaient qu'une seule et même chose : l'amour de leur mère.

Esmérance essuya la larme qui perlait au coin de ses paupières.

— Pardonnez-moi…

— Voulez-vous que je la lise, madame Esmérance ? lui proposa Sylvain.

— Volontiers. D'autant que tu es le descendant direct de Benjamin.

Le jeune homme déplia la lettre, lança un regard affectueux à Valentine et commença :

Alexandre, mon frère,

Je suis plus jeune que toi, mais je suis très malade depuis un an. Aujourd'hui, je suis alité en permanence. Je vais mourir bientôt, je le sens. Ma vie aura été douce auprès de mes fils et de ma tendre épouse, Marianne. Je transmets nos moulins à mes enfants. J'ai trois fils et trois moulins, chacun aura le sien. C'était le vœu de notre père, t'en souviens-tu ? Je réalise son souhait...

Je meurs heureux, me diras-tu. Sans doute, si ce n'était ce poids que je traîne depuis si longtemps. Je ne cherche plus à l'ôter, comme je l'ai fait jadis. Il m'emprisonne, m'empoisonne et m'emporte.

Mais je te dois au moins la vérité. Je ne veux pas mourir sans te demander pardon. Je t'ai maudit, je t'ai enlevé toute possibilité de réintégrer la famille, et voilà que j'implore encore ton absolution. Je n'ai pas la prétention que tu répondes à cette lettre, mais je te bénis de m'avoir envoyé ton adresse après ton installation en Bourgogne. Je n'ai qu'un espoir, c'est que tu vives encore et que tu puisses lire cette confession. Tu sauras que je n'ai cessé de t'aimer, même si, après le décès d'Isabelle, un sentiment détestable a voilé mon amour. Maman changea dès ce jour de deuil, et la haine grandit en moi.

Jusqu'alors, j'étais son petit Pioche, je crois qu'elle me chérissait tendrement, et j'en profitais largement par mes caprices. Mais à partir de ce drame, le bonheur que nous vivions – j'en oubliai la mort de notre frère aîné, Antoine –, ce bonheur s'échappa et ne revint jamais à la maison. Tu avais tué Isabelle et détruit la joie de vivre qui vibrait en Blondine. J'eus alors la sensation qu'elle se désintéressait de moi, comme elle s'était un peu détachée de toi après la mort d'Antoine. C'était vrai, n'est-ce pas ? Cela, je l'ai compris tardivement, lorsque j'eus des enfants à mon tour.

Dès lors, le petit Pioche, l'enfant de la Révolution qui se complaisait à ne pas croire en Dieu, priait tous les soirs pour que tu ne reviennes plus et que tu ne récupères pas ton moulin. J'étais jaloux de tes combats aux côtés de Napoléon.

Au fond de moi, j'aurais aimé être un héros comme Antoine, comme toi. Mais j'avais peur de la guerre. Je suis lâche, sans doute. Je tenais à nos terres. Non, il n'était pas question que tu puisses reprendre ta place au sein de la famille parce que tu étais un héros. Je craignais aussi que tu exiges ta part d'héritage. C'était trop.

Et tu es revenu. Ce souvenir m'est pénible. Il doit l'être pour toi. Je t'ai reconnu immédiatement. « Qu'il aille au diable ! » pensai-je en te découvrant près du moulin. Alors, je t'ai menti.

En vérité, je n'ai jamais dit aux parents que tu étais mort en héros. Ils m'auraient réclamé un acte, une lettre, et maman lisait bien le français. J'ai insinué dans leur esprit que tu leur avais tourné le dos sciemment et que tu ne reviendrais jamais. Mais, jusqu'à leur mort, nos parents ont prié pour que tu reviennes. Le moulin de la Dérobade, c'est moi qui en ai lancé la rumeur. Le reniement de père, je l'ai inventé aussi. Il désirait ton retour plus que tout et je t'en voulais d'autant plus que je me sentais lié par le secret promis à maman, celui de ne rien avouer sur la mort d'Isabelle.

Peut-être père s'en est-il douté. Mais s'il

s'emporta d'abord violemment contre toi, au fil des années sa colère s'amoindrit. Il parlait souvent de toi, trop souvent. Il se demandait sans cesse où tu étais, maman aussi. Ils ne t'ont jamais cru mort.

Oui, lorsque tu es revenu, ce matin de 1813, j'étais épouvanté. Je retrouvais un homme de trente ans, très beau, fort, botté et médaillé. Tu aurais été sans nul doute le nouveau héros de la famille. Tu aurais récupéré ton moulin et peut-être celui du grand-père, le tordoir. Je ne voulais rien de tout cela. J'ai senti une colère déferler en moi. Je t'ai menti de façon ignoble.

Lorsque tu es reparti, dix fois j'ai failli te rappeler. J'étais pris d'une envie folle de te sauter au cou, comme je le faisais enfant, et de t'emmener voir nos parents. Dix fois, une petite voix intérieure me dit de combattre mes mauvaises idées, dix fois je l'écrasai de mon mépris. Irrité, je te tournai définitivement le dos au lieu de m'élancer vers toi. Ce jour-là, un sentiment de honte s'attacha à moi et je signai ma descente aux enfers.

L'ironie du sort fut la mort de notre père. Il appela son fils à son chevet. J'y allai, mais c'était toi qu'il désirait, ce fut ton prénom qu'il murmura en mourant. Quant à notre mère, elle avait bien changé ; malgré tout, elle décida de rester vaillante jusqu'au bout. Elle me répétait sans cesse qu'elle devait lutter pour vivre et attendre ton retour pour implorer ton pardon. Elle se reprochait sa négligence à ton égard. Et moi, je me taisais…

Puisses-tu vivre encore et me pardonner, mon grand frère. Mes dernières pensées iront vers toi.

Adieu.

— Merci, Sylvain. A présent, vous savez tout, conclut la grand-mère. Les deux frères ont menti. Tous deux ont eu des torts. Tous deux s'aimaient pourtant. Espérons qu'ils se soient retrouvés au ciel. Sans le sourire de Blondine sur un tableau, nous ne serions pas allés à leur rencontre.

Elle se tut, replia les deux lettres avec soin et les remit dans son sac. Valentine devinait ses douloureuses pensées : « Me serais-je comportée comme je l'ai fait si je n'avais été aussi bouleversée par la trahison de mon grand-père Alexandre ? songeait Esmérance dans un silence religieux. Pour moi, il n'était qu'un usurpateur, un voleur de biens, un voleur d'âme, car il m'avait ôté tout ce en quoi je croyais. Si j'avais découvert ces lettres plus tôt, le chantage dont je fus l'objet n'aurait pas existé. Peut-être aurais-je été plus forte vis-à-vis de mon époux. On ne le saura jamais, et les regrets sont superflus. »

Esmérance exhala un profond soupir, et leur offrit un touchant sourire.

— Ce que je sais aujourd'hui, ajouta-t-elle à voix haute, c'est que de Benjamin et d'Alexandre, deux branches se séparèrent : celle de Sylvain et de Gabrielle d'une part. Cette dernière hérita de la bague et d'un lourd secret à garder, trop lourd pour elle, la malheureuse. Et puis l'autre branche : la nôtre, Valentine. Nous, nous avons hérité du portrait de Blondine et de paroles restées enfouies. Mais ce que je sais surtout aujourd'hui, c'est que désormais nous avons retrouvé notre famille, et en cela nous devons louer les deux frères.

29

Clairons et canon retentirent jusque dans la campagne luxuriante où les blés jaunes ondulaient joyeusement en attendant la moisson. Une agitation, un flot coloré et fantasque s'emparaient de Cassel. Des éclats de rire, le son des fanfares, un air de fête régnaient sur le mont. Les fenêtres des maisons arboraient le drapeau tricolore de la République. Concert, jeux et tir à l'arc allaient se succéder jusqu'à la retraite aux flambeaux et le bal clôturant les réjouissances du 14 juillet 1906.

Les estaminets ne désemplissaient pas. Ouvriers, paysans, marchands de bestiaux, brasseurs, facteur, gros buveurs ou joueurs, tous avaient revêtu leurs habits du dimanche et gommé leurs différences. On y colportait les dernières nouvelles du pays, comme la réhabilitation de Dreyfus, promu chevalier de la Légion d'honneur, et les événements qui avaient secoué la région. La mort de Gabrielle revenait fréquemment sur les lèvres. Il était aussi question de « la bande Pollet ». Le 10 juillet, plus de cinq cents curieux étaient accourus pour assister, à la frontière, à une confrontation assez épique entre les éléments français de la bande d'Hazebrouck et les détenus belges.

— Les dénonciations se mettent à pleuvoir ! leur apprit le garde champêtre.

— On devrait tous les pendre au mont des Récollets, et leurs cadavres serviraient de pâture aux vautours.

— On n'est plus au Moyen Age… D'ailleurs, il est question de la supprimer, la peine de mort.

— Tu vas voir, Jérôme, la veuve [1] va reprendre du service !

— Oh ? L'échafaud n'a pas servi depuis une dizaine d'années.

— Tu vas voir, je te dis [2] !

Un long cortège s'apprêtait à défiler dans les rues : guilde des archers, associations musicales et colombophiles, groupes à pied, à cheval… Le char le plus spectaculaire était celui du moulin, construit par Jan. De grande taille, il allait sillonner les rues aux côtés de Reuze Papa, sorti pour la circonstance.

Le charpentier avait décidé de récupérer les

1. La guillotine.

2. Pollet et trois de sa bande furent effectivement guillotinés le 11 janvier 1909 à Béthune. On avait apporté la guillotine de Paris, et une multitude de curieux s'étaient déplacés, dans une ambiance de fête.

meules, le rouet, et la lanterne du moulin de la Dérobade, en excellent état, pour remplacer ceux du vieux moulin de la plaine.

Ce dernier ne demandait qu'à revivre. Jan allait refaire à neuf son piédestal. Il fallait conjurer le sort. Sylvain et le charpentier refusaient qu'on lui prête un surnom évoquant la mort de Gabrielle. Le voile concernant le moulin de la Dérobade s'était déchiré. Il fallait arrêter cette chaîne infernale.

D'ici un an, on baptiserait le moulin restauré. On danserait autour de lui comme il était de coutume, peut-être y remarquerait-on l'ombre de Gabrielle, mais on n'en parlerait pas, et les ailes tourneraient à nouveau dans le ciel tumultueux des Flandres.

Au *Violon d'or*, à l'écart du centre-ville, le silence de l'assemblée accompagnait la musique. Une salle comble écoutait avec respect Valentine qui exécutait diverses mélodies à la viole. Les sons vibraient en de subtiles et profondes harmoniques. L'auditoire était sous le charme. Après un menuet et une gavotte primesautière, elle acheva son récital par une sonate de Schumann aux accents graves et chatoyants. Elle n'avait jamais joué, lui semblait-il, avec autant d'ardeur et de passion. Elle jouait pour Sylvain.

Et pourtant, cette sonate marquait la fin d'une histoire. Valentine partait avec sa grand-mère. Le Brionnais les attendait. Ses parents aussi. Certes, elles avaient promis à leurs amis de revenir dans un an, pour l'inauguration et la fête du moulin.

Mais un an, c'est si long et si mystérieux ; il peut s'en passer, des choses... Une longue nuit venait de s'écouler à évoquer le moment crucial de leur séparation.

Esmérance se tenait près de la porte d'entrée, en compagnie de Jan. Elle était distraite, aux aguets. Valentine le remarqua. « Elle exagère, songea la jeune fille. Est-elle si pressée de repartir ? Non, grand-mère, nous n'allons pas rater le train. Bientôt, ce sera l'adieu... »

Son cœur se serra. La promesse de se revoir serait difficile à tenir. Sylvain irait à Lille pour ses études. Où serait-elle ? Ses parents n'allaient-ils pas lui trouver un autre Emile ? Demeurerait-elle toute sa vie dans leur château ? Elle allait y dépérir. Non, c'était impossible ! Après ce voyage et la rencontre de Sylvain, elle ne concevait plus la vie sans le jeune Flamand. Mais ses parents ne le connaissaient pas. Les Degraeve resteraient sans doute à jamais des étrangers pour les Montfleury.

Valentine se sentit moite et brûlante. Sa main se crispa sur l'archet. Les visages des spectateurs lui apparurent comme au travers d'un brouillard. Elle plongea ses yeux dans ceux de Sylvain, y capta la force de poursuivre.

Le visage inondé de larmes, Valentine reçut un tonnerre d'applaudissements. Jamais elle n'avait si bien joué. Sylvain se précipita vers elle, la serra contre lui et l'embrassa avec effusion. Toute l'attention de l'assemblée convergeait vers ce couple si bien assorti. De nouveaux applaudissements accueillirent ce baiser. Et le silence y succéda, car chacun savait que le moment était venu de se dire adieu. Valentine ne réussissait pas à s'arracher aux bras de Sylvain.

Lui non plus ne pouvait se résoudre à la lâcher. Déjà, Edmonde, en pleurant, s'apprêtait à venir l'étreindre.

Soudain, la porte s'ouvrit en grand. Esmérance s'écria :

— Enfin !

Intimidés par le monde rassemblé autour de Valentine, Hector et Hubertine de Montfleury s'avançaient lentement vers leur fille, médusée.

— Papa, maman, s'exclama-t-elle. Mais c'est impossible !...

La voix de son père s'éleva dans un silence révérencieux, que seule trahissait la musique assourdie de la fête.

— Tout est possible, ma fille, avec une grand-mère de cette espèce, dit-il en adressant un sourire à Esmérance.

— C'est toi ?... demanda Valentine, stupéfaite.

— J'ai eu une très longue conversation téléphonique avec ton père, ma chérie, avoua-t-elle avec un air malicieux. Nous nous sommes réconciliés.

— Depuis votre départ, nos habitudes furent quelque peu malmenées, aussi avions-nous besoin de prendre des vacances, à notre tour, ajouta Hector.

— Vous restez ? demanda Valentine, incrédule.

— Oui, répondit Hubertine. Ma vie était monotone. Je viens de découvrir que les voyages m'empêchaient de m'appesantir sur mes petits problèmes.

Valentine pensa que le visage de sa mère embellissait.

— Puisque vous êtes tous là…

Esmérance commença sur un ton solennel et s'interrompit aussitôt. Elle cherchait ses mots.

— Voilà… Quelque chose d'extrêmement… quelque chose que je n'attendais plus depuis des années… Enfin, Jan et moi, nous nous aimons. C'est étrange, sans doute, tout à fait inconvenant… Oh ! et puis zut, on a passé l'âge d'avoir honte, alors voilà.

Elle acheva, plus mutine que jamais, ses petits yeux noisette plongés dans ceux de Jan, les joues rosies par l'émotion :

— Vous êtes tous invités à nos noces !

La grande main de Jan enveloppa la sienne.

Un nouveau silence se répandit dans la salle. Le souffle retenu, Valentine scruta l'attitude de ses parents. Ils paraissaient abasourdis et ne détachaient pas leur regard du couple singulier formé par la fluette vieille dame et son impressionnant compagnon.

Les Flamands attendaient le verdict des Bourguignons. Ces étranges fiancés touchèrent sans doute le cœur d'Hector. Ses traits se détendirent, un sourire béat se forma sur ses lèvres.

Aussitôt, Edmonde partit d'un retentissant éclat de rire, repris par Hubertine, et qui se répercuta sur toute l'assemblée. Ils applaudirent à nouveau. Cette fois, les Montfleury se joignirent aux autres.

« Est-ce notre absence qui les a changés ? » pensa Valentine, réjouie mais encore dubitative quant à la métamorphose de ses parents.

En cet instant précis, les yeux d'Esmérance croisèrent ceux de sa petite-fille. Ils s'éclairèrent d'un sourire complice et taquin. Elle s'approcha de Valentine et murmura :

— Ton frère arrive demain.

Hector observait l'homme de très haute stature qui se tenait près d'Esmérance. Visiblement impressionné, il hésita, se décida et lui tendit chaleureusement la main.

— Je n'ai pas toujours été d'accord avec Esmérance, loin s'en faut, mais cette fois, j'approuve son choix !

Puis il se dirigea vers sa fille, l'entoura de ses bras.

— Heureux de te revoir, ma chérie… Tu as le bonjour de Louis, mon secrétaire. Il nous a préparé notre itinéraire. C'est un jeune homme vraiment bien.

Valentine fronça les sourcils de façon imperceptible, mais son père comprit son inquiétude et dit, amusé :

— Ne crains rien, je ne désire pas que tu l'épouses… Même s'il semble te porter un grand intérêt.

— Pauvre Louis…

— Cela te rassure-t-il si je t'apprends qu'il a rencontré une jeune fille du village ?

— Oh oui, papa !

— Bien, alors à présent, ta mère et moi avons très envie de faire la connaissance des Degraeve, c'est la famille tout de même ! Je vous paie le champagne ! lança-t-il à la ronde, d'une voix enjouée.

— Non, papa, ici, c'est la bière ! rectifia Valentine.

— Alors, allons-y pour la bière !

Et il ajouta sur le ton de la confidence :

— Je n'ai jamais rien pu te refuser, ma chérie, alors s'il te plaît, présente-moi à Sylvain !

Dans la foule libertine et grouillante, les patois français et flamands se mêlaient en un joyeux tumulte. Le rythme gagnait les spectateurs. Une ivresse voluptueuse les délivrait momentanément de leur pudeur ancestrale.

Appuyée contre l'épaule de Sylvain, Valentine sentait son souffle frémissant sur sa tempe. Il respirait son léger parfum de violette. Elle humait l'air du bonheur. Leurs doigts s'étreignaient. Leurs yeux brillaient fiévreusement. Elle sentit soudain qu'il lui prenait l'autre main. Il la porta à ses lèvres, déposa un délicat baiser sur la bague de Blondine. Elle baissa les yeux. Son visage se teinta d'une légère rougeur.

— Je la garderai toujours, en souvenir de Gabrielle…

A propos de La Belle Meunière…

Si, un jour, au cours d'une balade en Flandre ou lors de pérégrinations picturales, vous découvrez une toile de Nicolas-Joseph Ruyssen intitulée La Belle Meunière, *ne cherchez plus. A votre tour, vous aurez poussé la petite porte de l'imaginaire…*

Oui, laissons notre esprit vagabonder. Si l'existence du peintre fut bien réelle, gageons que cette toile, exécutée avant son exil, fait partie des tableaux disparus dans la tourmente révolutionnaire.

De là à ce qu'il l'ait peinte, il n'y a qu'un pas…

"En quête d'identité"

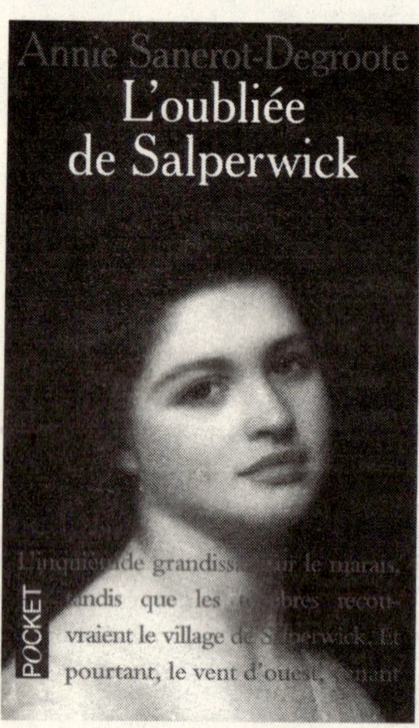

(Pocket n°10647)

1848, pays de Salperwick, au nord de la France. Flore a grandi à Saint-Omer, au milieu des marais, dans une région qui vit encore comme au XVIIIe siècle. Lorsqu'elle apprend qu'elle a été abandonnée à sa naissance et que ses vrais parents sont de grands bourgeois de Lille, Flore a d'abord beaucoup de mal à croire cette étrange histoire. Pour tenter d'en savoir plus sur ses racines, elle décide de partir rencontrer sa nouvelle famille à Lille. De lourds secrets restés enfouis jusqu'alors, vont être révélés au grand jour…

Il y a toujours un Pocket à découvrir

"Mort pour la patrie"

(Pocket n°11656)

Durant la Grande guerre, Lucien Martinon fait fortune dans le commerce des armes. La guerre suivante éclatera comme pour châtier son opportunisme : en 1940, son fils Régis, jeune lieutenant, tombe sous les balles allemandes. À l'effondrement moral de Lucien vieillissant, s'ajoute la découverte d'un mal incurable. Plus que quelques mois à vivre. En dépit des médecins, Lucien décide de se rendre sur la tombe de son fils inhumé quelque part dans les Vosges. Un long voyage intérieur s'annonce...

Il y a toujours un Pocket à découvrir

Impression réalisée sur Presse Offset par

BRODARD & TAUPIN

GROUPE CPI

20709 – La Flèche (Sarthe), le 22-10-2003
Dépôt légal : octobre 2003

POCKET – 12, avenue d'Italie - 75627 Paris cedex 13
Tél. : 01.44.16.05.00

Imprimé en France